Der Agatha-Christie-Krimipreis 2004

Wer solche Freunde hat, braucht keine Feinde ...

Zum zweiten Mal wurden die Oscars in der Kategorie «Gänsehaut» vergeben. Zum zweiten Mal wird im September 2004 der Agatha-Christie-Krimipreis an drei strahlende Gewinner verliehen. Unter dem Motto «Verdächtige Freunde» haben sich über 1000 junge Krimitalente ebenso wie namhafte Autoren mit ihren Kurzkrimis um den Preis beworben. 30 von ihnen wurden nominiert und kamen in die spannende Endauswahl. In der Jury: «Die Kommissarin» Hannelore Elsner und Crimelady Thea Dorn.

Eine Aktion des Agatha-Christie-Verlags Scherz und der AMICA

Die Herausgeberinnen
Nadine Barth wurde 1964 in Hamburg geboren. Sie ist die Autorin des Romans «Abgedreht», des Lyrikprojekts «Love Beat» und Herausgeberin der Anthologien «Annika» und «Letzte Worte».

Cordelia Borchardt, Jahrgang 1962, studierte Anglistik und Germanistik in München und London und promovierte in englischer Literaturwissenschaft. Sie ist nun Programmleiterin Belletristik für die Verlage Krüger, Scherz und Fischer Taschenbuch.

Verdächtige Freunde

Die besten Einsendungen zum
Agatha-Christie-Krimipreis 2004

Herausgegeben von
Nadine Barth und
Cordelia Borchardt

Scherz

Unsere Adresse im Internet: www.fischerverlage.de

Erste Auflage 2004
Veröffentlicht im Scherz Taschenbuch,
ein Verlag der S. Fischer Verlag GmbH,
Frankfurt am Main, September 2004

Gesamtherstellung: Ebner & Spiegel, Ulm
Printed in Germany
ISBN 3-502-52008-9

«Seit Lucrezia Borgia bin ich die Frau,
die am meisten Menschen umgebracht hat,
allerdings mit der Schreibmaschine.»
Agatha Christie

Vor über 60 Jahren erschienen bei Scherz die ersten Taschenbücher des deutschsprachigen Buchmarkts: 1943 kreierte Alfred Scherz die berühmte Krimi-Reihe mit den drei Streifen – mit Büchern der «Queen of Crime» Agatha Christie. Aus diesem Anlass schrieb der Scherz Verlag in Kooperation mit der Zeitschrift AMICA 2003 erstmals den Agatha-Christie-Krimipreis aus. Er wird verliehen für die besten deutschsprachigen Kurzkrimis. Hier sind die Gewinner und die Nominierten des zweiten Agatha-Christie-Krimipreises 2004.

Die Jury:
Christian Koch, Hammett Krimibuchhandlung, Berlin
Jutta Wilkesmann und Hilde Ganzmüller,
Krimibuchhandlung «Die Wendeltreppe», Frankfurt
Hannelore Elsner, Schauspielerin,
bekannt als «Die Kommissarin» Lea Sommer
Thea Dorn, Krimiautorin («Die Hirnkönigin» und «Die Brut»)
Tobias Gohlis, Krimi-Experte der ZEIT
Cordelia Borchardt, Programmleiterin des Scherz Verlages

Inhalt

ERSTER PREIS

Happy Birthday

Christoph Spielberg

«Hast du schon mal jemanden umgebracht?»

Was für eine Frage! Trotzdem, selbst Bernds sanft schnurrender Sechszylinder scheint plötzlich noch ruhiger zu laufen, wartet gespannt auf meine Antwort. Nur der Wagenheber, nicht ordentlich verstaut, klappert leise im Kofferraum. Hinter Michendorf hatte uns eine Reifenpanne erwischt.

«Nun, hast du?»

Bernd ist mein bester Freund, ihm könnte ich es wahrscheinlich sagen. «Natürlich nicht. Wie kommst du darauf?»

Konzentriert steuert Bernd durch die frühe Herbstdunkelheit. Die in blendfreiem Rot schimmernde Uhr am Armaturenbrett zeigt kurz vor acht. Es ist der Abend des 29. Oktober. Mein Geburtstag. Wir sind auf dem Weg zu Bernds Ferienhaus, irgendwo hier in der brandenburgischen Pampa.

«Wirklich nicht?»

Im Grunde ist die Frage nicht unberechtigt. Bestimmt sind schon Leute durch mein Tun oder Nichtstun gestorben. Das bringt der Arztberuf mit sich. «Jedenfalls nicht mit Absicht. Überhaupt, was für ein morbides Thema!»

«Ist ja auch ein morbider Tag, oder?»

Das stimmt. Viel morbider als der vierzigste Geburtstag kann es wohl kaum kommen. Der eben noch begehrenswerte Mitdreißiger wird über Nacht zum lüsternen Kerl, dessen Lächeln bei den faltenlosen Mädels höchstens noch Mitleid erregt. Und noch morbider, wenn dieser Kerl sich gerade von seiner Freundin getrennt hat.

«Getrennt? Ich denke, Marianne hat dich verlassen?»

Also werde ich wohl wirklich senil, brabble meine Gedanken

schon vor mich hin. Trotzdem, nicht unbedingt feinfühlig, auf Details herumzureiten, und eigentlich gar nicht Bernds Art.

«Kommt auf den Standpunkt an», verteidige ich lahm meine Ehre.

Schweigen.

«Und? Schon Trost gefunden? Ich wette, ja!»

Bernd klopft mir auf die Schulter, ein wenig zu hart. Ich zucke zusammen, murmle etwas Unverständliches.

«Was? Mir kannst du es doch sagen, Alter!»

Sehr komisch! Gerade dir werde ich es nie sagen, dir nicht einmal als Allerletztem.

Die Nacht um uns ist im einsetzenden Nieselregen noch dunkler geworden.

«Nun komm schon! Kenne ich sie?»

Genau, Bernd! Genau das ist das Problem.

«Ich habe mal 'ne Pause eingelegt. Was dagegen?»

Monika als Pausenfüller? Ich glaube nicht, dass ihr die Vorstellung gefallen würde.

«Du und 'ne Pause einlegen bei den Frauen!»

Erneut dieses zu harte Schulterklopfen, eine Art von Körperlichkeit, die es sonst zwischen uns nicht gibt und die mich irritiert.

«Pass lieber auf, wo du hinfährst, Bernd!»

Wir sind unterwegs, uns in Bernds Ferienhaus sinnlos zu betrinken. Nicht, dass es zum sinnlosen Betrinken unbedingt eines Grundes bedarf, aber ich habe zwei: meinen vierzigsten Geburtstag, und ich will mich nicht alleine betrinken. Mehr oder weniger versteckte Fragen nach einer Geburtstagsfeier habe ich mit Hinweis auf zwei Wochen Tauchurlaub am Roten Meer abgewimmelt, den ich allerdings erst morgen antrete. Spätestens über Nikosia, rechne ich, sollte der Brummschädel verschwunden sein. Aber inzwischen scheint es keine so gute Idee mehr, mir ausgerechnet mit Monikas Mann die Hucke voll zu saufen.

«Das ist ein richtiges Dreckswetter, Bernd. Lass uns einfach nach Berlin zurückfahren, irgendwo was essen zum Beispiel.»

«Papperlapapp. Nichts Besseres als ein ordentlich angefeuchteter Herrenabend, um Marianne zu vergessen und deinem alten

Freund von Du-sagst-es-mir-ja-doch zu erzählen. Wo ist das Problem?»

Dass du Recht haben könntest und ich es dir am Ende wirklich erzähle.

«Ich habe einfach keine Lust mehr.»

«Du und keine Lust!» Im roten Licht der Armaturen hat Bernds Lächeln etwas Maskenhaftes, fast Bedrohliches.

«Wirklich. Mir ist die Lust vergangen. Wir sollten umkehren. Der Regen wird auch immer stärker.»

«Der Doktor hat keine Lust? Das glaube ich nicht! Alter, für dich ist das Wort erfunden worden!»

Es kommt mit Sicherheit nicht von ungefähr, dass Bernd so auf «Lust» herumreitet. Hat Monika gebeichtet, plötzlich Gewissensbisse bekommen? Ich wünsche, ich wäre schon unterwegs zum Roten Meer. Oder sonst wohin. Alles besser, als mit einem gehörnten Ehemann in ein einsames Ferienhaus zu fahren.

Eine Weile herrscht wieder Schweigen, summt nur der Motor und klappert der Wagenheber bei jeder Bodenwelle. Krampfhaft suche ich nach einem neuen Thema, aber Bernd kommt mir zuvor. Das Thema jedoch ist nicht neu.

«Könntest du jemanden umbringen? Ich spreche nicht von deinen drei so genannten Kunstfehlern pro Tag. Jemanden richtig ermorden, meine ich.»

Sprachlosigkeit würde die Situation verschlechtern. Es bleibt mir nichts übrig, als auf Bernd einzugehen.

«Ich weiß nicht. Im Affekt wahrscheinlich oder in Notwehr.»

«Das wäre kein Mord. Ich spreche vom perfekten Verbrechen.»

«Erst einmal braucht es ein Motiv. Und gibt es ein Motiv, stellt sich auch schnell ein Verdacht ein.» Bin ich dabei, meinem Freund etwas auszureden? Hastig spreche ich weiter. «Hast du ein Motiv, haben wir kein perfektes Verbrechen mehr. Und ich kann mir kein Motiv vorstellen, das das Risiko lohnt.»

«Was ist mit Habgier? Oder mit Eifersucht?»

Bernd weiß es! Aber wenn er mich umbringen will, warum das Gerede? Dadurch bin ich doch auf der Hut, auf einen Angriff vorbereitet! Antwort: Es geht um Rache. Und um Angst. Ich soll um mein nahendes Ende wissen, soll wahrscheinlich auch gestehen, auf jeden Fall aber noch leiden.

«Bernd! Schluss mit diesem Geschwätz. Wir kehren um, sofort! Ich will nicht mehr.»

Diesmal vermeide ich das Wort Lust.

Hat Bernd die Armaturenbeleuchtung höher gedreht? Um mich besser beobachten zu können? Sich an meiner aufkommenden Panik zu weiden? Fast scheint das Licht in blutroten Flammen zu züngeln.

«Kommt nicht in Frage. Wir fahren in mein Ferienhaus. Das war so beschlossen und dabei bleibt es. Wir sind so gut wie da.»

Stimmt. Die Gegend sieht gottverlassen genug aus. Bernds Ferienhaus ist eine ehemalige Försterei in absoluter Alleinlage. Der Ort ist nicht schlecht gewählt. Da könnte ich schreien, so lange und so laut ich wollte. Auch sonst hat Bernd die Sache gut vorbereitet. Ich solle mein Handy zu Hause lassen, hat er geraten, damit man uns nicht stören könne. Auch die Behauptung, ich fliege bereits heute ans Rote Meer, war sein Vorschlag gewesen!

«Wenn du nicht umkehren willst, dann halt sofort an. Ich will aussteigen.» Vielleicht hätte ich im Wald eine Chance.

Zu meinem Erstaunen hält Bernd tatsächlich an. Findet er Gefallen an der Idee, mich wie ein Kaninchen durch das Unterholz zu jagen?

«Nun reg dich mal ab. So schlimm ist es auch wieder nicht, vierzig zu werden.»

Bernd zieht den Zündschlüssel ab, steigt aus, läuft nach hinten, öffnet den Kofferraum. «Komm und hilf mir lieber. Oder soll ich die Bierkisten alleine schleppen?»

Schemenhaft erahne ich durch Dunkelheit und Regen die Konturen der Försterei. Ist meine Grube schon ausgehoben?

Bernd stellt die erste Kiste neben den Wagen, tippt mir mit dem Finger auf die Brust. «Ein paar Fläschchen hiervon, mein Lieber, und du wirst mir verraten, mit wem du es getrieben hast!»

Dann verschwindet sein Kopf erneut im Kofferraum. Seine Stimme klingt entsprechend dumpf. «Ich garantiere Ihnen, Dr. Kribben. Noch vor Mitternacht werden Sie gestehen!»

Das werde ich nicht. Nicht, solange ich noch eine Chance habe.

Ich greife nach dem Wagenheber und hole kräftig aus.

Kein Laut dringt aus Bernds Kehle, während er zusammensackt und sein Kopf – oder was davon noch übrig ist – zurück in den Kofferraum fällt.

Ich bin noch einmal davongekommen! Mit zitternden Knien setze ich mich auf die Stufe vor dem Haus. Unverändert Stille ringsherum. Zugegeben, es war nicht das perfekte Verbrechen, Bernd hatte sicher sorgfältiger geplant. Aber es war ja auch kein Mord. Nicht einmal Totschlag. Es war simple Notwehr, was allerdings kaum beweisbar sein würde. Aber noch ist Zeit, die Tat in ein fast perfektes Verbrechen zu wandeln. Die Leiche vergraben, den Wagen am besten abfackeln, den Wagenheber und den Spaten auch: keine Chance für eine DNA-Analyse. Niemand wusste von unserer Fahrt, dafür hatte Bernd gesorgt. Mit höchstem Erstaunen würde ich nach dem Roten Meer vom spurlosen Verschwinden meines besten Freundes erfahren.

Mit leichtem Ekel greife ich dem Toten in die Hosentasche, suche nach den Schlüsseln. Dann finde ich das Türschloss, die Tür öffnet sich ohne Knarren. In der Dunkelheit taste ich nach dem Lichtschalter. Sicher gibt es hier irgendwo eine Dusche. Ich habe den Schalter noch nicht entdeckt, und trotzdem: Plötzlich stehe ich in totaler Helligkeit, bunte Partylichter zucken. Aus mindestens fünfzig Kehlen schmettert mir «Überraaaaschung!» entgegen, und «Häääpy Birthday!»

Monika ist die Erste, auf deren Gesicht das Lachen erstirbt. Wahrscheinlich, weil sie als Erste das Blut und die Hirnmasse auf meinem Hemd entdeckt.

ZWEITER PREIS

Der Nachbar

Alexandra Bröhm

Sie drückt ihr Auge noch heftiger gegen den Türspion. Bis es schmerzt und die Treppenstufen verschwimmen. Sie steht seit zwei Stunden hinter der Wohnungstür. Starrt geduldig ins Dunkle, hofft auf jene kurzen Momente, wenn die Deckenleuchten anspringen und sich von unten Schritte nähern. Dann presst sie ihre Handflächen gegen die Tür, muss sich abstützen, damit sich der Metallring des Gucklochs nicht zu tief in ihr Auge gräbt. Doch es ist nur die Nachbarin unten links. Das Klappern ihrer Absätze hallt von den Wänden. Das ist er nicht.

Kurz darauf hat sich die Warterei gelohnt. Sein fester Schritt. Noch ein Stockwerk, dann kommt er um die Ecke, ins Blickfeld ihres Guckloches. Es ist schon 22.25 Uhr, das muss sie nachher notieren. Die Haustür fällt ins Schloss. Seltsam. Wie es klingt, ist er bereits zwischen dem ersten und zweiten Stock. Also ist er nicht alleine. Jetzt hört sie unbekannte Schritte. Und eine Frauenstimme. Ihre Finger verkrampfen sich. Dann eine fremde Männerstimme.

«Ich hab dir gesagt, dass es nicht einfach wird.»

Sie entspannt sich etwas. Er kommt an ihrer Tür vorbei, trägt eine Baseballmütze, tief in die Stirn gezogen, sie sieht seine Augen kaum. Vier Männer und eine Frau begleiten ihn. Er sagt: «Ich konnte ja nicht ahnen, dass es gestern ...»

Den Rest versteht sie nicht mehr. Er wohnt direkt über ihr und steckt oben den Schlüssel ins Schloss.

«Marc Jakobs» steht an seiner Klingel. Vor einem Jahr hat sie das gesehen, als es für sie noch eine Welt außerhalb der Wohnung gab. Damals traf sie ihn sogar ab und zu im Treppenhaus. Das erste Mal lächelte er sie freundlich an und sagte: «Hallo, ich bin

Ihr neuer Nachbar. Falls die Musik mal zu laut ist, sagen Sie einfach Bescheid.»

Und zwinkerte ihr aus braunen Augen zu, das Piercing über seiner Braue klirrte leise.

Sie lächelte zurück, aber bevor ihr eine Antwort einfiel, war er bereits um die Ecke verschwunden. Später setzte sie die Szene in ihrer Fantasie fort: «Ach, Musik stört mich selten. Was hören Sie denn so?» ... «Ah, Rap! Ich war kürzlich in den Staaten, hab mir ein paar CDs gekauft, die Sie hier nicht bekommen. Kann ich Ihnen mal ausleihen.»

«Das wär nicht schlecht», hätte er geantwortet, nochmals gegrinst, und sie wäre am nächsten Tag mit den CDs in der einen und einer Flasche Wein in der anderen Hand nach oben gegangen.

Sie fährt den Computer hoch, um über den heutigen Tag Buch zu führen. Sollte Marc Jakobs einmal das Gedächtnis verlieren, sie könnte ihm weiterhelfen. Könnte ihm erzählen, wann er mit wem in den letzten zwölf Monaten nach Hause gekommen ist. Ob er die schwarzen Trainingshosen, die seinen jungenhaften Charme betonen, getragen hat oder die Armyhosen, die ihm so tief auf der Hüfte sitzen.

Zwei der Männer kommen häufig zu ihm. Ihre Gesichter kennt sie, auch wenn der Weitwinkel des Türspions sie leicht verzerrt. Beide haben wie Nachbar Marc einen gestählten Body und häufig Sporttaschen dabei, wenn sie ihn besuchen. Marc nennt einen der Männer «Tom», das hat sie einmal durch die Tür verstanden. Tom trägt seine blonden Locken schulterlang, und beim Treppenlaufen macht ihm das linke Knie Probleme. Der andere gefällt ihr nicht. Seine Haut ist unrein, und sein Nacken erinnert an einen Stier. An einem der Unbekannten ist ihr ein grauer Bart aufgefallen.

Schon gestern kam der Stiernacken mit Marc nach Hause. Sie unterhielten sich im Treppenhaus mit gereizten Stimmen. Als sie vorbeikamen, schien ihr, der Stiernacken schaue ihr direkt durch den Türspion ins Auge. Sie blieb wie immer regungslos stehen, um sich nicht durch ein plötzlich erleuchtetes Guckloch zu verraten.

«Es wirkt schnell. Schon nach drei, vier Dosen», hörte sie den Stiernacken.

«Ich weiß nicht, ob ich das . . .», antwortete Marc, solange er in Lauschweite war.

Oben poltert etwas. Sie zuckt zusammen. Vielleicht ist ein Stuhl umgekippt. Sie geht in die Küche, öffnet leise die Balkontür. Wenn sein Fenster offen steht, dringen manchmal Gesprächsfetzen nach unten. Jetzt hört sie Marcs Stimme. Er ist erregt, scheint mit jemandem zu streiten. Bestimmt ist die Frau schuld. Enge Jeans und hochhackige Stiefel hat sie getragen.

«Das haben wir anders vereinbart.» Marcs Stimme bebt vor Wut.

«Reg dich nicht so auf.» Das könnte Tom sein. Einer der Unbekannten schreit dazwischen. Etwas zersplittert.

Sie will ihm helfen. Will nach oben rennen und fragen, ob alles in Ordnung ist. Will den anderen zu verstehen geben, dass ihr Tun beobachtet wird. Aber sie kann nicht. Ihre Welt hört an der Wohnungstür auf. Die braune Tür mit der falschen Holzfaserung ist die Grenze. Links im Eck steht ein kleines Tischchen. Dort stellt sie meist den Tee ab, wenn sie auf ihrem Beobachtungsposten ist. Gleich daneben ein gepolsterter Hocker, auf dem sie kniet, wenn das Stehen am Guckloch zu anstrengend wird.

Es passierte einfach so. Ein harmloser Autounfall, ein leichte Gehirnerschütterung. Bleiben Sie ein paar Tage zu Hause und ruhen sich aus, sagte der Arzt. Nach ein paar Tagen kamen ihr die Räume draußen so unendlich vor. Allein schon der Gedanke, auf die Straße zu gehen, machte sie schwindlig. Die Gebrauchsanleitung für die Außenwelt war ihr irgendwie abhanden gekommen.

Also blieb sie noch etwas länger zu Hause. Ihre Arbeit als Webdesignerin konnte sie auch hier erledigen. Sie suchte immer neue Ausreden. Nein, mir ist nicht gut, ich habe Kopfschmerzen, mein Nacken ist steif, ich muss mich häufig übergeben. Bis irgendwann niemand mehr nachfragte, und jetzt spielt sich ihr Leben zwischen Gucklock, Computer, Küchentisch und einem Eck im Wohnzimmer ab.

Dort zwischen dem grünen Ledersessel und der Heizung sitzt sie stundenlang, wenn das Treppenhaus still ist und bei *Google* nichts Neues über Marc Jacobs zu finden ist. Er arbeitet in einem Fitnessstudio. Vor fünf Jahren hat er sein Sportstudium abgeschlossen, seinen Namen fand sie in einer Studentenzeitung im Internet.

Fragt sie jemand am Telefon, warum sie die Wohnung nicht mehr verlässt, erzählt sie die Geschichte vom graubärtigen Mann. Sie habe ihn zwei Tage vor dem Autounfall wiedergesehen.

«Er kam mir auf der Straße entgegen. Als wäre dies das Selbstverständlichste der Welt. Unsere Blicke streiften sich einen Moment lang, und ich erkannte ihn sofort. Er hatte sich nicht verändert, war nur älter und etwas hagerer geworden. Ich blieb stehen, er reagierte nicht. Ich folgte ihm einige Schritte, gab aber schon nach wenigen Metern auf. Was wollte ich von ihm?

Grau war sein Bart schon damals gewesen, als ich ein Kind war und meine Eltern den Mann gut kannten. Er aß häufig bei uns. Zersäbelte mit seinen riesengroßen Händen das Fleisch und lachte immer wieder dröhnend, vor allem, wenn er mit meiner Mutter sprach. Wenn ihm der Fleischsaft aus dem Mundwinkel triefte, wischte er sich mit einer der Pranken übers Gesicht. Manchmal brachte er mir Eiskonfekt mit, und ich beobachtete ihn während des Essen mit einer Mischung aus Faszination und Ekel.

Eines Abends wachte ich spät wieder auf. Aus dem Wohnzimmer drangen seltsame Geräusche. Ich hörte den graubärtigen Mann und meine Mutter. Vermutlich war mein Vater wie so oft nach dem Essen noch in die Kneipe gegangen. Ich schlich mich aus meinem Zimmer, durchquerte den dunklen Gang und spähte ums Eck. Beinahe hätte ich laut geschrien. Meine Mutter lag auf dem flauschigen Teppich, der mich immer so in der Nase kitzelte, zwischen Sofa und Fernseher. Der grauhaarige Mann halb auf ihr. Ihre Bluse war offen, der Rock nach oben gerutscht. Seine großen Finger krallten sich zwischen ihre Schenkel. Sie strampelte mit den Beinen.

Er öffnete gerade seinen Gürtel, als er in meine Richtung blickte. Ich verschwand sofort ins Dunkle und betete, er möge mich nicht gesehen haben. Was sollte ich tun? Ich wollte meiner Mutter helfen, hatte aber schreckliche Angst vor dem Mann. Ganz langsam, einen Schritt um den anderen, zog ich mich in mein Zimmer zurück. Schloss lautlos die Tür. Schlüpfte in mein Bett mit der Schiffchenbettwäsche und presste das Kissen über die Ohren.

Am nächsten Morgen lauerte mir der Mann im Treppenhaus auf. Er packte mich mit einer Hand an den Haaren, die andere umfasste meinen Hals. Seine Hände waren rau, er roch nach einem süßlichen Aftershave.

‹Hör gut zu, Kleine. Wenn du nur ein Wort verrätst, kommt deine Mama nie wieder nach Hause. Und ich komme dich besuchen.›

Ich konnte drei Nächte nicht schlafen, wagte aber nicht, irgendjemandem etwas zu erzählen. Seit jenem Tag hatte ich im Treppenhaus meiner Eltern immer furchtbare Angst. Kaum war die Haustür ins Schloss gefallen, rannte ich, so schnell ich konnte, die Stufen zur Wohnung hinauf. Schaute nicht links oder rechts und atmete erst wieder ruhiger, als sich die Wohnungstür hinter mir geschlossen hatte.»

Oben rumpelt es. Marc und seine Gäste scheinen in seinem Schlafzimmer weiterzustreiten. Sie nimmt an, dass es sein Schlafzimmer ist. Gesehen hat sie es leider nicht. Manchmal bringt er Frauen mit nach Hause. Die Frauen hört sie ab und zu stöhnen, ihn hört sie nie. Plötzlich knallt oben die Wohnungstür zu. Jemand rennt die Treppen herunter. Sie hastet zum Guckloch, kommt aber zu spät. Wer es auch ist, er ist bereits ein Stockwerk tiefer. Oder hört sie sogar zwei Personen? Sie eilt ins Schlafzimmer zurück. Einen Moment scheint es ruhiger. Vielleicht ist es doch nur eine harmlose Meinungsverschiedenheit unter Freunden.

Ihre Freunde machen keine derartigen Probleme: ihr Computer, ihr Fernseher und das Bücherregal, in dem sich die Krimis stapeln, die ihr ein gutmütiger Kollege ins Haus schickt, wenn er sie gelesen hat. Momentan versucht sie sich gerade in ein Buch mit dem Titel «Verdächtige Freunde» zu vertiefen. Es ist nach bewährtem Agatha-Christie-Muster geschrieben.

Eine Gruppe Freunde mietet in den Weihnachtsferien eine abgelegene Hütte zum Skifahren. Nach der feuchtfröhlichen Einzugsnacht ist die Hütte eingeschneit, und die schöne Amelia liegt erwürgt im Bett. Ihr Mörder muss noch in der Hütte sein. Zwischen den verbliebenen fünf Freunden baut sich eine unerträgliche Spannung auf. Jeder belauert jeden. Den gutmütigen Nikolas hat Amelia vor zwei Wochen verlassen. Sven mit dem grauen Bart beteuert seiner Frau seit Monaten, wie gleichgültig ihm die schöne Amelia sei. Dann sind da noch ihre Freundin Anke, die vor kurzem zugegeben hat, eine Affäre mit dem gemeinsamen Chef zu haben; und Peter, der nie Geld hat.

Oben wird es wieder lauter. Sie bekommt Angst, legt das Buch weg. Also zurück in die Küche. Er brüllt: «Mit mir könnt ihr das einfach nicht machen. Ich lass mir das so nicht gefallen.» Die Frau versucht, beruhigend auf ihn einzuwirken. Eine unbekannte Stimme faucht: «Mit solchen Anfängern sollte man sich nicht einlassen.» Dann hört sie es splittern, rumpeln und krachen. Ein Handgemenge? Wer kämpft mit wem? Werden sie Marc wehtun? Der Streit verlagert sich in ein anderes Zimmer.

Sie muss die Polizei rufen. Aber die würden so viele Fragen stellen. Würden in ihre Wohnung trampeln und die Außenwelt mit hereinschleppen. Nein, das ist keine gute Idee. Und wenn alles falscher Alarm ist, wie steht sie dann vor ihm da. Er würde die Tür öffnen, den Polizisten unschuldig anlächeln: «Nein, hier gibt es kein Problem. Waren wir zu laut? Meine Nachbarin hat sie gerufen? Ist wohl ein bisschen hysterisch, die Gute.»

Jetzt ist es oben still. Zu still. Vielleicht liegt er mit zerschmettertem Schädel auf dem Teppich. Sie stellt sich vor, wie die Blutlache wächst und wächst, langsam den ganzen Wohnzimmerboden bedeckt, in die Ritzen des Parkettbodens kriecht und zähflüssig an ihren Wänden herunterläuft, dort ein makabres weißrotes Streifenmuster hinterlässt.

Man glaubt ja nicht, wie viel Blut in einem Menschen Platz hat. In Panik fixiert ihr Blick die Decke. Nach oben sollte sie rennen, vielleicht das Brotmesser mitnehmen, ihn verteidigen, dann seinen Kopf zwischen den Händen halten und ihm ins Ohr flüstern: Alles wird gut, ich bin da. Unten fällt die Haustür ins Schloss, jemand ist wohl leise die Treppen heruntergeschlichen.

Sie könnte ihn anrufen. Ganz selten macht sie das. Hält mit zitternden Fingern den Hörer und wartet auf sein «Hallo». Nach zwei weiteren ungehaltenen «Haallooo» legt er jeweils auf. Sie könnte ihn jetzt anrufen, er käme ans Telefon, würde sich ein bisschen aufregen, aber alles wäre gut.

Am Morgen weckt sie lautes Getrampel im Treppenhaus. Sie späht durch den Türspion. Polizisten – viele Polizisten – laufen Treppen hoch und runter. Also hat sie nicht geträumt. Der Albtraum ist Realität. Zwei Polizisten tragen eine Bahre nach unten. Ein Mensch liegt darauf, sein Körper ist mit einem Tuch zugedeckt. Am Kopfende ist das Tuch leicht verrutscht. Einen Moment lang sieht sie seine verstruppelten braunen Haare. Sie sind blutverklebt. Ihr sacken die Beine weg, sie kann sich gerade noch am Hocker neben der Tür festklammern. Sie weiß nicht, wie lange sie dort gekauert hat, als jemand bei ihr klingelt. Sie rührt sich nicht. Es klingelt noch einmal.

«Frau Siemann, hier ist die Polizei! Wir würden Ihnen gerne ein paar Fragen stellen.»

«Ich bin krank, rufen Sie mich bitte später an», presst sie hervor.

Irgendwann am nächsten Morgen sitzt sie vor ihrem Computer. Klickt sich bis zur Homepage des Lokalblattes durch. Dort liest sie:

> Mord in der Heintzestraße
>
> Am Donnerstagabend wurde der dreißigjährige Marc Jakob in seiner Wohnung in der Heintzestraße ermordet. Jakobs Schwester fand ihren Bruder in einer Blutlache, als sie ihn am Freitagmorgen zum Joggen abholen wollte. Der oder die Täter sind flüchtig. Jakob arbeitete als Personaltrainer im Fitnessstudio Michael. Erste Ermittlungen der Polizei lassen vermuten, dass im Studio Personen verkehren, die in den Handel mit illegalen Dopingsubstanzen verwickelt sind. Noch ist unklar, ob das Delikt damit im Zusammenhang steht. Die Polizei bittet um sachdienliche Hinweise.

Zwei Stunden später klingelt das Telefon. Nachdem sie es zehnmal hat läuten lassen, nimmt sie den Hörer ab.

«Frau Siemann, hier spricht Kommissarin Schreiber. Wir haben uns gestern kurz durch die Türe unterhalten. Haben Sie am

Donnerstagabend irgendwelche verdächtigen Beobachtungen gemacht?»

«Nein, ich bin früh schlafen gegangen.»

«Wissen Sie, was mit Ihrem Nachbarn passiert ist?»

«Ich habe es in der Zeitung gelesen.»

«Sie haben also nichts gesehen oder gehört?»

«Nein.»

«Kannten Sie Herrn Jakob?»

«Nein.»

«Ist Ihnen irgendetwas an seinem Lebenswandel aufgefallen? Wer besuchte ihn? Hatte er viele Freunde?»

«Darauf habe ich nie geachtet. Wie ist er denn gestorben?»

«Das darf ich Ihnen aus ermittlungstechnischen Gründen leider nicht sagen. Frau Siemann, falls Ihnen noch irgendetwas einfällt, rufen Sie uns bitte an.»

«Ja.»

Sie legt auf. Starrt auf die Tür. Ihr ist egal, ob Tom, der Stiernacken, einer der Unbekannten, die Frau oder sie alle zusammen Marc ermordet haben. Für sie zählt nur eins. Er ist tot. Er würde nie wieder an ihrem Guckloch vorbeilaufen. Was wurde nun aus ihr?

DRITTER PREIS

Die Dauer eines Abends

Anna Veronica Wutschel

Halb Wodka, halb Gin, keinen Wermut. Etwas hat mich hier gehalten. Und seit einem Jahr trinke ich den Drink, der mir hier zum ersten Mal gemixt wurde, weil ich eine unvorhersehbare Einladung angenommen hatte, weil ich auf dieser Party gelandet war, und alles nur, um Grace näher kennen zu lernen. Und dann sagte ich diesen einen Satz, der mein Leben verändern sollte, weil ich, wie ich dachte, aus Gewitztheit oder einer Laune heraus log. Und seit Grace vor weniger als drei Monaten verschwunden ist, führe ich unser gemeinsames Leben allein weiter. Eigentlich müsste ich sagen: ihr Leben. Ich führe ihr Leben weiter.

Ich bin ein Freund von Max geworden, und einige spekulieren, dass Max Grace aus dem Spiel gezogen hat, dass er sich mit ihr in der Karibik oder sonst wo vergnügt, dass er – auch das eine Ansicht, die kursiert, allerdings nur hinter vorgehaltener Hand – sie beseitigt hat, als ihm von ihrer Gier zu hören kam, von den kleinen, in ihrem eigenen Interesse und somit an ihm vorbei abgewickelten Geschäften. Dass sie sich dementsprechend letztlich selbst im Abseits platziert hat.

Es ist eine Möglichkeit, und ebenso ist es nicht ausgeschlossen, dass sich in einigen meiner Bemerkungen die eine oder andere Andeutung einschlich, bei meinen Plaudereien mit Max, unser aller Freund.

Ich schenke diesem Teil der Gerüchte aber nicht wirklich Glauben. Und Grace – ich vermisse sie. Ich richte mich darin ein, dass sie verschwunden ist, dass sie keine Spuren hinterlassen hat, dass ich sie nicht suchen werde. Nichtsdestotrotz rechne ich damit, sie wiederzusehen. Ich komme ins Appartement, und sie könnte dort am Fenster stehen, den Rücken zum Raum, den Blick über der Stadt, mit einem Drink in der Hand, halb Wodka, halb Gin, keinen Wermut.

Und diese Vorstellung mag auch der Grund sein, weshalb ich zuversichtlich warte auf eine letztlich nicht auszuschließende Rückkehr von Grace. Wir machten verständlicherweise kein größeres Aufheben um ihr Verschwinden. Keine Erschütterung, keine Vermisstenanzeige. Grace, so hieß es, war auf Reisen, und wir sprachen nicht selten von ihr. So trug sich die Geschichte bald wie von selbst, und es fehlte nicht viel, dass wir uns Glauben geschenkt hätten, klangvoll und harmonisch. Grace? Immer noch auf Reisen! Es war nicht übel, das Leben auf diese Weise fortzusetzen. Es lief, und die Bilder und Erinnerungen verschwammen und lagen nur manchmal des Nachts – wenn Mitternacht schon längst vorüber war – schwer wie ein Stein auf dem Brustkorb. Nicht zu schwer, um ihn nicht später, in den frühen Morgenstunden, beiseite zu schieben, eine leise Melodie aus einer anderen Zeit, nichts, was uns ins Stolpern oder gar zu Fall bringen könnte.

In der Galerie wurde Grace ersetzt. Wir kümmerten uns um nichts, und Max traf eine gute Wahl. Marlene macht ihre Sache hervorragend. Sie hat eine seltene Gabe, in der sich Naivität mit Geschäftssinn zu verbinden scheint. Ich verbringe gerne die späten Nachmittage und langen Abende mit Marlene, aber es wäre ein grober Irrtum, in ihr nach etwas Ausschau zu halten, was sie nicht ist, nach etwas, was sie nicht umgibt. Sie ist nicht mehr als eine Vertretung für Grace, kein Ersatz. Marlene führt die Galerie, die ihr nicht so am Herzen liegt, wie sie Grace am Herzen lag. Und der Gewinn, den sie dabei erarbeitet, ist erstaunlich. Der Umsatz des letzten Monats ließ uns in Champagnerlaune verfallen.

Und so kam es, dass Marlene dieses Jahr genau zweieinhalb Monate nach Graces Verschwinden deren Party organisiert, die der Umstände halber zu meiner Party geworden ist, unsere Party also, die Grace jedes Jahr am 30. September zu Max' Geburtstag ausrichtete.

Innerhalb eines Jahres war ich vom zufällig eingeladenen Gast zum Gastgeber geworden. Etwas hat mich hier gehalten, das

Leben erschien richtig so, und ich war selten genug in der Stimmung, mir Gedanken zu machen. Eine Spur von Eitelkeit, der Schatten der Gleichgültigkeit lag verschlossen über allem und vertrieb zögerlich aufkommende Anzeichen, eher Ahnungen von bekümmert freudlosen Stimmungen.

Es ist alles beim Alten geblieben: Der 30. September folgt auf den 29., man feiert einen Geburtstag, Max' Geburtstag, in dessen Abwesenheit, so ausgelassen und überschwänglich, wie es nur möglich ist. Ich bin nicht mehr als eine weitere Figur, die sich allerdings selbst ins Spiel gebracht hat. Ohne die verwobenen Muster, auf denen ich mich fortan bewegen sollte, vollends zu durchschauen, enträtselte ich einzelne Schemen intuitiv und effizient. Ich kann von Glück sagen, ich kann mir auf die Schulter klopfen, ich bin mir bewusst, wie brüchig der Grund und Boden sein mag, über den wir alle mit größter Leichtigkeit gleiten.

Ein Dunst von schwerem Sommerregen lag an diesem Abend vor einem Jahr noch in der Luft. Es geschah im Supermarkt und möglicherweise wegen des Regens. Feuchte Schuhsohlen aus Leder, wegen eines traurig vergilbten Salatblatts glitt ich aus, fiel und – vielleicht war es der Schreck oder die Peinlichkeit eines solch grotesken Falls – stand innerhalb einer Zehntelsekunde wieder fest auf den Beinen. Niemand schien den Sturz bemerkt zu haben, niemand bis auf die Frau, deren Beine ich im Fallen sah, deren Gesicht dicht vor mir war, als ich mich blitzschnell aufrichtete, die so etwas wie «Hoppla!» sagte, wenn ich mich im Nachhinein richtig erinnere. Wir kamen zwischen gut sortiertem Obst und Kühlregalen ins Gespräch. Ich nehme an, dass ich derart versuchte, die heikle Verlegenheit, in die mich mein Sturz gebracht hatte, zu überspielen. Es funktionierte, und an der Kasse – Grace bezahlte, so glaube ich, gerade ihr Päckchen Mentholzigaretten – legte sie mir ihre Visitenkarte auf das Rollband. «Wollen Sie nicht vorbeischauen, auf einen Drink, so gegen neun. Heute?»

Ich schob meine Ankunft ein wenig hinaus, war zu früh in der Straße, vor dem Haus, und studierte die Namen auf den Klingeln und Briefkästen. Um Viertel nach neun überspielte ich tadellos mein Erstaunen, als man mir die Tür öffnete. Ein kleiner Mann ließ mich freundlich und beredt ein. In dem großzügig eingerichteten Appartement roch es nach Tabak und Eau de Toilette. Die Räume waren voller Partygäste. Obwohl noch recht früh am Abend, überwog eine lebhafte, ja fast übermütige Stimmung. Es war so eine Party, auf die man im Grunde nie eingeladen wird. Eine Party, wie sie nur die anderen feiern.

Als Grace mich entdeckte, stand ich schon eine ganze Weile zwischen Bücherregal und Büfett und beschäftigte mich mit dem Versuch, die Gäste einzuordnen. Sie schienen nichts Wesentliches miteinander gemein zu haben. Es gab kaum Grüppchenbildung oder Abschottung. Jedermann schien jeden zu kennen, gemeinsam amüsierte man sich. Grace umarmte mich, als wären wir doch schon längst mehr als Freunde. Sie machte es mir leicht. Man empfing mich mit offenen Armen, und so wurde ich ein Teil dieser Menschen. Vordergründig. Wir tranken und aßen im Stehen, wir tanzten, wir standen an geöffneten Fenstern, wo die Nachtluft nicht weniger schwül war als in den erleuchteten Räumen, denen wir die Rücken kehrten. Ich hielt mich für trivial, sprach und lachte, als gäbe es nichts außer diesem Abend. Wir amüsierten uns reibungslos in Umsetzung eines Vorhabens: Unser Ziel war Ausgelassenheit, ich verstand es sofort und fand Geschmack daran.

Hinter der mühelosen Leichtigkeit jedoch lag eine verschwiegene, alles überziehende Schwere, nicht weniger drückend als die Feuchtigkeit in der Luft. Es war, das fiel mir nicht schwer herauszufinden, die Abwesenheit eines Mannes. Ein Name lag über uns allen, die wir hier feierten. Max. Ich konnte es nicht überhören. Auf Reisen, verschwunden, nicht anwesend und doch in allem präsent war dieser Max, den alle kannten oder niemand, ich hatte keine Ahnung. Aber die allgemeine Stimmung des Abends ließ mich in eine übertrieben fröhliche Lebenslust verfallen. Und um Indiskretion zu umgehen oder Neugierde zu vermeiden, vor allem aber um die Atmosphäre nicht zu zerstören, die nur selten so vorzüglich und ungetrübt entsteht, entglitt mir der folgenschwere Satz am Büfett, ein wenig zu laut, um ihn später abzustreiten: «Wie schade doch, dass Max nicht hier sein kann, an diesem wundervollen Abend.»

Woraufhin mir eine Frau mit bunt gesträhntem Haar die entscheidende Frage stellte, meine Eintrittskarte löste: «Sie kennen Max?» Und wie abwesend, einer inneren Logik folgend, nickte ich, selbstverständlich nicht, ohne einem gewissen Erstaunen bezüglich einer so einfältigen, ja, überflüssigen Frage mimisch Ausdruck zu verleihen.

Danach ergab das eine das andere, nirgendwo bemerkte ich auch nur den Hauch eines Zweifels. Der Eindruck drängte sich mir auf, ich sei vielleicht tatsächlich der einzige Anwesende, der Max kenne. Es lag wohl am Champagner und dem vielen Wodka-Gin, den ich damals noch nicht gewöhnt war. Nur Grace sah mich mit einem überlegenen, musternden Blick an, die Lippen leicht skeptisch verziehend. Einen Argwohn, den ich – es lag nicht nur am Alkohol, es lag an diesem Abend, an den Gestirnen, der Bestimmung – einfach wegküsste. Und von diesem Kuss an weist mein Gedächtnis nur noch unscharfe, nebeldurchzogene Bilder auf. Die Gäste gingen oder blieben, ich weiß es nicht. Aber Grace und ich, wir verflochten und verschlangen uns hüftab- wie -aufwärts, wir kombinierten uns seitdem immer wieder neu, verbindlich, verbittert, gierig und schwach, hastig und grob, mitleidslos raffiniert und erlesen.

Wir standen über den Dingen, sprachen nie über etwas von Belang. Bald hörte ich mit meiner Arbeit bei der Bank auf und verbrachte die Tage Espresso trinkend in Graces Galerie. Sie waren nur die Vorspeise, leicht verdauliche, banale Ouvertüren zu unseren Nächten. Aus einer überschäumenden Perlweinlüge wurde eine unumstößliche Realität. Ich telefonierte mit Max, er plante, ich organisierte die Abende, die Grace und ich rauchend und tanzend, trinkend verbrachten. Die Orte rückten dichter aneinander, wir trafen Menschen, Freunde von Max. Wir taktierten, jonglierten, wir wurden nie müde, das Leben bestand nur aus Soul und Jazz. Was wir taten, war nicht kriminell. Wir verschoben Informationen, bestellten, wie schon längst aus der Mode gekommen, Grüße, plauderten über Adressen, Zahlen und Daten. Kurzum, ein harmloser Flirt mit Figuren, die auftauchten und verschwanden, die wir wiedersahen und aus den Augen verloren. Es gab nicht viel, das von Bedeutung war. Grace nahm mich mit auf Vernissagen und Auktionen. Wir sahen mehr als Europa und verbrachten keine Nacht ohne den Taumel der Musik, hinter dem Dunst von Tabak, dem Rausch unseres Seufzens in unserer Seifenblase.

Wir trafen auch Max. Das erste dieser Treffen verlief derart unspektakulär, dass ich zunächst eine leichte Enttäuschung verspürte. Keine nennenswerten Vorkommnisse, wir verstanden uns sofort. Ein altes Verhältnis, das Max und Grace verbinden muss, eine Geste, ein Akzent, das Timbre der Stimme und Stimmungen. Eine gewisse Vertrautheit. Gestern zählte wie eine Ewigkeit.

Und dann – es muss im Mai gewesen sein, denn hinter den Fenstern lag der erste maßlose Überschwang der Natur – traf ich Max immer öfter. Und immer öfter reiste ich allein. Wir spazierten über Klippen, rauchten in Cafés altmodisch malerischer Jachthäfen, besuchten Bars, bei deren Betreten ich verstand, warum Max Grace nicht aufgefordert hatte, mich zu begleiten. Wir sprachen sehr viel, scheinbar über nichts, irrelevante Dinge, und nur sehr selten fiel Graces Name. Ich erweiterte meinen Kreis, völlig unbefangen. Wenn ein Rad sich erst einmal dreht ... Und inwieweit sich dann womöglich eine weitere Lüge einschlich, eine eventuelle Wahrheit verloren ging, wer mag das letztlich beurteilen? Die Geschäfte laufen weiter, sehr gut sogar.

Ich höre die Klingel und wie Marlene die ersten Gäste begrüßt. Es ist der Abend des 30. September, wir werden Max' Geburtstag feiern. Ich weiß nicht, wie viele Freunde er eingeladen hat. Wir werden in seiner Abwesenheit das Amüsement zelebrieren, auf seine Gesundheit und die Geschäfte anstoßen mit Wodka und Gin, der Tradition zufolge. Und ich werde Acht geben, denn wir spielen alle auf bedächtig dahinschmelzendem Eis. Und die Lüge, sei sie auch noch so arglos, verbirgt sich in jedem von uns. Es liegt eine Erinnerung über all dem, an den Tag, an dem ich mit feuchten Sohlen auf einem Salatblatt ausrutschte. An den Tag, als ich diese Wohnung zum ersten Mal betrat. Aber eine Erinnerung basiert im Wesentlichen nur auf flüchtigen Eindrücken, und insgesamt erscheint mir meine Vorstellung von damals als falsch. Niemand braucht sich Vorwürfe zu machen. Wir müssen uns nur auf die Gegenwart konzentrieren, das Richtige tun und unsere Freunde als die üblichen Verdächtigen empfangen.

AMICA-AUSZEICHNUNG

Heute Morgen, gestern Nacht

Maike Wetzel

Die Gänse stehen im Nebel neben dem Schuppen, dick gemästet für die Weihnachtszeit. Sie schnattern Alarm: Ein Fremder nähert sich dem Haus. Er lehnt das Fahrrad an den Zaun, wirft den Gänsen Tannenzapfen vor die Füße und lacht über ihr eiliges Watscheln, das Picken nach dem holzigen Samen, die schnelle Enttäuschung. Sein Gesicht ist gerötet und feucht von der Fahrt durch den Nebel. Es ist ein schmales Jungengesicht, klar und offen, schön auf eine unbestimmte Art, ein Fremder, den man sich anhand der Kleidung merken muss, sein Gesicht taugt nicht dafür, seine Haare sind unter der Mütze verborgen. Er könnte zwanzig Jahre alt sein, Falten hat er keine, doch seine Bewegungen verraten sein wahres Alter. Er setzt die Füße auf wie einer, der den Boden kennt. Bei einer frontalen Begegnung in der Menschenmenge wäre es sein Gegenüber, das zur Seite ausweichen würde, der Fremde ginge geradeaus. Er besitzt eine selbstverständliche Arroganz, eine Sicherheit, die er selbst nicht einmal bemerkt. Zögern gehört nicht zu seinen Qualitäten. Mira, die ihn vom Schuppen aus beobachtet, die Hände in den Hosentaschen vergraben, weiß das. Sie ist merkwürdig wütend auf diesen Fremden, der sie mit einem Kuss auf den Mund begrüßt. Ihre Lippen drücken sich fest gegen seine, eine unentschlossene Erwiderung. Vielleicht ist es die Wut, die ihre Hände führt, vielleicht nur ein Instinkt? Wie eine Blinde befühlt sie seinen Hals mit dem Adamsapfel in der Mitte, das glatte Gesicht, die weißblonden Haare. Ihr Tasten endet auf seiner flachen Brust. Ihre Hände liegen still und fühlen sein Herz. Er hat eine knochige Brust mit Warzen, klein wie Mückenstiche, sie meint ihre Erhebung durch das Hemd hindurch zu spüren. Sie lächelt, versucht in Gedanken sich an seine anderen Makel zu erinnern, doch sie kommt nicht weit, der Mann missdeutet ihr Lächeln, er hebt ihr Kinn und presst seine Lippen erneut auf ihre. Mira krallt sich in seine Haare, er drängt sie gegen die Schuppenwand, die Gänse schnattern. Mira schiebt dem Mann Speichel in den Mund, es scheint ihn nicht zu stören, er verschließt ihr die Ohren. Er will die Welt begrenzen auf sie beide. Doch sie schüttelt den Kopf, befreit sich aus seinem Griff, tritt zur Seite und öffnet den Gänsen das Tor. Sie wendet ihm den Rücken zu. Er lehnt weiter an der Schuppenwand, als sei er sicher, dass sie zu ihm zurückkommen wird. Er ist nicht böse. Sie fragt ihn barsch, warum er hierher gekommen sei? Er summt als Antwort die Melodie eines Liedes, ein sehnsuchtsvolles Lied. Sie kennt es aus seinen Armen. Nach der Liebe hat er es für sie gesungen. Damals gefiel es ihr, und er kannte die Worte. Inzwischen will sie auch die fremde Sprache nicht mehr hören, sie können nicht mehr dorthin reisen, wo sie gesprochen wird. Sie sind beide gebunden an dieses Land, dieses Haus, an ihre Schulden.

Er war schon lange nicht mehr hier. Er wäre gerne früher gekommen, sagt er jetzt. Mira weiß das. Doch sie fährt ihn an, er hätte fortbleiben sollen. Er erschrickt über ihre Heftigkeit und blinzelt irritiert. Für sie ist er zum Fremden geworden, sie kann sich nicht freuen über seine Rückkehr. Sie war jung, als er ging vor vier Jahren, inzwischen fühlt sie sich alt. Sie wird zweiundvierzig dieses Jahr. Seine Sicherheit dagegen ist immer noch dieselbe, sie fragt sich, woher er sie nimmt. Er hat genauso viel verloren wie sie. Doch der Verlust scheint ihm nichts anzuhaben. Er schaut sie weiter an, abwartend. Sie hebt das Fahrrad auf und schiebt es in den Schuppen. Es soll nicht rosten im Regen, es ist nur geliehen. Sie weist ihm die Tür, sie gehen hinein.

Die Diele ist unverändert, selbst die Bilder an der Wand sind dieselben. Die Tuschezeichnungen haben sie zusammen gekauft, Mira hat damals den Preis gedrückt mit dem Hinweis auf den fehlenden Rahmen. Er steht vor einem der Bilder und scheint sich zu erinnern. Er lächelt, wirft die Mütze über den Türpfosten und fährt sich durch die Haare. Sie bemerkt, dass sie ihn jetzt tatsächlich wie einen Fremden betrachtet und wie das ihre Wut erschwert. Schnell sagt sie seinen Namen: «Anton.» Er freut sich und kommt auf sie zu, doch im letzten Moment stockt er, denn er sieht ihre gesenkten Brauen. Es ist ihr gelungen, mit seinem Namen die Erinnerung wieder wachzurufen. Sie weiß wieder alles, was mit ihm, seinem Übermut, ihrer Enttäuschung zusammenhing, und sie will, dass er spürt, was er ihr angetan hat. Er legt ihr die Hand auf die Stirn und fragt es selbst: «War es schlimm für dich?», meint es ehrlich, mitfühlend, sie kann kaum glauben, dass er so wenig versteht. Sie schnauft und dreht sich weg von ihm. Er spricht einfach weiter. «Warum hast du mich im letzten Jahr nicht mehr besucht? Du hast auch meine Briefe nicht beantwortet. Gibt es etwas, das ich wissen sollte?» Sie würde gern lügen, um ihn zu verletzen, doch die Silben dazu kommen nicht über ihre Lippen. An der Garderobe stehen nur ihre eigenen Schuhe, im ganzen Haus gibt es kein Anzeichen eines anderen Mannes. Sie schüttelt den Kopf, wieder freut er sich. Er umarmt sie, und sie hält einen Moment lang still, um auszuprobieren, wie lange sie es aushält. Sie merkt, sie würde es viel zu lange aushalten und befreit sich erneut. Er macht keinen weiteren Versuch mehr, sie zu berühren. In der Küche nimmt er eine Flasche Bier aus dem Kühlschrank und öffnet sie am Tisch. Sie glaubt, dass er schon lange keinen Alkohol mehr bekommen hat und dass ihm das Getränk zu Kopf steigen wird. Sie holt die Schnapsflasche aus der Vitrine und schenkt sich ein. Sie nimmt den Schnaps wie Medizin. Schweigend leert sie ihr Glas, auch er trinkt wortlos aus der Flasche. Unvermittelt stößt sie hervor: «Hat es dir gefallen im Knast?» Er reagiert nicht. Sie hat das Schimpfwort benutzt, damit er versteht, was sie aushalten musste wegen ihm, wie die Leute reden.

Doch er antwortet ruhig, er gehöre nicht zu denen, die vergessen, wie es draußen sei, die nach der Entlassung nicht mehr alleine leben können. Er kenne einen, der sei sehr jung gewesen bei seiner Verhaftung, und als er wieder freikam, versetzte ihn selbst das Klingeln des Telefons in Panik, er traute sich nicht abzuheben. Er hatte schon so lange nicht mehr damit umgehen müssen, mit fremden Stimmen und neuen Erwartungen. Im Knast sei alles geregelt, manche Männer hielten das nicht aus. Er selbst habe sich arrangiert und versucht, wach zu bleiben. Wie zum Beweis tippt er auf die Tasten des Telefons, es steht vor ihm auf dem

Tisch. Sie hat ihm kaum zugehört, sie lauscht seiner Stimme. Sie ist sich nicht mehr sicher, ob sie erkennen würde, wenn er lügt. Damals hat er sie nicht angelogen, nur verschwiegen hat er, woher das Geld kam, das Geld für den Bau des Ferienhauses, für das neue Auto, das Pferd. Er scheint ihre Gedanken zu erraten. Er sagt: «Ich habe es für dich getan.» Sie fühlt, wie sich etwas in ihr zusammenballt, links neben der Wirbelsäule, eine brennende Kugel. Sie presst hervor: «Ich habe dich nicht darum gebeten.» Er nickt zustimmend, doch dann spricht er von seinem Wunsch, sie glücklich zu machen, und davon, dass er gewusst habe, was dazu nötig sei. Viel sagend reibt er den Daumen an den Fingerkuppen seiner rechten Hand. Die Geste wirkt auf sie beleidigender, als wenn er das Wort ausgesprochen hätte, sie blafft zurück. «Ich habe mich nie ums Geld gekümmert. Das habe ich dir überlassen.» Sie bricht ab, denn sie hat sich das selbst oft genug vorgeworfen. Es stimmt, sie nahm damals wortlos hin, dass sein Einkommen wuchs wie anderen Leuten die Haare. Sie hat nie Fragen gestellt, sie hat ihm vertraut. Sie gibt zu, natürlich habe der Reichtum ihr gefallen. Sie mochte das Haus auf der Insel, sie sei gern in dem großen Wagen bei ihren Eltern vorgefahren, sie liebte das Pferd. Sie muss an die Versteigerung denken, ein Apotheker bekam das Tier. Er sieht, wie sie die Zähne aufeinander beißt, und versucht, ihr den Arm um die Schulter zu legen, doch sie wehrt ab. Als sein Betrug damals aufflog, mussten sie alles verkaufen. Sogar das Haus, in dem sie wohnt, ist gepfändet. Das Gericht sucht noch nach einem Käufer. Wenn sie Geld verdienen würde, kassierte ihren Lohn die Versicherung, die ihr Mann schädigte. Sie weiß jetzt, was das Eheversprechen «bis in den Tod» bedeutet. Sie haben nichts mehr, nicht einmal die Freiheit, sich zu verlassen. Wo sollte er wohnen, wenn nicht bei ihr?

Sie sieht an seinem Blick, dass er allmählich versteht, worum es ihr geht, was er ihr schuldig ist. Sie glaubt, dass sie miteinander auskommen werden. Doch er hat andere Pläne. Er schaut ihr direkt in die Augen, als er sagt, dass er morgen wegfahren wird. Er sei frei und nicht bereit, in einem neuen Gefängnis zu hocken. Denn anscheinend sei es ja das, was sie für ihn hier errichten wolle, ein Knast ohne Mauern, aber mit Zwang zur Reue. Sie tut unbeteiligt und stellt es ihm frei, zu gehen. Tatsächlich fragt sie sich, wie sie ihre Gefühle loswerden soll, wenn er fort ist. Von einem Moment auf den anderen versteht sie, dass sie ihn braucht.

Er ist aufgestanden. Sie hört, wie er sich im Badezimmer auszieht. Sein Gürtel auf den Fliesen, er streift die Schuhe von den Füßen, das Wasser lässt er laufen, bis es endlich warm ist, dann steigt er in die Kabine. Sie hat schon lange nicht mehr den Geräuschen eines anderen Menschen gelauscht. Sie denkt an seinen Jungenkörper, die winzigen Brustwarzen, sie will lächeln über seine mageren Beine, sie kann es nicht. Sie denkt daran, dass er fortgehen will und sie allein zurückbleiben wird.

Das Bad hat kein Fenster, der Schlüssel zur Tür liegt vor ihr in einer Schublade. Sie nimmt ihn heraus und verschließt die Tür von außen. Bei der letzten Drehung ihres Handgelenks stellt er drinnen das Wasser ab, um sich einzuseifen. Sie setzt sich wieder auf ihren Stuhl und wartet. Sie bemerkt, wie er schließlich den Wasserstrahl ganz zudreht, sich abtrocknet und rasiert, danach anzieht. Als er zum ersten Mal die Klinke herunterdrückt, glaubt er wohl an ein verklemmtes Scharnier. Er drückt sie noch ein paar Mal herunter, dann rüttelt er an der Tür und ruft nach ihr. Sie bleibt ruhig sitzen. Es ist eine massive Tür mit Eisenbeschlägen, die er nicht zertreten kann, Nachbarn gibt es keine. Sie wartet die verschiedenen Phasen ab, die Schreie, das Schweigen, den Hunger. Sie wartet darauf, dass er versteht, wovor er nicht weglaufen kann. Sie ist sicher, dass er es verstehen wird, auch wenn es sehr lange dauern kann. Sie weiß, dass sie ihm nicht erlauben darf, zu gehen. Er stochert mit der Nagelfeile im Schloss herum, ohne Erfolg.

Sie sagt laut: «Ich tue das alles nur für dich.» Er hat es gehört. Der Zahnputzbecher aus Glas fliegt gegen die Tür und zerbricht klirrend am Boden. Sie sagt ihm, er solle aufpassen mit den Scherben, vielleicht könne er sie mit dem Tuch aufwischen, ohne sich zu verletzen. Er antwortet nicht. Auch die Gänse draußen am Schuppen sind still. Es ist bereits dunkel. Die Sterne sind hinter Wolken verborgen.

Kleine Fische

Sunil Mann

Etwas lief eindeutig schief. Frank blickte erneut auf seine Armbanduhr. Sie waren schon viel zu lange da drin. Nervös trommelte er auf das Lenkrad und fluchte leise vor sich hin, ohne jedoch den Blick von der herrschaftlichen Villa auf der gegenüberliegenden Straßenseite abzuwenden. Das schmiedeeiserne Tor glänzte feucht und schwarz im kalten Mondlicht.

Er zündete sich eine Zigarette an, nahm einen tiefen Zug und kurbelte dann das Fenster herunter. Kühle Nachtluft strömte ins Innere des Wagens. Angespannt horchte er in die Dunkelheit hinaus, als erwarte er von dort einen Hinweis auf den Verbleib seiner Kumpels. Doch es war rein gar nichts zu vernehmen. Die unheimliche Stille, die aus dem angrenzenden Wald zu kriechen schien, verschluckte selbst die Geräusche der Stadt.

Vor etwa fünfzehn Minuten hatte er zum letzten Mal das unstete Aufflackern einer Taschenlampe in einem der Fenster im ersten Stockwerk erkennen können. Seither hatte sich nichts mehr gerührt. Dunkel lag das Haus da. Verlassen, wie es schien.

Für einen kurzen Moment schaltete er das Innenlicht ein. Sein schmales Gesicht mit dem kantigen Kinn und den dunklen, tief liegenden Augen erschien auf der Windschutzscheibe. «Ganovenfresse» nannten ihn neidisch Jung und Miedaner, «gut aussehend» die meisten Frauen. Frank rutschte beunruhigt auf dem Sitz herum. Er konnte es nicht ausstehen, untätig herumzusitzen und zu warten. Und noch viel weniger konnte er es ausstehen, wenn etwas nicht so lief, wie er es vorgesehen hatte. So wie jetzt. Nach seiner Planung hätten Jung und Miedaner längst zurück sein müssen.

Eigentlich war es Miedaners Idee gewesen. Was Frank überrascht hatte, denn weder Jung und schon gar nicht Miedaner brachten sonst brauchbare Vorschläge. In den fünfzehn Jahren, in denen sie sich kannten und in denen sie zwar Geschäftspartner, aber kaum wirklich gute Freunde geworden waren, war immer er die treibende Kraft hinter ihren kriminellen Tätigkeiten gewesen. Bereits zu Beginn ihrer zweifelhaften Laufbahn, als sie beinahe noch Kinder waren und die ersten Ladendiebstähle begingen, war es jeweils er gewesen, der die Idee gehabt und den Anstoß gegeben hatte, und sie hatten ihn – begeistert und gehorsam zwar – lediglich bei der Ausführung unterstützt. Jetzt waren sie alle um die dreißig, und die Dinge hatten sich nicht merklich geändert. Sie waren und blieben zwei Dummköpfe, hitzige Kerle, die sich für nichts anderes interessierten als für Geld und Frauen, meist unüberlegt handelten, zu viel tranken und denen die Fantasie, die in diesem Beruf zum Überleben notwendig war, völlig abging. Frank traute ihnen nicht allzu viel zu, und zweifelsohne wären Jung und Miedaner ohne ihn eher früher als später ins Gefängnis gewandert. Einzig ihm hatten sie es auch zu verdanken, dass sie in einem gewissen Wohlstand lebten, der mit ein paar gezielten Einbrüchen und Überfällen pro Jahr gesichert wurde. Mit der Zeit hatten sich etliche kriminelle Vergehen auf ihrem Strafregister angesammelt. Und trotzdem: Im Vergleich zu anderen, zu den richtig Großen in der Branche, waren sie alle drei nur kleine Fische.

Zuerst hatte Frank Zweifel gehabt. Doch bei näherer Prüfung hatte es sich herausgestellt, dass Miedaners Idee doch nicht so übel war und sich der Einbruch tatsächlich lohnen würde. Der Eigentümer der Villa war ein hohes Mitglied der Landesregierung und ein bekannter Sammler antiker Münzen. Seine Sammlung sei jüngst in einer Fernsehsendung zu den wertvollsten in Europa, wenn nicht sogar der ganzen Welt, gezählt worden, hatte Miedaner an jenem Nachmittag mit glänzenden Augen berichtet, und man hätte in dem Beitrag unter anderem auch die zahlreichen Vitrinen, die überall im Haus verteilt waren, gezeigt. Zudem war allgemein bekannt, dass die Frau des Politikers, eine unscheinbare Mittfünfzigerin mit einem Hang zum Kitsch, bei offiziellen Anlässen, wenn auch nicht immer geschmackssicher, so doch gerne und viel exquisiten Schmuck trug.

Frank brauchte nicht lange zu überlegen. Das war die Chance, auf die er schon seit geraumer Zeit gewartet hatte. Sollte dieser Einbruch gelingen, wäre er eine Menge Probleme für immer los. Und diese Aussicht reizte ihn so sehr, dass er bereit war, wider seine übliche Vernunft das Risiko einzugehen. Und das Risiko war hoch. Sehr hoch.

Denn Tatsache war, dass keiner von ihnen jemals in eine Villa eingebrochen war, noch eine Ahnung hatte, wie man Schmuck oder antike Münzen möglichst schnell zu Bargeld machte. Sie hatten sich im Verlauf der Jahre auf kleinere Unternehmungen spezialisiert. Supermärkte auf dem Land zum Beispiel, die sie kurz vor Ladenschluss stürmten, oder Restaurants, in denen sie den Mitarbeitern nach Feierabend unter Vorhalten falscher Knarren den Tagesumsatz abnahmen. Kleine Fische halt.

Ein Einbruch in die Villa des Politikers erforderte hingegen genaueste Planung – da musste jedes Detail stimmen und durfte nichts schief gehen, sonst war es um sie alle geschehen.

Und Frank plante sorgfältig, so umsichtig wie noch nie zuvor, er wusste nur zu gut, was von ihm abhing. Und was für ihn drin lag.

Jung und Miedaner beauftragte er, in der Zwischenzeit unauffällig die Villa zu beobachten und so viel wie möglich über die Gewohnheiten ihrer Bewohner herauszufinden. Was sie auch erstaunlich erfolgreich taten.

Frank erinnerte sich noch gut an jenen Nachmittag. Sie hatten sich zur Lagebesprechung in Jungs Wohnung verabredet.

«Der Alte hat keine Hunde, das ist schon mal gut. Oder?» Jung sah unsicher zu ihm auf. Frank nickte und bedeutete ihm mit einem weiteren Kopfnicken, weiterzusprechen. Doch stattdessen übernahm Miedaner die Berichterstattung. «Dafür hat er eine Geliebte, irgend so ’ne Tussi, die hofft, dass er sie eines Tages heiratet. Er trifft sie jeweils freitagabends in ihrer Stadtwohnung. Essen und Wein und so, und dann ’ne Nummer bei Kerzenschein und Phil Collins. Immer dasselbe. So was von langweilig, diese Politiker . . .» Er verzog verächtlich das Gesicht. Jung grinste beifällig, dann erhob er sich und ging nervös im Zimmer auf und ab. «Wir haben herausgefunden, dass außer den Vitrinen mit den Münzen nichts an eine Alarmanlage angeschlossen ist.» Er sprach leise und hastig, sodass Frank Mühe hatte, ihn zu verstehen. «Was ist mit der Frau?» – «Die verbringt ein verlängertes Wochenende pro Monat auf einer Schönheitsfarm.» – «Was gewiss keine Geldverschwendung ist», warf Miedaner hämisch grinsend ein. «Und ihre Klunker liegen im Safe.» Jung atmete auf. «Findet heraus, wann sie das nächste Mal verreist. Der Einbruch wird genau dann stattfinden, wenn sie auf der Farm ist und ihr Mann bei seiner Geliebten.»

Frank war erleichtert. Keine Alarmanlagen und Hunde, der Einstieg ins Haus war also ein Kinderspiel. Und um den Rest würde er sich kümmern. Vielleicht war das Ganze doch einfacher, als er gedacht hatte.

Es war bereits weit nach Mitternacht. Das Sträßchen, das sich durch das Villenviertel schlängelte, war menschenleer, und selbst wenn um diese Zeit noch jemand unterwegs gewesen wäre, hätte er den Kopf um neunzig Grad wenden und sich äußerst genau umsehen müssen, um den nachtblauen Ford zu entdecken, der in der Einfahrt unter den tief herabhängenden Zweigen einer Trauerweide stand.

Frank rauchte eine weitere Zigarette. Vielleicht hätte er doch mitgehen sollen, dachte er und bereute in diesem Moment sehr, dass er es nicht getan hatte. Doch einer musste ja der Fahrer sein. Die beiden andern waren offensichtlich überfordert mit dieser Aufgabe. Es war immer dasselbe! Diese Dummköpfe! Wütend schlug er mit der Faust aufs Lenkrad. Er hatte es so satt. Er hatte *sie* so satt.

Dabei wäre es so einfach gewesen. Er hatte alles vorbereitet, hatte alles bis ins kleinste Detail geplant.

Der Politiker hatte das Haus bereits am Morgen verlassen, und seine Gattin war am frühen Nachmittag zu ihrem Wellnesswochenende aufgebrochen. Unter dem Vorwand, es sei eine Störung des Fernsehempfangs gemeldet worden und er müsse daher alle Kabelbuchsen kontrollieren, hatte er sich kurz darauf als Techniker verkleidet Einlass in die Villa verschafft. Das Hausmädchen, das die Tür öffnete, entschuldigte sich, dass der Hausherr leider gerade nicht anwesend sei. Freitags esse er meist auswärts und käme erst sehr spät nach Hause. Ohne zu zögern, hatte sie ihn dann ins Wohnzimmer geführt. Mit dem Hinweis auf die weiteren Anschlüsse im Haus und einem schüchternen Lächeln ließ sie ihn allein. Er brauchte nur wenige Handgriffe, um die Alarmvorrichtungen an den neun Vitrinen im ganzen Gebäude zu deaktivieren. Er war wie immer sehr gut vorbereitet gewesen.

Der Safe war, wie Jung und Miedaner richtig herausgefunden hatten, hinter einem Monet versteckt. Vorsichtig hob Frank das Gemälde an. Ein Blick genügte ihm, um festzustellen, dass es sich bei dem Safe um ein hoffnungslos veraltetes Modell handelte, das sich mit etwas Gewalt problemlos aufbrechen lassen würde. Er musste nur daran denken, den beiden Trotteln das richtige Werkzeug mitzugeben.

Frank drückte die Zigarette im Aschenbecher aus. Sie mussten sich jetzt wirklich beeilen, denn der Hausherr konnte jeden Augenblick zurückkehren. Er erinnerte sich, heute ein Bild von ihm in der Zeitung gesehen zu haben. Er war ein massiger Mann mit einem zu weichen, beinahe weinerlichen Gesicht. Offensichtlich plagten ihn schwer wiegende Geldprobleme, wie im dazugehörigen Bericht zu lesen war. Immerhin konnte er mit der Summe, die er von der Versicherung erhalten würde, seinen Schuldenberg abbauen. Frank grinste. Damit war allen geholfen. Fast allen zumindest.

Dichter Nebel kam auf. Die Villa entzog sich beinahe vollständig seinem Blick. Das milchige Licht einer einsamen Straßenlampe zerrann in den unruhig wogenden Schwaden.

Frank seufzte. Er hatte die Nase gestrichen voll. Von diesem erbärmlichen Geschäft, von den lausigen Zukunftsaussichten, von seinen dämlichen Partnern.

Er hatte sich längst entschieden: Sollte dieser Coup gelingen, dann wäre es sein letzter. Er würde aussteigen. Schon lange träumte er von einer Reise durch Südamerika, an deren Ende er sich an einem Strand niederlassen und eine kleine Bar eröffnen wollte. Irgendwo in Brasilien vielleicht oder Venezuela, dort solle es auch sehr schön sein, hatte er gehört.

Mit dem zu erwartenden Erlös aus den Münzen und den Schmuckstücken konnte er es sich problemlos leisten.

Noch ahnten Jung und Miedaner nichts davon. Sie würden es niemals verstehen. Er wusste es. Ihnen fehlte die Fantasie, die Fähigkeit, zu träumen. Sie waren zufrieden mit etwas Geld, das sie umgehend in Drinks und Frauen investieren konnten. Doch das Problem war, dass sie es ohne ihn nicht lange machen würden, sie wären einfache Beute für die Fahnder. Und dann würde es nicht mehr lange dauern, bis sein Name fallen würde.

Er hatte es sich lange und gründlich überlegt und war zu dem Schluss gekommen, dass ihm keine andere Möglichkeit blieb. Es fiel ihm nicht leicht, immerhin waren sie beinahe Freunde. Doch er hatte alles perfekt geplant, wie immer.

Jetzt fehlte nur noch das Diebesgut.

Einer Eingebung folgend hob er den Kopf und starrte in die Dunkelheit hinaus. Nichts rührte sich. Er warf einen erneuten Blick auf die Uhr. Sie waren jetzt seit fünfzig Minuten da drin. Das war eindeutig zu lang.

Er lehnte sich etwas zurück und versuchte, sich zu entspannen, nur um sich im nächsten Moment ruckartig wieder aufzurichten. Ein schrecklicher Verdacht keimte in ihm auf. Er schüttelte ärgerlich den Kopf, wie um den Gedanken, der ihm soeben gekommen war, loszuwerden. Das konnte nicht sein. Und doch ... Er starrte mit weit aufgerissenen Augen ins Leere und umklammerte gedankenverloren die Waffe, die neben ihm auf dem Beifahrersitz lag. Er erinnerte sich jetzt plötzlich daran, wie sehr Jung und Miedaner darauf bestanden hatten, den zweiten Teil der Operation zu übernehmen. Nachdem er die Alarmanlage ausgeschaltet und ein Fenster im Erdgeschoss hatte offen stehen lassen. Nachdem er das nötige Werkzeug und zur Sicherheit drei Pistolen beschafft hatte. Nachdem er alle ihm zur Verfügung stehenden Kontakte zur Unterwelt genutzt hatte, um einen Händler zu finden, der sowohl die Münzen als auch den Schmuck kaufen wollte.

Und all die Informationen, die sie scheinbar mühelos beschafft hatten! Er war viel zu beschäftigt mit der Planung gewesen, als dass ihm das aufgefallen wäre. Doch jetzt ...

Es durchfuhr ihn siedend heiß. Da war was oberfaul! Frank stieß die Tür des Wagens auf und sprang hinaus. Ein Teil seines Verstandes wehrte sich immer noch dagegen und tat diesen Verdacht als unmöglich ab, doch noch einmal hielt er sich die Summe aus dem Erlös vor Augen, und die Wahrscheinlichkeit, dass ihn die beiden Dummköpfe tatsächlich reinlegen wollten, schien ihm plötzlich nicht mehr so klein.

Wütend trat er mehrmals gegen die Reifen. Er hörte den verhaltenen Pfiff erst, als er kurz innehielt. Wie angewurzelt blieb er stehen. «Frank, hierher!» Das war eindeutig Jungs Stimme. Er wandte den Kopf und erkannte zwei Schatten, die auf der anderen Seite des Tors standen. Erleichtert atmete er auf und eilte rasch zu ihnen. Miedaner und Jung waren außer Atem. «Schnell, schnell, wir müssen uns beeilen! Der Typ kann jeden Moment zurück sein!», flüsterte Jung erregt. «Nimm uns die Ware ab, sie ist verdammt schwer!» Beide streckten ihm mehrere Taschen entgegen.

Sie sind tatsächlich schwer, dachte Frank, als er die Taschen zum Auto schleppte. Doch das metallische Geräusch, das die Münzen bei jedem seiner Schritte verursachten, ließ sein Herz schneller klopfen. Wenn weiterhin alles nach Plan lief, dann war Südamerika nur noch ein paar Stunden entfernt. Das Flugzeug würde die Stadt am frühen Morgen in Richtung Rio de Janeiro verlassen. Doch bis dahin gab es noch einiges zu erledigen.

Er ging zurück, um die restlichen Taschen zu holen, während Jung und Miedaner begannen, über das schmiedeeiserne Tor zu klettern. Es war nur ein flüchtiger Gedanke, doch einen Moment lang erwägte er ernsthaft, die Möglichkeit zu nutzen, die sich ihm gerade bot. Einfach einsteigen und Gas geben ... Doch die beiden Dummköpfe würden sich wohl schon bei der nächsten Straßenkreuzung schnappen lassen. Er musste dafür sorgen, dass das nie passieren konnte, so schwer es ihm auch fiel.

«Toll, wie du alles vorbereitet hast! Hat alles wie am Schnürchen geklappt!» Miedaner keuchte, und seine Wangen waren vor Aufregung gerötet. «Warum hat es so lange gedauert?» Frank verstaute die Taschen auf dem Rücksitz des Fords. «Wir haben nicht alle Vitrinen auf Anhieb gefunden ...» Frank richtete sich auf und warf Miedaner einen scharfen Blick zu. Die vage Antwort stellte ihn nicht zufrieden. «So?» – «Aber immerhin war der Safe schon offen. Tolle Leistung, Frank!» Jung schaute ihn treuherzig an. Frank, der gerade im Begriff war, in den Wagen zu steigen, erstarrte mitten in der Bewegung. «Was hast du gerade gesagt?» Mit einem Knall schlug er die Tür zu und stellte sich breitbeinig vor Jung hin. Dieser glotzte ihn mit vor Schreck weit aufgerissenen Augen an.

Miedaner reagierte blitzschnell. «Blödmann!», zischte er Jung wütend zu, und im nächsten Augenblick hielt er seine Pistole in der Hand und zielte damit auf Frank. Jung folgte zitternd seinem Beispiel. Miedaner grinste, als er Franks verdutztes Gesicht sah.

«Damit hast du wohl nicht gerechnet, was? Dass dich die beiden Dummköpfe eines Tages austricksen. Und nicht nur dich!» Er tauschte einen raschen Blick mit Jung aus, worauf dieser aufgeregt zu kichern begann.

«Das ist unser letzter Coup! Mit der Kohle, die wir von dem ollen Polit-Heini bekommen haben und aus dem Verkauf der Münzen und der Klunker noch erhalten werden, können wir die nächsten hundert Jahre feudal leben!»

Verständnislos sah ihn Frank an. Dann ging ihm allmählich ein Licht auf. «Ach, das war alles die Idee des Politikers! Er hat euch all die Informationen geliefert! Ich hatte mich schon gewundert ...» Er erinnerte sich plötzlich an den Zeitungsartikel. «Und er hatte Geldsorgen. Er hat euch dafür bezahlt, dass Ihr die Münzsammlung und den Schmuck seiner Frau klaut! Deshalb war auch der Safe offen!»

«Er wollte nicht, dass der Safe beschädigt wird. Es war ein uraltes Modell, das bereits sein Großvater benutzt hatte. Die Zahlenkombination stand auf einem Zettel, den er in seiner Brieftasche herumtrug. Natürlich ist diese letzte Woche bei der Polizei als gestohlen gemeldet worden.» Miedaner grinste siegessicher.

«Und er kassiert die Versicherungssumme und lagert seine Münzsammlung in Zukunft wahrscheinlich im Keller. Aber ihr denkt nicht daran, ihm die Münzen zurückzugeben, oder?»

Miedaner schüttelte amüsiert den Kopf. «Wir haben euch beide reingelegt. Schließlich kann man nie reich genug sein.»

Das Lächeln verschwand abrupt von seinem Gesicht.

«Und es ist mehr, wenn man nur durch zwei teilt.» Er nickte Jung zu. Frank hörte das kalte Klicken, als die Waffen entsichert wurden. Dann richteten beide ihre Läufe auf seinen Kopf. Ein erstaunter Ausdruck glitt über Franks Gesicht, als sie gleichzeitig abdrückten.

Er wurde leicht in seinen Sitz gedrückt, als das Flugzeug abhob. Lächelnd blickte er aus dem Fenster und sah tief unter sich die Stadt immer kleiner werden. Als die Stewardess sich kurz darauf bei ihm erkundigte, was er trinken möchte, antwortete er: «Champagner.» – «Gibt es was zu feiern?», fragte sie neugierig. «Ja», sagte er schlicht und blickte wieder zum Fenster hinaus. Wie immer hatte er alles genau geplant. Dass sie ihn reinlegen wollten, hatte er zwar nicht ahnen können. Doch dass nur eine der drei Waffen geladen war, das war so vorgesehen gewesen. Und genau diese Waffe hatte verdeckt von der Bomberjacke in seinem Hosenbund gesteckt, als Jung und Miedaner mit ihren leeren Läufen auf ihn gezielt hatten.

Er hatte die Münzen, den Schmuck und die Waffen noch am selben Morgen verkauft.

Und irgendwann im Laufe des Vormittags würde jemand den nachtblauen Ford in der Einfahrt gegenüber der Villa entdecken. Und die beiden Leichen, die darin waren. Beide mit einem Kopfschuss niedergestreckt und einem verblüfften Ausdruck auf ihren Gesichtern. Und etwas später würde ein Polizist ihre Identität herausfinden und etwas ratlos und vielleicht sogar mitleidig auf die beiden Toten blicken. Denn wie er feststellen würde, hatte es sich bei Miedaner und Jung nur um kleine Fische gehandelt.

Matanza

Anne Grießer

«Und nun, meine Damen und Herren, kommen wir zum ersten Platz!»

Der Mann auf der Bühne legte eine taktische Pause ein und ließ den Blick über die etwa hundert Gäste wandern, die mehr oder weniger gespannt auf ihren unbequemen Plastikstühlen herumrutschten.

Marianne nahm Babettes Hand und drückte fest zu. Babette, seit wenigen Wochen nicht nur ihre Freundin, sondern auch Lebensgefährtin und Geliebte, lächelte warm zurück. Carola, die Dritte im Bunde, betrachtete die beiden wohlwollend, blinzelte ihnen kurz zu, dann widmete sie sich wieder ganz ihrem Gatten, dem stattlichen und gewissenhaft herausgeputzten Jaime, um den sich in Kürze vermutlich alles drehen würde. Alle drei drückten sie ihm die Daumen.

Marianne drückte besonders fest und dachte dabei an jenen grauen Novembertag zurück, an dem ihr junges Glück seinen Lauf genommen hatte.

Morgens um halb sieben, als sie nach Mershausen zur Finca Nadal aufbrach, war es noch stockdunkel. Sie hasste es, so früh aufstehen zu müssen, es ging jedoch nicht anders, wenn sie den Tod des Schweins miterleben wollte. Nun, sie wollte eigentlich nicht, aber niemand hatte sie danach gefragt.

«Eine Matanza», erklärte der Gastgeber Jaime Nadal und lächelte diabolisch, «ist mehr als nur ein Schlachtfest. Es ist ein gesellschaftliches Ereignis, ein fettes Vergnügen, eine Orgie für Bauch und Seele!»

Hm. Nun ja. Das abendliche Festessen konnte Marianne gerade noch mit einer Orgie in Verbindung bringen. Aber die Hausschlachtung? Das Zerlegen des Schweins? Das Abkochen der Blutwürste? – Sie schüttelte sich.

«Jeder hilft mit!», fuhr Jaime fort. «Die Frauen reinigen die Därme, kochen die Würste, bearbeiten die Schwarte. Die Männer kümmern sich ums Grobe.» Er kicherte eitel und fuhr sich mit Daumen und Zeigefinger über seinen wuchtigen Schnauzbart.

«Die Hausfrau besitzt das Privileg der Würze.» Stolz legte er seinen Arm um Carola. «Sie kümmert sich um die richtige Wurstrezeptur. Mit ihr steht und fällt der Erfolg einer jeden Matanza.»

«Du MUSST einfach kommen», wisperte Carola in Mariannes Ohr. «Es wäre eine große Beleidigung, die Einladung zu einem mallorquinischen Schlachtfest abzulehnen. Babette und Bernd kommen auch. Außerdem Jaimes Bruder Toni, er bringt das Schwein.»

Marianne seufzte. Andere Länder, andere Feste.

Carola hatte Jaime vor fünf Jahren aus Mallorca mitgebracht, als Urlaubsandenken sozusagen. Keiner hätte auch nur einen Pfifferling darauf gegeben, dass die beiden länger als einen Monat zusammenblieben. Carola und ein Metzger!

Unvorstellbar, auch wenn das spanische Wort «matador» bei weitem besser klang als das deutsche «Schlachter».

Die beiden hatten alle eines Besseren belehrt: Sie heirateten, und Jaime gelang es, eine erfolgreiche, in der ganzen Gegend berühmte Fleischerei aufzubauen. Zweimal hintereinander gewann er den «Goldenen Zipfel» der Fleischerinnung, einen begehrten Preis für die besten Kochwürste im Land.

Inzwischen bewohnte er mit Carola eine respektable Villa, zur Hälfte mediterrane Finca, zur anderen Hälfte eine moderne Metzgerei mit den technisch aufwendigsten und teuersten Gerätschaften.

«Die bleiben beim traditionellen Schlachtfest allerdings aus!», versprach Jaime. «Da wird alles von Hand erledigt, so wie es die Großeltern noch kannten. Dazu wird getrunken, gesungen und geredet. Und am Ende des Tages gibt es ein – wie sagt man – bombastisches Festmahl. Die Teilnahme an einer echten ‹Matanza› ist für jeden Gast eine große Ehre!»

Marianne war die «Ehre» ziemlich schnuppe. Was sie schließlich überzeugte, war allein die Tatsache, dass Babette kommen würde.

Gähnend parkte Marianne ihren Wagen vor der Finca Nadal und warf einen Blick auf das Anwesen. Groß war es, doch im trüben deutschen November wollte das südliche Flair nicht so recht zur Geltung kommen.

Marianne steuerte auf die Terrasse zu, von der leises Stimmengewirr durch den Nebel drang. Dort waren bereits alle übrigen Gäste versammelt.

«Da bist du ja endlich!» Babette umarmte ihre Freundin herzlich. Sie hatte verheulte Augen, das sah Marianne sofort.

Bernd grinste spöttisch und reichte ihr die Hand: «Salut, mein Mädchen.»

«Mädchen?», bellte Marianne. «Und gar DEINES?»

Bernd zwinkerte ihr zu.

Verflucht, dachte Marianne. Der Typ schaffte es immer wieder, sie auf die Palme zu bringen. Er tat es mit Absicht. Weil er wusste, dass sie auf seine Frau scharf war. Weil er gerne seine Späßchen machte über die bedauernswerte Lesbe Marianne, die sich unsterblich, aber völlig hoffnungslos in Babette verliebt hatte.

Wer weiß, dachte Marianne oft. Vielleicht nicht ganz so hoffnungslos, wie du denkst! Vielleicht kennst du deine Ehefrau nicht ganz so gut wie ich!

Die nebelumwaberte Terrasse der Finca Nadal bot ein bizarres Bild: Auf einem kleinen Beistelltisch lagen säuberlich aufgereiht fünf große Messer, ein Beil, mehrere Tonkrüge und eine große Schale, die zum Auffangen des Blutes vorgesehen war. Von der Decke baumelte eine Art hölzerner Galgen. Später sollte das geschlachtete Schwein daran aufgehängt und zerlegt werden. Der Hauptakteur des Tages stand sichtlich vergnügt im taufeuchten Gras: ein dunkelhaariges Borstenvieh, ein echtes mallorquinisches *porcella negra.* Jaimes Bruder Toni, ein schmächtiger und recht verschüchtert dreinblickender Bursche, hielt es am Seil fest. Es sah nicht so aus, als habe das Tier auch nur die geringste Ahnung, welches Schicksal ihm gleich widerfahren sollte.

Die Ehre des Todesstoßes war dem Hausherren vergönnt. Er strahlte bis über beide Ohren, als er Bernd und Toni bat, das Tier zu halten, während er ein letztes Mal sein großes Messer wetzte und mit dem Daumen theatralisch die Klinge prüfte. Marianne wollte sich gerade vom Schauplatz des Mordes abwenden, als jemand sie am Ärmel zupfte.

«Komm mit», japste Babette. «Ich kann das nicht sehen!»

«Was ist mit dir», fragte Marianne, als sie draußen auf dem Rasen standen, wo das panische Quieken des Schweins nur noch gedämpft zu hören war. Im letzten Moment war dem Tier wohl doch noch aufgegangen, was sie mit ihm vorhatten.

«Ich könnte ihn umbringen!», stieß Babette hasserfüllt hervor. «Dass er mich ständig betrügt, ist mir inzwischen völlig ... Wurst.» Sie stolperte über das letzte Wort. «Aber wenn das so weitergeht, dann wird er mich auch finanziell ruinieren! Ich kann nichts dagegen unternehmen! Ich bin ja selbst schuld! Niemals hätte ich die Firma auf seinen Namen überschreiben dürfen!»

«Damals schien es am besten so ...»

«Ich weiß», seufzte Babette kraftlos. «Jetzt will er die letzten Rücklagen der Firma für eine dreimonatige Weltreise ausgeben. Alleine, versteht sich. Das heißt – zumindest ohne mich. Ich habe keine Ahnung, ob er eine andere Frau mitnimmt. Danach werden wir so gut wie pleite sein. Aber das interessiert ihn nicht. Hauptsache, er hat sein Vergnügen.»

«Soll ICH versuchen, mit ihm zu reden? Vielleicht ... wenn ...» Marianne fühlte sich sehr hilflos.

Babette lachte bitter. «Reden?! – Mit Reden ist da nicht viel zu erreichen! Da musst du schon härtere Geschütze auffahren.»

Wahrscheinlich hat sie Recht, dachte Marianne. Aber probieren wollte sie es trotzdem.

«Wir müssen zurück», sagte sie laut. «Es ist jetzt ganz still. Ich glaube, das arme Tier hat es hinter sich.»

Jaime und Toni hielten das tote Schwein über die große Tonschüssel, in der sich bereits eine Blutlache gebildet hatte. Bernd stand sehr blass daneben und schwankte. Dann presste er die Hände auf den Mund und verschwand schnell im Haus.

Etwa eine halbe Minute später tat Babette es ihm nach.

Jaime grinste. «Oh, là, là! Zarte deutsche Frauen – und noch zartere Männer!»

Er schickte Carola, die sich erstaunlich wacker hielt, in die Küche, um kochendes Wasser zu bringen, womit dem Tier die Borsten entfernt werden sollten. Er selbst betrat mit dem blutigen Schlachtmesser das Haus und kam etwa fünf Minuten später mit dem gesäuberten wieder zurück. Babette und Carola erschienen kurze Zeit nach ihm.

Jetzt oder nie, dachte Marianne. Wenn sie mit Bernd reden wollte, dann sollte sie seinen derzeitigen Schwächezustand kaltblütig ausnutzen.

Sie wusste, dass es im Haus zwei Bäder gab, doch sie fand Bernd in keinem davon. Sie durchstreifte Raum um Raum, bis sie schließlich im hinteren Teil des Hauses landete, wo sich die Fleischerei befand.

Dort fand sie ihn.

Er stand über einen großen Trichter aus Edelstahl gebeugt und sah aus, als würde er sich übergeben. Das konnte er jedoch unmöglich tun, denn in seinem Rücken stak bis zum Schaft ein riesiges Messer, das zweifellos sein Herz durchbohrt hatte. Marianne wurde schwarz vor Augen. Als sie kurze Zeit später aus der Ohnmacht erwachte, lag sie auf dem blitzblanken Boden der Fleischerei und fühlte sich überraschenderweise recht gut.

Okay, dachte sie. Babette hatte ihr Problem alleine gelöst. «Ich könnte ihn umbringen», waren ihre Worte gewesen – und das Schwein hatte es wahrlich nicht besser verdient. Was Babette jetzt am dringendsten brauchte, war eine Freundin. Eine wie Marianne.

Sie inspizierte das Gerät genauer, über dem Bernd hing. Knochenseparator stand darauf geschrieben. 1100 kg pro Stunde.

Marianne holte tief Luft. Sie würde diese Aufgabe in Raten erledigen müssen, denn sie konnte nicht ewig vom Fest fernbleiben. Als sie Bernd entkleidet und in den Trichter gehievt hatte, beschloss sie, eine Pause einzulegen.

Auf der Terrasse herrschte inzwischen reges Treiben. Das Tier hing nun am Galgen und wurde von Toni und Jaime fachmännisch zerlegt.

«Wo warst du?», fragte Babette, die noch immer recht blass aussah.

Marianne zwinkerte ihr liebevoll zu. «Mach dir keine Sorgen», wisperte sie. «Ich habe mich um das Schwein gekümmert.»

Irritiert blickte Babette ihrer Freundin nach, die mit einem Mal seltsam beschwingt wirkte. Wie hätte sich Marianne um das Schwein kümmern können, wenn es doch nackt und rosig auf der Terrasse hing und gerade seinen Schinken verlor? Nun, vielleicht waren sinnlose Witze einfach Mariannes Art, mit dem makabren Schlachtfest umzugehen. Babette jedenfalls kostete es große Mühe, die seltsamen Rituale zu verkraften, die sie an diesem frühen Samstagmorgen erleben musste. Der Schweinskopf lag nun auf einem kleinen Holztisch in der Ecke und schien das weitere Geschehen mit gerunzelter Stirn zu betrachten. Babette fand den Anblick Grauen erregend, fühlte aber dennoch den fast zwanghaften Drang, immer wieder hinzusehen.

Marianne näherte sich soeben dem Kopf und zog dem Schwein spielerisch die Ohren lang. Babette musste grinsen. Wahrscheinlich durfte man das alles nicht so ernst nehmen – weder die Matanza noch den Ärger mit Bernd, ihrem unliebsamen Ehegatten.

Wie gut, dass es Marianne gab. Sie schaffte es immer wieder, Babette mit ihrer liebevollen und warmherzigen Art aufzumuntern. Wahrscheinlich, so dachte sie, wäre eine Beziehung mit dieser Frau das Paradies auf Erden – mit ihrer derzeitigen Ehe gar nicht zu vergleichen! Immerhin, eine kurze, heiße Affäre hatten sie ja schon gehabt, damals, bevor Bernd auftauchte …

Wo steckte der überhaupt? War ihm immer noch schlecht?

«Meine Damen», unterbrach Carola ihre Gedanken und klatschte voller Tatendrang in die Hände. «An die Arbeit! Das Blut muss gekocht werden, bis es dick ist. Daraus entstehen unsere besten Würste. Was uns die Männer an Resten hinlegen, kommt in diesen kleinen Fleischwolf und wird ebenfalls verwurstet. Außerdem», sie grinste boshaft, «ist es Aufgabe der Frauen, die Därme vom Kot zu befreien. Dafür stehen heißes Wasser, Zitrone, Essig und Mehl bereit. – Die Därme müssen absolut sauber sein, immerhin füllen wir später unsere Wurst hinein!»

Babette staunte. Fünf Jahre Ehe mit einem Metzger hatten Carola offensichtlich zur Fachfrau werden lassen. Und warum auch nicht? Dass es ein äußerst lukratives Geschäft war, konnte man am Wohlstand des gesamten Anwesens erkennen. Tapfer griff sich Babette das glitschige Ding, das Carola ihr hinhielt. Marianne eilte mit heißem Wasser herbei, und zu dritt spülten sie den Darm aus, bis er blitzblank aussah. Es war nicht so schlimm, wie Babette befürchtet hatte.

Sie arbeiteten etwa eine Stunde konzentriert, bis Jaime schließlich sagte: «Pause! Die haben wir uns verdient!»

«Dónde», fragte Toni, der nur wenig Deutsch sprach, «*Dónde*, wo ist der dritte *hombre*?»

Alle schwiegen betreten. Es kam Babette so vor, als zuckte Marianne zusammen.

«Ich werde nach ihm sehen.» Babette lächelte gequält. Nun wussten wohl alle, dass sie Bernd während der Arbeit schlicht vergessen hatte.

Im Bad war er nicht mehr, und auch der Rest des Hauses lag ruhig und verlassen da. Auf ihr Rufen erhielt sie keine Antwort. Es war purer Zufall, dass Babette auch einen kurzen Blick in die hintere Hälfte des Hauses, in die Räume der Fleischerei warf.

Erstaunlicherweise löste der Anblick von Bernds blankem Hinterteil, das aus dem Trichter lugte, bei Babette nur ein nervöses Kichern aus, und ihr Herz schlug schneller als gewöhnlich. Ansonsten blieb sie ganz ruhig.

Mariannes leise Andeutungen, ihr Zwinkern, dieser mysteriöse Satz «Ich habe mich um das Schwein gekümmert», das alles ergab jetzt einen Sinn.

Babette wurde warm ums Herz.

In ihrem ganzen Leben hatte noch nie jemand etwas derartig Großes, Gewagtes für sie getan. Das war mehr als ein Freundschaftsdienst. Das war ein Liebesbeweis.

Es war nur recht und billig, Marianne jetzt zu helfen, wo sie nur konnte. Sie würde selbst vollenden müssen, was die Freundin begonnen hatte.

Langsam näherte sich Babette der großen Maschine, blickte dabei auf ihre Schuhspitzen und drückte beherzt den roten Einschaltknopf. Dann beeilte sie sich, zum Festgeschehen zurückzukehren.

«Hast du ihn gefunden?», fragte Carola mit besorgtem Gesichtsausdruck.

«Ähm, ja.» Babette zwinkerte Marianne verstohlen zu. «Er, ähm, er hat sich gerade ein Taxi gerufen. Diese Matanza sei nichts für ihn, hat er gesagt. Er wollte sofort nach Hause.»

Es kam Carola äußerst merkwürdig vor, dass Bernd ohne ein Wort des Abschieds verschwunden sein sollte. Ein solches Verhalten entsprach absolut nicht seinem Wesen.

Carola kannte Bernds Eigenheiten recht genau, denn sie war ihm eine Zeit lang näher gekommen, als ihr inzwischen lieb war. Was hatte ihr die Affäre mit diesem Möchtegernplayboy letztendlich schon eingebracht? – Nichts als gefährliche Versteckspielerei und ein schlechtes Gewissen. Und wie schnell war das alles fad geworden!

Natürlich wollte sie Jaime nicht verlieren. Er war in jeder Beziehung der bessere Mann. Manchmal ein wenig grob, aber immer leidenschaftlich, stark und ehrgeizig. Wohlhabend. Und eifersüchtig war er! Das lag an seinem südländischen Blut. Bernd hatte Carola nur kurze Zeit gereizt – weil er das pure Gegenteil von Jaime war – und weil sie ihn so leicht haben konnte. Seit sie die Affäre beendet hatte, drohte der Idiot ständig damit, Jaime alles zu erzählen. Dieser Narr! Da würde er sich aus gekränkter Eitelkeit sein eigenes Grab schaufeln. Denn Jaime würde nicht lang zaudern, so viel stand fest ...

«Carola, meine Hübsche! Deine große Stunde ist gekommen! Scharf und rot darf sie sein, unsere *Sobrasada*, unsere beste Wurst! Aber das weißt du ja, *guapa*, Würze meines Lebens!» Liebevoll streichelte Jaime seinen Schnauzbart, lächelte versonnen und nickte Carola aufmunternd zu.

«Die Gewürzmischung ist ein streng gehütetes Geheimnis!» Carola blinzelte ihren Freundinnen bedauernd zu. «Ich werde den Teig alleine in der Wurstküche verfeinern.»

Kam es ihr nur so vor oder erstarrten Marianne und Babette in diesem Moment?

Die Wurstküche lag im hinteren Teil des Hauses, direkt neben den Räumen der Fleischerei. Dennoch hätte Carola diese nicht betreten, wenn sie nicht das leise Rumpeln der großen Separatoranlage gehört hätte. Jaime vergaß gelegentlich, sie auszuschalten.

Von «Vergessen» konnte jedoch keine Rede sein.

Als Carola die Bescherung sah, wurde ihr schwindlig.

Unter der Maschine lag ein unordentlicher Haufen: Deutlich erkannte sie Bernds Kleider. Es war jedoch nicht anzunehmen, dass er alleine und freiwillig in den Trichter gestiegen war.

Jaime, war Carolas erster Gedanke. Hatte er ...?

Doch dann kamen ihr allmählich andere Bilder ins Gedächtnis: Marianne und Babette, wie sie einander verstohlen zuzwinkerten. Wie sie erstarrten, als Carola die Wurstküche erwähnte. Wie Babette stotternd von Bernds plötzlichem Aufbruch berichtet hatte.

Verflucht! Carola begann zu schwitzen. Waren Babette und Marianne Bernd auf die Schliche gekommen? Hatten sie von seinen unzähligen Seitensprüngen erfahren? Und am Ende auch von ihrem eigenen Treuebruch?

Kein schöner Gedanke.

Wenn die beiden zu so etwas fähig waren – Carola warf einen beklommenen Blick auf die Maschine –, war dann auch ihr eigenes Leben in Gefahr?

Sie beschloss, gute Miene zum bösen Spiel zu machen. Blieb ihr denn überhaupt etwas anderes übrig?

Keinem schien aufzufallen, dass sich die Menge des Wurstteigs nahezu verdoppelt hatte, als Carola zum Schlachtfest zurückkehrte. Sie wurde mit Beifall begrüßt.

Jaime hatte im offenen Kamin ein großes Feuer entfacht, über dem die Würste nun gekocht werden sollten. Es war für Carola ein Leichtes, mitsamt den blutigen Arbeitstüchern auch Bernds Kleider in die Flammen zu werfen. Dann atmete sie auf. Ein Großteil der Arbeit war vollbracht. Jaime entkorkte zufrieden eine Flasche schweren spanischen Rotweins und erhob sein Glas.

«Lieber Toni, meine verehrten Damen», sagte er. «Das war die großartigste Matanza, die ich je erlebt habe. Nur ein einziger meiner Gäste hat sich als schwach und überflüssig erwiesen. Nun denn, er ist verschwunden. Mein besonderer Dank gilt indessen den Frauen!»

Er machte eine Pause und blickte allen dreien der Reihe nach in die Augen.

«Ohne eure vorzügliche Arbeit wäre dieses Schlachtfest nicht möglich gewesen!»

«Den ersten Platz, meine Damen und Herren», wiederholte der Vorsitzende der Fleischerinnung, um die Spannung zu steigern, «belegt zum dritten Mal in Folge unser geschätzter Kollege Jaime Nadal für seine hervorragenden mallorquinischen Kochwürste, die so genannten *Sobrasadas*!»

Jaime erhob sich und lächelte sein unwiderstehliches, teuflisches Lächeln.

Der Applaus wollte kein Ende nehmen.

blind date

jan kaczmierczak

dieser freitagmorgen war so komplett gewöhnlich wie alle anderen in den letzten wochen. tanja war froh darüber. sie hatten beim frühstück nur verlegen gegrunzt und jetzt war er wie immer noch im bad. sie zog sich ihren rock glatt.

• in der firma lief auch alles ab wie sonst. stratmann grinste sein happy-weekend-grinsen und knallte ihr noch den vorgang elite gmbh auf den schreibtisch. als hätte das nicht noch bis montag zeit gehabt. aber nein: ER würde wie immer um zwölf verschwinden und sie selber konnte dann bis halb fünf machen. scheiß-ablocher!

• erst zog er alle kompetenzen an sich und «ja, ICH mach das selbstverständlich selber!», und dann ließ er sich eine woche zeit und machte nix dran. und spätestens am donnerstagabend oder freitagfrüh kam er dann wie puff daddy daher. ausgeruht fürs wochenende, mit ebendem zeug unterm arm, das schon längst hätte weggearbeitet sein sollen. von ihm ja-ich-mach-das-selbstverständlich-selber-ist-doch-abteilungsleiter-sache-ja-natürlich-sofort.

• und daheim hatte sie auch so einen scheißkerl. na ja, war nicht immer so gewesen. aber irgendwie ging das jetzt zu ende. stand inzwischen alles auf nemesis III. also machte tanja ziemlich stinkig ihren acrobat reader auf, um sich dieses mistprojekt elite gmbh reinzuziehen.

• hatte sie es nicht gleich gesagt? mit denen würde es schwierigkeiten geben, die waren schon beim pitch so verdammt arrogant gewesen. «elite-kack, verdammter!»

• acro-kack auch. lief wieder nicht auf ihrer kiste. hatte sie doch schon hundert mal gesagt, aber stratmann hatte ja immer was wichtigeres zu tun, als den sys-ad herhopsen zu lassen. und sie selber durfte ja nicht mehr, seit damals, als mir WIRKLICH ALLES abgestürzt ist. grundgütiger! von 50 000 verlust war die rede gewesen. warum hab ich denn auch vergessen, eine sicherungskopie zu ziehen?

• scheiße, scheiße, scheiße. i don't like fridays.

• zu stratmann? nee, der war bestimmt schon abgetaumelt.

• na gut, probieren hilft. tanja wählt durch und lässt es achtzig-k-mal klingeln. aber nix mehr vom stratmann. abgeraucht wie 'ne haahdeeh im michaela-sommer 2003 ...

• also rüber zu gaby. oh gaby, du meine letzte rettung. wenn du nicht in der agentur wärst, ich glaub, ich hätt das alles hier schon längst hingekotzt.

• sonnenscheinchen. glücklichschweinchen. ja, bei dir läuft alles glatt. wie machst du das nur, gabyleinchen? na ja, vielleicht hast du ja einen speziellen reader, so was wie acrobat, für dein leben. da, wo alles drinsteht. mach dies, gaby, mach dies nicht. und halte dich von diesem typen fern, oder nimm den da, und so nimmt man bequem ab, ohne hunger zu kriegen. so was bräuchte man, echt, das programm wartet drauf, geschrieben zu werden, ihr junxx von der bytes-fraktion. macht euch mal dran. ach shit, die wär'n ja saublöd. wahrscheinlich gibt's so was schon. aber keiner bringt's auf den markt. wär'n schön blöd, die kerle. macht. geht nur um macht.

• o-ooo. o-ooo. postit auf dem bildschirm. «bin dringend mit dem chef unterwegs zu elite – komme heute nicht mehr. htcu gaby».

• mann, da guckst du, tanja. o-ooo. was läuft denn da an mir vorbei?

• hat der stratmann wirklich nur seine breimäßige happy-weekend-fresse gezogen? tanja, komm, mach, erinnere dich! war da was dahinter? und gaby? was hat die mit alldem zu tun. gabyleinchen, bist du vielleicht doch eine heimliche schlampe?

• htcu, na schön: hope to see you – verkackter web-mist, was meinst du damit?

• viertel nach zwölf. halb eins. dreiviertel eins – jetzt tanzen wir den freitagnachmittags-mambo. also dann eben ohne sonnenscheinchen, schlampenschweinchen.

• tanja läuft zurück in ihr büro und holt die cd mit der elite-kacke. elite-kacke. klickeklacke. also wissen sie, mein lieber, den computer, den sie mir da verkauft haben, der taugt nix. der getränkehalter ist auch gleich abgebrochen, kaum dass man eine flasche reinstellt statt 'ner cd! grinsgrins.

• also machen wir gabys kiste mal an. boot-boot-boot, putputput. gaby hat alles in ordnung und ihr getränkehalter, hach, den nächsten kerl red ich mal mit na, du getränkehalter an. grinsgrins. wenn er den witz mit der cd-schublade kennt, dann ist er bei mir drin. wird ja alles gut, der acroreader von gaby wird mich retten. und am wochenende mach ich klar schiff. raus mit meinem alten getränkehalter, rein ins leben, jawoll, meine herrn, ich bring eure screens zum glänzen, versprochen!

• und jetzt den gaby-mambo im salambo. jajaja. lalala, wo isser denn? ja, wo laufen sie denn, herr müller-lüdensoft?

• na also, funzt doch bei gabyleinchen-sonnenscheinchen. hat alles im griff. perfekte frau. nicht so 'ne grabestussi wie ich. ach, ich werd jetzt auch ein sonnenscheinchen. sunshine tanja, ich geh ranja.

• putputput, da ham wir's ja, das elite-zeugs. les-les-les. drucken wir das doch mal aus. da denkt's sich besser. ja, und wär das nicht ideal, wenn ich meine, also MEINE texte da reinschreibe, und dann jeder wüsste, dass ICH es war, die diesen verdammten pressetext umgebügelt hat. vielleicht gibt es ja mal so was wie dns-tinte, desoxiribunukleinsäure-basierte tinte mit meinen genen drin. da kann kein stratmann rumposaunen «mit tanjas tatkräftiger Assistenz habe ICH, ICH, ICH dieses projekt und so weiter. scheißkerl. scheiß-getränkehalter. müsst ihr mal erfinden, junxx.

• druck schon! ich hab's eilig. ich bin die ranja-tanja. sunshine babe. ach, was haben wir denn da? gaby hat einen persönlichen ordner. mann, was brauchst du denn einen persönlichen ordner, du bist doch person genug. nein, ich schau schon nicht rein. wer bin ich denn. hab doch kinderstube. weiß doch, was sich gehört.

• gabyleinchen, sonnenscheinchen, wie ich dich kenne, hast du da gar nix drin. und wenn du was drin hast, dann bist du doch blöd. ausgerechnet auf 'ner firmenkiste. kann doch jeder ran. ranja-tanja kann das auch, mein sonnenscheinchen. klick-klick.

• kluhuhuges kind!! «bitte geben sie ihr kennwort ein.» rrräschbeggt, gabyleinchen. na endlich. verdammter drucker, schlafmützengerät. ach, was seh ich denn da? nee, ich glaub's nicht. der idiot hat ja alles gestrichen. DER STRAT-IDIOT HAT ALLES GESTRICHEN. der streicht das einfach, wofür ich drei tage gebraucht habe, mit firmenbesuch und allem recherchen-pipapo. ich fass es nicht. mein text ist wech!

dieser freitag war NICHT wie jeder in den vergangenen wochen. halb zwei, und tanja starrte immer noch auf die ausdrucke. draußen lief einer mit seinem ghetto-blaster vorbei, und dieser freitag war immer noch so. so irgendwo.

• wieso läuft diese scheiß-cd auf deiner kiste und nicht auf meiner? sonnenscheinchen, gabyleinchen. bist du vielleicht doch ein ganz hinterhältiges schlampenluder? bist mit dem chef unterwegs. seit wann bist du mit dem chef unterwegs, wann wurde das eingeführt, weiß ich nix von!

• «bitte geben sie ihr kennwort ein.» rrräschbeggt, du mäuschen. hätt ich dir nicht zugetraut. nee, hätt ich dir nicht zugetraut, du offene seele.

• «bitte geben sie ihr kennwort ein.» klar geb ich jetzt mein kennwort ein. ach, wie war das noch? maus? – stratmann? – schlampe? – luder? – piste? – sunshine?

• lass es, tanja, bringt doch nix. bist doch kein hacker. «wiedersehn, herr bentmeier ... und schönes wochenende!» oh scheiße, wenn der gemerkt hat, was ich hier tu ...

• ey, tanja, wie wär's mit blindfisch à la bentmeier mit dem strümpfeblick? – error, error, error. – oder blind date. ach shit, doch nicht bei gaby, die mit ihrer wunderbaren familie. so viel butter gibt's auf der ganzen welt nicht, wie das bei ihr in butter ist. – irische butter, die isst sie doch so gern. fährt neuerdings völlig auf irland ab. demnächst kommt sie noch mit grünem lippenstift oder malt sich so farbkleckse in die haare wie bei den schafen dort drüben. hat sie doch immer wieder solche fantums-anfälle. letztes jahr war's alles italienische – also: irische butter! – hätt ich mir denken können. wrong password. error, error, error.

• blind date mit 'ner irischen butter. hihihi. grinsgrins. big ausrutschgefahr. kanzze böse auf die fresse knallen. also letzter versuch: blind date.

es dauert eine viertelstunde, bis tanja wieder in das büro ihrer freundin kommt. na gut: freundin, das weiß sie im Augenblick nicht mehr so ganz. aber auf jeden fall: kollegin. gute kollegin. sehr gute kollegin.

• sehr gute kollegin? nein. vorsichtshalber stuft tanja sie wieder auf gut zurück. und als sie schließlich wieder auf gabys bildschirm starrt, beschließt sie probehalber eine weitere zurückstufung.

• ja, neutral muss das jetzt sein. ich bin ja drin, aber ich werd da gar nix drin lesen. tu ich einfach nicht.

• blind date – wieso verdammt noch mal ist gabys passwort ausgerechnet blind date? wir haben doch über so etwas noch nie geredet. und gaby mit blind dates? vielleicht sind in ihrem persönlichen ordner . . . ja, was?

• ich schau da nicht rein, ich schau da nicht rein, ich schau da nicht.

• dann beginnt tanja zu lesen. schwarze briefe zu lesen. e-mails, um genauer zu sein. tief schwarze mails.

• keine sonnenscheinchen-mails. keine verabredungen mit irischen oder italienischen kerlen. keine blind dates. nein, das wäre doch bei gaby sowieso ausgeschlossen gewesen. gaby, die perfekte alles-frau, die wunderbare kollegin. die freundin. gute freundin. muss anrufen. handynummer, wo ist die?

• «chef, könnte ich mal die gaby sprechen? – ich WEISS, dass sie in der elite sind! wie ich da draufkomme? – nee. issjagut! tschüs.»

ihr bleibt noch eine stunde zeit. tanja bleibt noch eine stunde zeit. nur eine stunde am einem freitag, einem gottverschissenen, völlig danebenen freitag.

• ein blind date. genau um drei an einem freitag. verdammt, ausgerechnet, der berufs- und wochenendverkehr! tanja gerät in panik. da kommt sie doch nie durch.

• an der ersten ampel geht es schon los. einen moment überlegt sie, ob sie gabys mann ... die nummer seines handys hat sie ja. nein, verflucht, der darf nix davon wissen. ausgeschlossen. wir können das sicher wieder reparieren. das kriegen wir schon hin, gaby. gabyleinchen, sonnenscheinchen. das kannst du mir doch nicht antun! wir werdendasreparierenreparie-riererierieren ...

• wie soll ich das nur bis um drei dorthin schaffen?! verdammt, gaby, wieso du? ausgerechnet du? du bist doch die superversion gaby zehn Punkt null. ich hab doch nichts ahnen können.

• ja, wenn ICH, grabestussi, pechhuhn – aber nicht mal ich. warum bist du denn nicht zu mir gekommen. mensch, ich bin doch ideal für so was. ich kenn mich aus. siehst du doch an der ganzen scheiße bei mir daheim. und in der firma. daher bist du also in der letzten zeit immer so lang geblieben. mistverdammtes wehwehweh.

• «nun fahr doch, du abgeturnter getränkeleuchter!» und plötzlich ein scharfes kreischen an der rechten autotür. oh gott, hoffentlich hat der brummi nichts gemerkt. doch, der holt schon kamera raus. wahrscheinlich digital. die kerle brauchen doch immer ihr spielzeug. und was glaubst du, gaby, was du für die bist. ja, die! auch nur ein spielzeug, oder nicht?

• beziehungsweise den/der/die/das oder so.

• da kann doch jeder irgendein bild ins internet stellen. andererseits: angel of darkness, so ein schwachsinn kann eigentlich bloß 'nem mann einfallen. gaby – der ist zu viel im kino gewesen oder hat sich lebenslang irgendwelche ballerspiele reingezogen. völlig pervers. so was musst du dir doch denken können.

• wie konntest du nur auf so was abfahren. mööönsch, du hast doch wirklich alles. perfekte ehe. job ist okay. gute bezahlung. deine kleine ist eine supersüße. dein mann. und im bett haut's doch auch hin. du bist doch so ... so perfekt. du hast doch noch nie sorgen gehabt, so echte. richtige, ernste. wo du auf sat 1 das große heulen kriegst. gibt's aber wirklich. aber doch nicht bei dir.

• und was machst du, wenn er nicht kommt? dieser verfickte angel of darkness. was machst du dann, gaby, was machst du dann, gaby? du kannst doch nicht selber. nee, also daran glaube ich nicht. nicht du. dazu kenn ich dich viel zu gut.

kurz vor drei. tanja hat den münchner stadtring erreicht. scheiß aufs limit!!

• wie hast du dich nur so hineinziehen lassen, gabyleinchen, sonnenscheinchen. hat doch jede mal 'ne krise. mindestens einmal im monat, harharhar. fehlten dir die probleme? das ist doch pervers, völlig abgedreht, wenn dir die probleme fehlen. kannst gerne meine haben, du, da geb ich dir jede menge ab davon. geschenkt, wehwehweh kostnix punkt com!

• ich hoffe nur, dass du jetzt ein problem hast. ich weiß, wo du jetzt stehst. wolltest du DAS? mal 'n echtes problem haben? kommt er oder muss ich's selber tun? du doch nicht. bitte, bitte nicht.

• hol mich der geier, hol mich der geier, hol mich der geier. bitte, bitte hör mir noch zu. warte wirklich bis um drei. auf diesen arsch von angel. auf diesen arsch von der SUICIDE GROUP. warte auf mich!!

• du tust es NICHT selber, ja? gabyleinchen, sonnenscheinchen.

• tanjas t-shirt ist nass geheult. selbstmordgruppe, ja verdammt. das ist doch alles gar nicht wahr. das ist doch so was wie 'ne übersprungshandlung. da macht man doch nicht WIRKLICH mit! da reagiert man sich ab. das ist wie therapie, verstehst du? «verdammt, du MUSST das verstehen!!» die zeit, die zeit, die zeit. läuft ab. hundertachtzig. tanja wird es schaffen. sie wird es grade noch schaffen.

• bitte, bitte, lieber gott. lass sie es nicht selber tun. DAZU ist doch der angel of darkness geschaffen worden. in diesem selbstmord-roulette. weil wir alle es nicht so einfach können. sterbehilfe sozusagen. stand genauso in den mails an dich.

• einer wird ausgewählt. per zufallsgenerator – der terminator, da wo die sonne nicht mehr hinscheint, am sonnenscheinchenrand. und der hilft dann dem andren. einem genauso zufälligen. keiner weiß den namen des andren. wird ihn nie erfahren. eine perfekte methode. sauberer todeskreis. schwarzes roulette. club der toten toten.

• aber wer denkt denn da an ein gabyleinchen, sonnenscheinchen, eine perfekte frau im glück bei so was? warum fällt es dir denn so unendlich schwer, einfach nur glücklich zu sein?

fünf minuten vor drei hat tanja die brücke mit ihrer schaurigen berühmtheit erreicht. die selbstmörderbrücke. und wie in der group versprochen, ist eine öffnung in die sperren geschweißt worden. sie halten offensichtlich alle zusammen in der group. perfekt und anonym. so wie der tod selber. es ist noch nie einer selbst gesprungen. in der öffnung steht gabyleinchen, sonnenscheinchen, perfekte frau im glück und sie hat sich eine augenbinde umgelegt. alles nach den regeln der group. sie wartet auf den angel of darkness. niemand darf ihn sehen und ER wird sie hinunterstoßen. und gabyleinchen, sonnen-schein-chen zittert in der grellen sonnenhitze.

• wenn er jetzt aus den büschen käme, würde sie ihn hören. nur hören, bis sie nichts mehr hörte. «warte auf ihn, warte!», flüstert tanja. «warte, bis ich bei dir bin . . . tu's nicht selber. es ist doch nur ein spiel . . .»

• wie komm ich nur an sie ran? sie darf mich nicht hören. sonst erschrickt sie vielleicht und fällt. verdammt, wie sie zittert. sie meint das alles ja ernst! ich hab das noch nie gesehn. ich will das nie wieder sehn.

es ist zwei minuten nach drei und der mittagsflieger rauscht arg verspätet über die brücke. deshalb auch so tief und so lärmend: jetzt!

• als tanja die freundin von dem selbstmörderloch gezerrt hat und beide mit pumpenden herzen nebeneinander im gras liegen, sagt gabyleinchen, sonnenscheinchen: «ich glaube, ich hab mir in die hose gemacht.»

• dann sagt tanja, «ich glaube, ich auch», und sie weint und lacht wie noch nie.

eine woche darauf ist der freitag ein perfekter freitag. gabyleinchen, sonnenscheinchen ist jetzt tanjas chefin, und das ist ganz gut so. stratmann hat sich hopplahopp zur elite-kacke verabschiedet (wohl schon lange hinterrücks betrieben) und ihren privaten getränkehalter konnte tanja problemlos in der szene weiterreichen. sie hat jetzt ein viel versprechendes pistenluderprojekt in arbeit. weizenblond und stark.

tanjas abgerissenes reingoldenes collier mit der plakettengravierung liegt noch irgendwo im freitagsgras an der brücke. so irgendwo. und wer das mal findet, wird zweifellos ehrlich sein und es im fundbüro abgeben. irgendwo in münchen. es wird wohl mal versteigert und die käuferin findet den text komplett ätzend. «fräsen sie das raus oder wie immer sie das machen», sagt die dame dann irgendwann zu einem juwelier an irgendeinem komplett gewöhnlichen freitag. «das collier ist zwar sein gold wert, aber ich lauf doch nicht mit der inschrift ANGEL OF DARKNESS spazieren!»

Wenn ich an Schinken und knusprige Brötchen denke,
läuft mir das Wasser im Mund zusammen.
Anne in «Fünf Freunde auf großer Fahrt», Enid Blyton

Fünf verdächtige Freunde

Ann-Kathrin Ehlers

Anne ist nun schon eine halbe Stunde lang im Badezimmer. Warum braucht sie nur so lange? Mit tränenverschmiertem Gesicht ist sie die Treppe hinaufgerannt und hat sich dort eingeschlossen. Was sie wohl nun wieder hat? Mädchen! Heulen doch immer irgendwie aus unerklärlichen Gründen.

Ihre beiden Brüder Julius und Richard sitzen auf der alten Seemannskiste am Fuße der Treppe und warten. Sie wollen endlich wieder hinunter an den Strand und baden gehen. Georg ist auch da. Sie sitzt auf der untersten Treppenstufe. *Sie?* – Ja, Georg ist ein Mädchen. Eigentlich heißt sie Georgina, aber weil sie viel lieber ein Junge wäre, nennen sie alle Georg. Dass sie kein Junge ist, haben Julius und Richard ihrer Kusine in den Herbstferien endgültig klar gemacht. Doch daran will sie nun nicht mehr erinnert werden. ‹Wie dünn sie jetzt wieder aussieht!›, denkt Julius. Sie scheint tief in Gedanken versunken und streichelt Tim, ihren treuen Hund.

***

‹Warum bin ich nur schon wieder so hungrig?›, denkt Anne. ‹Wir hatten doch gerade erst vor einer Stunde ein großes Picknick.› Kuchen, Schokolade, Würstchen, Dosenananas und belegte Brote. Das war alles sehr lecker gewesen. Dazu selbst gemachte Limonade. So etwas Schönes gab es immer nur in den großen Sommerferien, wenn sie alle bei Onkel Quentin und Tante Fanny am Meer wohnten. Ja, das Meer, das machte immer hungrig.

Anne geht allein den Strand entlang. Was die anderen wohl

heute früh vor dem Frühstück schon draußen gemacht haben? Sie haben es ihr nicht erzählt. Und jetzt sind sie schon wieder allein unterwegs. Julius, Richard, Georg und Tim sind zusammen in den Ort gegangen, um sich die neue Modelleisenbahn im Gemeindezentrum anzusehen. Das ist nichts für Anne.

Modelleisenbahnen interessieren sie überhaupt nicht. Das ist nur etwas für ihre Brüder und natürlich für Georg. Jungskram eben.

So plantscht Anne mit ihren nackten, braun gebrannten Beinen allein durch den Flutsaum – vorsichtig, damit ihr Rock nicht nass wird. Sie versucht, an etwas zu denken, was sie vom Hunger ablenken könnte. Vielleicht hätte sie doch mit den anderen mitgehen sollen. Modelleisenbahnen machen bestimmt keinen Hunger. Die rattern und quietschen nur und fahren zu einer Tunnelöffnung hinein und zur anderen wieder heraus. Das können sich die Jungs stundenlang ansehen. Einfach unbegreiflich.

Sie hebt eine bunt gemusterte Muschel auf. Das Meerwasser lässt die rotbraunen Farben in der Sonne glänzen.

«Muscheln schmecken auch – wenn man sie so gut zubereiten kann wie Tante Fanny», denkt Anne, als sie ihren Fund in die Rocktasche steckt. Ihr Magen knurrt bedrohlich bei dem Gedanken an die köstliche Miesmuschelsuppe, die sie letzten Donnerstag gegessen hat. Sie würde jetzt ohne weiteres ihre große rote Haarschleife gegen einen anständigen Teller Muschelsuppe eintauschen – oder gegen den Vanillepudding, den es immer sonntags gibt.

Anne macht einen Satz über eine gestrandete Qualle. (Wie schmeckt eigentlich Qualle?) Der Hunger ist wirklich mörderisch. Dabei ist fast alles essbar – selbst der Mensch. Aber natürlich nur im Notfall, und wenn man die betreffende Person nicht so genau kennt oder nicht mag. Julius, Richard, Georg und Tim kämen natürlich nicht in Frage! Tante Fanny und Onkel Quentin auch nicht, obwohl Onkel Quentin manchmal schon etwas ungerecht ist und zu sehr schimpft, wenn die fünf Freunde durch das Haus toben. Aber jetzt hier am Strand gibt es überhaupt nichts Essbares. Anne geht aus dem Bereich des Flutsaumes heraus und schlurft parallel dazu weiter. Hier ist der Sand weich und puderig und warm, und er bleibt an ihren nassen Füßen kleben.

Wie schön es ist, ganz allein am Strand zu sein. Da bemerkt man ganz andere Dinge, als wenn man, wie sonst immer, zu fünft am Strand und im Wasser herumtollt. Man hört, wie das Meer gleichmäßig rauscht, sieht einen bunten Drachen weit hinten über den Dünen aufsteigen und dann sofort wieder abstürzen. Kein Wunder, es ist ja auch fast windstill. Man kann sogar sehen, wie die Luft in der Mittagshitze flimmert. Und dann hört man noch die Möwen, die sich da vorn kreischend über einen angeschwemmten Fischkadaver hermachen. Bestimmt ein Hering oder so.

Hering schmeckt auch lecker! Gebraten. Oder in Dillsoße eingelegt. Oder am Strand am Lagerfeuer gegrillt. Aber nicht so stinkig, wie es die Möwen mögen. ‹Die Möwen schreien beinahe wie kleine Babys›, kommt es Anne in den Sinn, und sie läuft auf den Möwenschwarm zu, um ihn in die Luft zu scheuchen. Erbost und laut kreischend erheben sie sich von ihrem Festmahl und drehen eine Runde über der Meeresbucht, bis der Störenfried verschwunden ist.

Doch das Schreien hört nicht auf, nachdem die Möwen davongeflogen sind. Anne sieht sich um. Am ganzen Strand ist weit und breit niemand zu sehen, und doch hört es sich so an, als ob irgendwo ein kleines Kind aus Leibeskräften brüllt. Wo kann das nur herkommen?

Da fällt Anne die Felsenhöhle ein, die sie letzten Sommer zusammen mit Georg und Tim entdeckt hat. War der Eingang nicht hier hinter den Klippen? Anne rennt los. ‹Ein Baby!›, denkt sie. ‹Hoffentlich ist es ein ausgesetztes Baby, das keiner mehr haben will!› Anne wünscht sich schon seit Jahren ein kleines Geschwisterchen. Jetzt könnte sich ihr Traum doch endlich erfüllen! Wenn ihre Eltern es schon nicht schaffen, dann kann sie doch selber dafür sorgen, dass noch ein Kind ins Haus kommt. Am besten ein Mädchen. Sein erstes Wort soll «Anne» sein!

Tatsächlich, da ist die Höhle vom letzten Sommer. Und dort, an der hinteren Wand, steht ein geflochtener Maisstrohkorb. Er sieht aus wie einer der Picknickkörbe von Tante Fanny. Aus diesem Korb tönt ein mörderisches Geheul, und das, was da drin ist, strampelt wie verrückt. Wirklich ein Baby! Wie kommt ein Baby in diese Höhle?

Anne lässt sich vor dem Korb auf die Knie fallen. «Ach, du kleines Süßes! Hat dich deine Mama hier allein gelassen, ja? Du Armes!» Sie nimmt das nackte Baby aus dem Korb und drückt es liebevoll an sich. Doch es hört nicht auf zu schreien und zappelt nur noch viel mehr. «Ich bin jetzt deine Mama», versucht Anne es zu beruhigen, aber das hilft überhaupt nichts. Das Baby schreit und schreit.

«Blöde Göre!» Anne wird wütend. So hat sie sich das nicht vorgestellt mit einem Geschwisterchen. Es soll lachen und essen und schlafen und süß sein. Das Baby ist unbeeindruckt. Es brüllt nur noch lauter und kneift dabei die Augen zu. «Hör bloß auf, du!», ruft Anne ungehalten.

‹Es schreit lauter, als mein Magen knurrt›, geht es Anne durch den Kopf, und sie beißt dem Baby ins Ohr. Das Baby schreit weiter. Anne beißt fester zu.

Verblüffte Stille. Das Baby starrt sie mit großen, rot unterlaufenen, glasigen Augen an. Anne starrt zurück. Die Lippen des Babys fangen erneut zu zittern an, und ein bis dahin unübertroffenes Gebrüll erfüllt die enge Höhle. Doch Anne ist jetzt gar nicht mehr böse. Sie hat etwas zwischen den Zähnen. Etwas Zartes, Knorpeliges. Ein Stück Ohr. Sie muss wohl im Eifer des Gefechts zu fest zugebissen haben. Sie kaut kurz und schluckt den Bissen dann hinunter. ‹Verdammt! Das hab ich nicht wirklich getan! Das ist nicht wahr!›, denkt sie. ‹Die Sonne! Ich hab bestimmt einen Sonnenstich!›

Anne nimmt den Weg über die Dünen, weil sie niemandem begegnen will. Sie rennt. Sie will schnell nach Hause. So schnell wie möglich. Hat sie wirklich von dem Baby gegessen? Sie muss verrückt geworden sein! Das arme Baby! Tränen laufen ihr durchs Gesicht.

Zu Hause stürmt sie die Treppe hoch und schließt sich im Bad ein. Dass Julius, Richard, Georg und Tim schon auf sie warten, nimmt sie kaum wahr. Im Badezimmer wäscht sie sich erst einmal gründlich und zieht sich dann anderes Zeug an. Ihr Gesicht kühlt sie mit einem nassen Waschlappen. Langsam schwellen ihre roten Augen ab, und sie sieht wieder fast normal aus. Auch der Hunger ist wieder da. Sie kämmt sich schnell die Haare. Fertig. Jetzt kann sie mit den anderen nach draußen!

«Lasst uns alle Eis essen gehen!», ruft sie die Treppe hinunter.

Doch bei den anderen steht jemand. Als sie runterkommt, sieht sie, dass es Mike, der Dorfpolizist, ist. «Hallo, Anne! Na, da hab ich ja gleich alle fünf Freunde beisammen. Ich muss euch nämlich etwas fragen.» Er sieht sie der Reihe nach an. «War vielleicht einer von euch heute draußen bei der Höhle?»

Julius schüttelt den Kopf. «Was ist mit der Höhle?»

«In eurer Höhle draußen bei den Klippen, wo ihr im letzten Sommer die Schatzkiste gefunden habt – da hat jemand ein Baby ausgesetzt.»

«Wie furchtbar! Wer könnte so etwas tun?», ruft Anne. «Au!» Sie muss sich am Treppengeländer festhalten; Julius und Richard haben sie gleichzeitig geknufft. Nur vorbeugend, damit sie nicht anfängt, irgendein dummes Zeug zu erzählen.

«Zum Glück lebt es noch.»

‹Gut›, denkt Anne. ‹Ich habe es also wenigstens nicht ganz aufgegessen.›

«Aber wo kommt auf einmal das Baby her?» Der Dorfpolizist sieht die fünf Freunde der Reihe nach an. «Ach ja, da ist noch etwas.» Er kratzt sich den Kopf. «Dem Baby fehlt ein Ohr. Sieht aus wie abgefressen. Von Seemöwen vielleicht. Oder von einem Hund.»

«Tim war die ganze Zeit bei uns!», sagt Georg sofort. Sie legt schützend den Arm um ihren Hund.

«Tatsächlich?» Der Polizist sieht den Hund forschend an. Aber Tim ist sich keiner Schuld bewusst und wedelt nur fröhlich mit dem Schwanz. Ach, man hat es nicht leicht als Ordnungshüter in der Felsenbucht. Der Polizist seufzt. «Es ist jedes Jahr dasselbe. Ein mysteriöser Fall nach dem anderen! Und auch dies ist wahrscheinlich wieder so ein Rätsel, das nur ihr fünf Freunde lösen könnt!»

Der Besuch

Jürgen Ehlers

Was machen Sie als unbescholtener Bürger, wenn plötzlich ein alter Bekannter auftaucht, frisch aus dem Knast ausgebrochen, der jetzt bei Ihnen untertauchen will? – Die Polizei rufen? Ja, Sie vielleicht! Aber das kam für mich nicht in Frage. So blendend war mein Verhältnis zur Obrigkeit nun auch wieder nicht, dass ich mir freiwillig die Bullen in die Wohnung holen würde. Ich starrte auf den Kerl, der im Treppenhaus vor meiner Wohnungstür auf mich gewartet hatte. Hans-Georg war alt geworden, seit wir uns zuletzt gesehen hatten. Und fett. Zu wenig Bewegung. «Komm rein!», sagte ich mechanisch. Ich wusste, das war ein Fehler. Aber was hätte ich sonst sagen sollen?

Hans-Georg fiel mir um den Hals. «Du bist ein wahrer Freund! Ich wusste, dass du mich nicht im Stich lässt.»

«Schon gut.» Ich war peinlich berührt, denn Freunde waren wir eigentlich nie gewesen.

Weder auf der Schule noch später bei der Ausbildung. Technischer Zeichner, das hatten wir beide gelernt. Leider. Mit technischen Zeichnern konnte man heute die Wände tapezieren. Ich ließ mich umschulen vom arbeitslosen Zeichner zum arbeitslosen Graphiker; Hans-Georg hatte sich als Bankräuber versucht, und dabei hatten sie ihn dann erwischt.

«Setz dich! Ich muss mal eben telefonieren», sagte ich. «Falls du was zu Trinken suchst – steht alles im Kühlschrank.»

***

Hans-Georg schenkte sich einen Korn ein. Nach dem Füllstand der Flasche zu urteilen, war es schon der fünfte oder sechste.

«Kommst du direkt aus dem Knast?», fragte ich. Ich war in Sorge. Ich hatte es zwölfmal läuten lassen; Birte war nicht rangegangen. «Heute entlassen?» Ich bemühte mich, locker zu bleiben. Er konnte nicht entlassen worden sein; selbst bei bester Führung nicht – den toten Kassierer würden sie ihm so schnell nicht verziehen haben.

Hans-Georg schüttelte den Kopf. «Quatsch! Ich bin natürlich abgehauen. Die können mich nicht festhalten, wenn ich wirklich weg will ...»

«Natürlich.»

«Die hätten mich auch nie gekriegt damals. – Lag nur am Auto.»

«Was denn für ein Auto?»

«Das Fluchtauto natürlich. Damit bin ich in die Verkehrskontrolle geraten. Kurz vor den Elbbrücken. Ich hatte Birte das Geld übergeben, und dann wollte ich nur noch rasch den Wagen loswerden – ja, und da haben sie mich gekrallt.»

«Mit dem geklauten Wagen.»

«Ja. Und mit der Pistole.» Er erzählte mir die ganze Geschichte. Langatmig und verworren. Er war inzwischen stark angetrunken.

«Ich muss ins Ausland», nuschelte er.

Ich nickte. Und dann, als ich schon fast glaubte, ihn mit einer Fahrkarte nach Kopenhagen schnell und billig wieder loszuwerden, fragte er unvermittelt: «Sag mal, die Birte – du weißt nicht zufällig, wo die Birte steckt?»

«Keine Ahnung.» Eigentlich trinke ich nicht, aber auf den Schreck griff ich jetzt doch zur Flasche, um mir einen einzuschenken. Zu spät. Die Flasche war leer. Hans-Georg hatte den ganzen Korn ausgesoffen.

«Keine ... keine Ahnung?», lallte er. «Aber früher ... früher, da hattet ihr doch immer Kontakt.»

Ich schüttelte den Kopf. «Schon lange nicht mehr.» Ich stand auf.

«Wo ... wo läufst du denn immer hin?»

«Entschuldige, ich muss noch mal telefonieren.» Als ich gleich darauf ins Wohnzimmer zurückkam, war Hans-Georg auf dem Sofa eingeschlafen.

***

Wir trafen uns im Stadtpark. Auf der großen Wiese beim Planetarium, wo man weit gucken und notfalls schnell verschwinden kann, wenn jemand auftaucht, den man nicht sehen will. Als ich ankam, saß Birte schon auf der Bank und rauchte.

«Ich denke, du rauchst nicht mehr?»

Birte sah mich an. «Lass die Scherze», sagte sie. «Ich hab Schiss, Thomas.» Ihre Stimme zitterte.

«Wird schon gut gehen.»

Sie schüttelte den Kopf. «Du hast ja keine Ahnung. Der Hans-Georg – der ist brutal, der geht über Leichen.»

«Wir sind doch Schulfreunde», sagte ich, um sie zu beruhigen.

«Schöner Freund. – Die Narbe auf meinem Bauch – du kennst doch die Narbe auf meinem Bauch?»

«Klar.» Wer Birtes Bauch kannte, musste auch die Narbe kennen. Eine etwas verunglückte Blinddarmoperation, hatte ich immer gedacht.

«Das war Hans-Georg mit dem Küchenmesser. Einfach ausgerastet ist er. Und praktisch wegen nichts. Natürlich hat es ihm hinterher Leid getan, aber da lag ich schon im Mariahilf in der Notaufnahme. Wenn der das hier erfährt ...»

«Das erfährt er nicht», sagte ich. «Wenn du einfach irgendwo untertauchst?»

Birte lachte. «Wo denn zum Beispiel? Bei Barbara vielleicht? Oder bei Jenny?»

Ich schüttelte den Kopf. Das ging nicht, die redeten zu viel. Außerdem lag die Freundschaft der Mädchen auf Eis, seit Birte nicht mehr als Arzthelferin arbeitete und keine gefälschten Rezepte mehr ausstellen konnte. Nein, wir brauchten eine radikalere Lösung. «Hans-Georg muss verschwinden. So schnell wie möglich. Und wenn ich ihn erschlagen muss!»

Birte sah mich an. «Das würdest du tun?»

«Klar, wenn es sein muss.» Hoffentlich nicht! Ich hatte das nur so dahin gesagt, aber Birte schien mich beim Wort nehmen zu wollen. «Wahrscheinlich erwischen die Bullen ihn sowieso bald.»

«Ja, vielleicht. – Aber nimm dich in Acht, Thomas! Er hat eine Pistole!»

«Die haben ihm doch die Bullen abgenommen.»

Sie sah mich an. «Manchmal lügt er auch, Thomas! – Und er ist zu allem fähig.»

***

Eine kleine Kostprobe davon, wozu Hans-Georg fähig war, sollte ich noch am selben Abend bekommen. Als ich zurückkam, war er weg. Doch während ich noch überlegte, wo mein Besucher wohl hin sein könnte, stürzte er auch schon zur Tür herein, völlig außer Atem. «Die beiden Fünfziger – also, die waren falsch!»

Den Blick auf meinen Schreibtisch hätte ich mir sparen können. Natürlich hatte Hans-Georg die Scheine genommen, die da herumgelegen hatten. Meine Scheine. Probedrucke, auf Normalpapier.

«Hat dich jemand erkannt?», fragte ich.

Der Dicke schüttelte den Kopf. «Bestimmt nicht! – Wo hast du die Dinger denn her?»

«Keine Ahnung. Wahrscheinlich von Aldi. Oder Penny, das kann auch sein. – Und die sollen falsch gewesen sein?»

Ich weiß nicht, ob er mir meine Ahnungslosigkeit abgekauft hat. Jedenfalls hat er nicht weiter nachgefragt. Ja, Sie haben es sicher schon geahnt, ich habe mich inzwischen als Grafiker selbständig gemacht. Ich kurbele die Wirtschaft an. Sie sehen ja selbst, was bei uns los ist. Zu wenig Geld, zu wenig Arbeit. Und eine Deflationspolitik wie damals bei Brüning. Den kennen Sie nicht mehr, das war vor Ihrer Zeit. Egal. Jedenfalls führt uns das immer tiefer in den Sumpf. Und die Regierung – die würde ja selbst gern mehr Scheine drucken, aber die darf das nicht, wegen der EU. Da unterstütze ich sie eben ein bisschen.

***

«Wo sie wohl steckt, die Alte?» Hans-Georg tigerte im Wohnzimmer auf und ab. «Ihre Wohnung ist aufgelöst. Keiner weiß, wo sie hin ist.»

«Lass doch die alten Geschichten.» Er machte mich ganz nervös. Konnte er denn nicht akzeptieren, dass sie weg war? «Du kannst doch nicht glauben, dass die Birte jahrelang dasitzt und auf dich wartet! Schließlich ist sie ja nicht deine Frau.»

«Na und? Jedenfalls muss ich sie finden. Wo sie doch das ganze Geld für mich verwahrt hat.»

«Für dich verwahrt? So blöd kannst du doch wohl nicht sein, Hans-Georg.»

«Was soll das heißen?» Er starrte mich drohend an.

Ich musste aufpassen, was ich sagte. «Das macht man nicht in der Wirtschaft. Geld muss arbeiten!»

Das ließ er nicht gelten. «Bei mir nicht. Bei mir braucht keiner zu arbeiten. Ich nicht und die Birte nicht und mein Geld auch nicht.»

Ich schwieg. Dass sein Geld inzwischen sehr wohl arbeitete, und zwar für uns, das konnte Hans-Georg natürlich nicht wissen. Birte und ich hatten alles in die Druckausrüstung gesteckt; als der Euro kam, hatten wir schon ein paar Kartons frischer Fünfziger auf Lager. Nicht perfekt, aber doch ziemlich gut gelungen. Die meisten sind heute noch im Umlauf.

«Wenn sie das Geld nicht angerührt hat, dann kannst du es jetzt sowieso in die Tonne schmeißen. Das muss doch noch alles in D-Mark sein, was du damals zusammengeklaut hast.»

«Kann man immer noch umtauschen!»

«Darauf warten die Bullen doch nur, dass so ein frisch entlaufener Knacki wie du mit einem modrig riechenden Pappkarton voller Tausender auf der Bank auftaucht!»

«Wie dem auch sei: Ich brauche Geld, Mensch, jede Menge Geld!»

«Ich kann dir nicht helfen», sagte ich. Das fehlte noch, dass dieser Schwachkopf mit unseren schönen Blüten loszog.

Hans-Georg packte mich am Kragen. «Doch, du kannst mir helfen. Wir drehen nämlich ein Ding zusammen.»

Ich schüttelte den Kopf.

Er packte fester zu. «Nur wir beide. Todsichere Sache. Ich habe da einen Tipp gekriegt . . .»

«Lass los! Wenn du mich erwürgst, kann ich nicht mehr mitmachen», keuchte ich.

«Nix für ungut. War nur Spaß. Wir sind doch schließlich Freunde!»

***

Und so geriet ich unversehens immer tiefer in die Tinte. Sollte ich mich etwa mit diesem Kerl anlegen? Selbst wenn er vielleicht keine Pistole hatte – er hätte mich ohne Mühe erwürgen können. Jetzt waren wir unterwegs zu unserem ersten gemeinsamen Unternehmen. Die Sache gefiel mir nicht. Beste Wohngegend zwar, aber das Haus sah so unscheinbar aus; und der Rasen, der war frisch gemäht. Ich sah mich besorgt um und fasste schließlich Hans-Georg am Ärmel. «Das kann doch nicht richtig sein!»

«Doch, natürlich ist das richtig. Nummer 68. Da wohnt der Kerl. Chefarzt. Ist für zwei Monate in die Karibik, sagen die Kumpel.»

«Und wie heißt der Typ noch mal?»

«Sempert.»

«Hier steht Breuer.» Ich wies auf das Namensschild an der Pforte.

Hans-Georg zuckte mit den Achseln. «Sicher vom Vormieter.»

«Bist du dir sicher, dass deine Kumpels das nicht irgendwie durcheinander gekriegt haben?»

«Natürlich bin ich mir sicher. Achtundsechzig.» Hans-Georg stieß die Pforte auf, ging forschen Schrittes auf die Haustür zu und läutete. Nichts rührte sich.

«War es nicht vielleicht die 86?», fragte ich.

Hans-Georg beachtete mich nicht. Er schlug mit der Faust gegen die Tür. Die kleine Glasscheibe zerklirrte; Hans-Georg fluchte; er hatte sich geschnitten. Auf dem Flur ging das Licht an, und man hörte das wütende Bellen eines großen Hundes.

***

Was soll ich sagen – wir haben es nur knapp geschafft. Quer durch die Gärten, der Typ mit dem Hund immer hinter uns her. Zum Glück war das Viech angeleint. Aber wenn nicht gerade der Bus gekommen wäre, hätte der Köter uns am Ende doch noch erwischt.

Am nächsten Morgen schlief Hans-Georg lange; danach machte er sich wieder auf die Suche nach seiner verschwundenen Freundin. Sowie er aus dem Haus war, rief ich Birte an. Ich wusste, Hans-Georg würde eine Kneipe nach der anderen abklappern, ohne Erfolg natürlich, überall ein, zwei Bierchen trinken und schließlich am späten Nachmittag sturzbetrunken zu mir nach Hause wanken. Wenn er nicht vorher geschnappt wurde. Wir hatten also viel Zeit.

Zeit zum Beispiel, um seine Sachen zu durchsuchen. Viel hatte er ja nicht dabei. In seiner Aktentasche fand ich tatsächlich die Pistole. Hatte er mich also doch angelogen. Zum Glück war das Ding nicht geladen. Daneben steckte eine zerknüllte Zeitung. Es war das «Abendblatt» von gestern. Meine Zeitung. Er musste sie von der Fußmatte eingesammelt haben. Als ich einen Blick auf die Titelseite geworfen hatte, wusste ich auch warum. «Dreister Falschgeldgangster nach spektakulärer Flucht entkommen!», lautete die Schlagzeile, und das Foto zeigte unverkennbar Hans-Georg, wie er mit irrem Blick aus dem Kaufhaus stürzte. Den Wachmann im Hintergrund hatte er offenbar mit einem Faustschlag zu Boden gestreckt; die Zeitung schrieb, der Mann habe bei Redaktionsschluss das Bewusstsein noch nicht wiedergewonnen.

So weit, so gut. Der Dicke war fotografiert worden; es war wohl nur noch eine Frage von Stunden, bis er identifiziert und festgenommen war. Das hoffte ich jedenfalls, als plötzlich die Wohnungstür aufflog und Hans-Georg hereinwankte.

«Hallo, Tommy, es gibt was zu feiern!», lallte er. «Ich weiß jetzt endlich, wo sie steckt, die Alte!»

Ich war mir sicher, dass er das nicht wusste. Egal. Ich schloss die Schlafzimmertür. Zwei Flaschen Champagner hatte Hans-Georg mitgebracht. Er öffnete die erste mit Bravour. Der Korken knallte gegen die Decke, der Champagner spritzte durchs Zimmer, und die beiden Bierhumpen liefen über. Das würde Ringe auf der Tischplatte geben.

Womöglich wäre alles ganz anders gekommen, wäre nicht in diesem Augenblick Birte hereingekommen. Unglücklicherweise kam sie nicht vom Treppenhaus – das wäre schon schlimm genug gewesen –, sondern sie kam aus meinem Schlafzimmer; und sie war obendrein noch nackt. Sie rieb sich die Augen; der Lärm im Wohnzimmer hatte sie wohl aufgeweckt.

Ich hatte das Gefühl, Hans-Georg war auf einen Schlag nüchtern. Er setzte das Glas ab, riss die Schublade auf und griff sich ein Brotmesser. Birte kreischte. Ich nahm den Champagner und schlug Hans-Georg die volle Flasche mit aller Wucht über den Schädel. Die Flasche blieb heil; Hans-Georg nicht. Er ging lautlos zu Boden und rührte sich nicht mehr.

Birte ging in die Knie und fühlte seinen Puls. «Der ist hin!», sagte sie. Sie war ja Arzthelferin, sie musste es wissen.

«Und was machen wir jetzt?», fragte ich. Meine Stimme zitterte.

«Der muss natürlich in den Kühlschrank. So können wir den nicht trinken.» Sie meinte den Champagner.

Ich zeigte auf Heinz-Georg. «Sollen wir ihn vielleicht im Garten vergraben, oder was?» Ich war in Panik. Ich hatte schließlich noch nie einen Menschen erschlagen.

Birte war die Ruhe selbst. «Beerdigungsunternehmen», sagte sie. «Steht alles im Branchenbuch. Die regeln das für uns.»

«Aber doch nicht . . .»

«Doch, natürlich.»

Birte hatte Recht. Alles, was wir brauchten, war eine Sterbeurkunde. Der so genannte Totenschein. Kein Problem, sagte Birte. Einen Totenschein zu fälschen ist viel einfacher als eine Banknote. Den prüft keiner unter ultraviolettem Licht oder guckt nach, ob das Wasserzeichen auch stimmt. So wie es scheint, sind wir damit fürs Erste alle Sorgen los.

Sie nannten ihn «Fluppe» oder Kinder können grausam sein

Anke Gebert

Reiner sitzt auf dem Balkon seiner Wohnung im fünften Stockwerk und genießt die Sonne, die durch den einzigen hohen Baum scheint, der auf dem Innenhof steht. Drei Kinder aus den den Hof umgrenzenden Mietshäusern sind herausgekommen, um draußen zu spielen. Martin, Julian und Max sehen gelegentlich hoch zu Reiner, dem «Blinden», und reden leise darüber, wie es wohl ist, blind zu sein. Sie sprechen so laut, als könnte er auch nichts hören. Dann spielen die Kinder «blind». Reiner wärmt sich das Gesicht in der Herbstsonne. Er muss lächeln, weil er genauso blind spielt, wie die Kinder es gerade tun.

Später fahren die Jungen Skateboard. Fasziniert beobachtet Reiner, mit wie viel Akrobatik sie es tun. Das Leben könnte nicht schöner sein als in diesen Momenten, wenn Reiner hier sitzen, Kaffee trinken und den dreien dort unten beim Spielen zusehen kann. Fast alle anderen Mieter der recht teuren Wohnungen gehen nachmittags noch ihrer Arbeit nach und kommen erst in den Abendstunden, wenn längst keine Sonne mehr auf die Balkone scheint, nach Hause.

Doch es gibt jemanden, der Reiner und den Kindern diese wunderbaren Augenblicke vermiesen kann: «Fluppe».

«Fluppe», der Nachbar aus der zweiten Etage. Ein Mann um die fünfzig mit fliehendem Kinn und Halbglatze.

Reiner belauschte die Kinder, als sie vor einiger Zeit diesen Nachbar heimlich «Fluppe» tauften. «Fluppe», ein Name, der nicht treffender sein könnte für einen Mann, der zwischen den hängenden Mundwinkeln ständig eine feuchte zerknautschte Zigarette hat, niemandem in die Augen sehen kann und den Eindruck macht, als hätte er noch nie in seinem Leben gelacht, denkt Reiner anerkennend.

Wenn Reiner sich Mühe gibt, kann er von seinem Balkon aus in Fluppes Wohnung sehen und beobachten, wenn dessen Frau erst ihm und dann sich selbst am Küchentisch Essen auffüllt und die beiden dann schweigend essen. Reiner schätzt die Frau auf Anfang siebzig. Vor Jahren war Fluppe als Untermieter in ihre Wohnung eingezogen, inzwischen teilt er mit ihr Tisch und Bett und fährt ihren alten weißen Opel.

Nachts steht Fluppe manchmal auf und geht im Schlafanzug auf den Balkon, wo er eine Zigarette nach der anderen raucht und die Kippen auf den Innenhof schnipst, um sich am nächsten Morgen lauthals darüber aufzuregen, irgendein Schwein hätte Müll auf den Hof geworfen. Demonstrativ geht Fluppe dann über das Pflaster und stößt mit den Füßen gegen jeden Stein, der hier nicht zu liegen hat. Wenn die Kinder es gewagt haben, ein paar lustige Kreidezeichnungen auf den grauen Asphalt zu bringen, ruft Fluppe aufgebracht in der Hausverwaltung an und sorgt dafür, dass die Schmierereien sofort beseitigt werden. Manchmal hängt Fluppe in den Hausfluren Zettel auf, in denen er darauf hinweist, dass Eltern dafür zu sorgen hätten, dass ihr Nachwuchs keinen Dreck und keinen Lärm zu machen habe. Regelmäßig kommt er mit einem Lappen auf den Hof und poliert demonstrativ die beiden Emailleschilder an den Hauswänden, auf den in altdeutscher Schrift geschrieben steht: *Spielen auf dem Hof ist verboten. Eltern haften für ihre Kinder. Die Verwaltung, 1920.* Fluppes Frau steht dann meist auf dem Balkon und beobachtet das Geschehen. Dabei bürstet sie seine Hosen aus, die sie tagtäglich zum Lüften hinaushängt. Wenn sie Weißwäsche auf dem Balkon trocknet, hängt sie seine und auch ihre Unterhosen auf Bügeln auf.

Reiner hat den Eindruck, die Frau habe neuerdings etwas Verächtliches im Blick, wenn sie ihren Mann, wenn sie Fluppe auf dem Hof wirken sieht.

Die Jungen wagen heute immer höhere Sprünge, dabei knallen die Skateboards auf dem Boden auf, laute Geräusche, die im Hof widerhallen.

Reiner trinkt einen Schluck Kaffee und überlegt, wie viele Minuten es noch dauern wird, bis Fluppe auf den Balkon treten und hinunterbrüllen wird. Es dauert nur Sekunden. Danach ist der sonnige Nachmittag verdorben, für die Kinder und für Reiner.

Am nächsten Tag spielen die drei Jungen auf dem Hof Riesenmikado. Still und leise. Erst, als Julian und Max behaupten, Martin hätte geschummelt, was dieser vehement abstreitet, wird es etwas lebhafter unter den Kindern. Reiner hatte sogar von seinem Balkon aus gesehen, dass der lange Holzstab beim Herunternehmen gewackelt hatte. Martin sieht zu ihm hinauf, als fürchte er, Reiner könnte ihn verraten. Aber nein, der ist ja blind. Reiner lächelt und beschließt, dass Martin das Kind ist, das er von den dreien am liebsten mag.

Fluppe kommt über den Hof, um sein Auto aus der Garage zu holen. Die drei Jungen rücken sofort enger zusammen. Fluppe geht dicht an sie heran: «Wie oft soll ich euch noch sagen, dass ihr hier auf dem Hof nichts zu suchen habt!»

Die Kinder reagieren nicht, stochern in ihren Mikadostäben. Fluppe beugt sich dichter zu ihnen herab. Asche fällt von der Zigarette auf das Spiel herab.

«Wenn ich euch Gören hier noch einmal sehe, dann schnappe ich mir einen von euch und sperre ihn in den Keller!»

Martin sieht von unten hinauf. «Das dürfen Sie nicht!»

Fluppe holt mit der Hand aus, hält dann inne und sieht zu seiner Frau nach oben auf den Balkon. Er geht in die Garage. Die drei Jungen rücken dichter zusammen und bereden etwas, das Reiner nicht hören kann. Fluppe fährt den weißen Opel heraus, steigt wieder aus und kommt bedrohlich auf die Kinder zu, weil die es immer noch wagen, auf dem Hof zu sein. Mit einem Fuß holt er aus und tritt mit voller Kraft in den Haufen Mikadostäbe.

Dann schmeißt er seine glühende Kippe so weg, dass Martin fast getroffen wird. Fluppe sieht wieder nach oben zu seiner Frau, die wie automatisiert seine Hosen bürstet, steigt in den Opel und fährt vom Hof.

Die Kinder sammeln das Spiel ein und ziehen sich zurück in den Keller, dessen Räume wegen zu hoher Feuchtigkeit geräumt wurden und irgendwann in den nächsten Monaten trockengelegt werden sollen.

Wollen die Jungen jetzt etwa dort ihre Nachmittage verbringen?

Reiner kann sich gut an das Gefühl erinnern, wie es ist, wenn man als Kind keinen Platz zum Spielen hat. Er durfte als Junge niemals einen Freund mit nach Hause bringen, aber dafür war es – im Gegensatz zu heute – eben noch möglich, sich draußen auf der Straße zu treffen.

Er ist erleichtert, als die Kinder sich am nächsten Tag wieder auf dem Hof einfinden und offenbar nicht haben einschüchtern lassen.

Fluppes Balkontür ist verriegelt, die gestärkten Gardinen sind fein säuberlich vorgezogen. Die Jungen stehen sich gegenüber und spielen mit einem kleinen Stoffball, den sie sich mit den Schuhspitzen zuwerfen, was große Geschicklichkeit erfordert. Reiner schenkt sich Kaffee ein und begutachtet die winzigen Wäscheteile, die seine neue junge Nachbarin heute Morgen auf den Nachbarbalkon gehängt hat, bevor sie im schicken Kostüm zur Arbeit eilte.

Plötzlich biegt der weiße Opel auf den Hof ein. Fluppe sieht die drei Jungen, gibt Gas und fährt genau auf sie zu. Die Kinder weichen im letzten Moment aus. Fluppe verfolgt Martin mit dem Auto. Martin läuft los und kann sich gerade noch in den Kellereingang flüchten. Fluppe bremst das Auto abrupt vor der Tür. Das ist der Moment, in dem Reiner nicht länger blind sein darf. Er steht auf und nimmt seine dunkle Brille von den Augen. Fluppe wird von seiner Frau festgehalten, erst nach einem Gerangel gelingt es ihm, aus dem Auto zu kommen. Martin nutzte den Moment, um wieder aus dem Keller zu kommen und mit seinen Freunden wegzulaufen.

In der darauf folgenden Nacht schläft Reiner schlecht und fragt sich immer wieder, weshalb die Eltern der drei Jungen nicht eingreifen. Sind sie blind für die Sorgen ihrer Kinder? Reiner überlegt, mit den Eltern zu reden. Oder sich Fluppe vorzunehmen.

Doch er ist für alle blind. Für die Nachbarn, für die Kinder. Und wie sollte er erklären, dass er es nicht ist?

Nieselregen fällt auf den Innenhof. Reiner steht in der Tür zu seinem Balkon und wundert sich, dass die drei Jungen auch bei diesem Wetter herausgekommen sind. Sie haben kein Spiel mit auf den Hof gebracht, sitzen nur zusammen und reden. Und wirken angespannt, findet Reiner. Als Fluppe erscheint, springen die Jungen auf und rennen in den verlassenen Keller. Martin ruft: «Fluppe! Fluppe!» Es klingt wie ein Lockruf. Die Kinder machen vulgäre Gesten.

Fluppe braucht eine Weile, bis er begreift, dass er gemeint ist. Dann eilt er wütend auf den Keller zu. Reiner beugt sich weit über den Balkon, doch er kann nichts mehr sehen. Gerade, als er hinunter in den Keller den Kindern zu Hilfe eilen will, erscheinen die drei Jungen wieder auf dem Hof. Ihre Bewegungen sind fahrig. Martin lacht nervös. Die Kinder registrieren, dass auf keinem der Balkone jemand zu sehen ist. Nicht einmal Fluppes Frau ist bei diesem Wetter draußen und hat mit Wäsche zu tun. Nur der Blinde aus dem dritten Stock steht auf seinem Balkon. Also hat niemand etwas gesehen.

Die Jungen trennen sich und laufen in ihre jeweiligen Hauseingänge.

Reiner sitzt bis zum Einbruch der Dunkelheit an seiner Balkontür und wartet. Auf Fluppe. Weshalb kommt er nicht aus dem Keller zurück? Fluppes Frau hat inzwischen nach ihrem Mann Ausschau gehalten. Auf dem Herd dampfen Kartoffeln. Irgendwann setzt sie sich an den für zwei gedeckten Tisch und beginnt zu essen. Fluppes Bett bleibt in dieser Nacht leer.

Am nächsten Tag geht Reiner in den verlassenen Keller. Im Mittelgang sind zwei Türen verschlossen. Aus den dahinter liegenden Parzellen ist ein schwaches Klopfen zu hören. Ab und zu ein schwaches «Hallo, hört mich denn keiner?».

Kinder können grausam sein, denkt Reiner, aber soll sich doch Fluppes Frau auf die Suche nach ihrem Mann machen. Von einem Blinden wie ihm könne niemand verlangen, dass er etwas gesehen oder gehört hat.

Drei Wochen dauert es angeblich, bis man verhungert. Verdursten geschieht schneller und ist grausamer, doch Wasser gibt es ja genug in diesem nassen Keller, denkt Reiner. Fehlten Fluppe eigentlich nur die Zigaretten zum Überleben. Kinder können grausam sein, denkt Reiner.

Sie nannten ihn «Fluppe».

Die Kinder.

Und Reiner.

Omen und der Tod auf Sylt

Michael Koglin

Ich bin ein Glücksbringer, aber Gott sei Dank denk ich ja nicht so viel. Ich sitz hier lieber auf meiner Decke in der Westerländer Friedrichstraße und verschenke gute Laune an die Abteilungsleiter. Wenn die mit ihren Frauen vorbeiflanieren, brauchen die mich nur zu sehen und zack: Schon zieht ein Lächeln über ihr Gesicht. Schließlich haben sie eine ordentliche Arbeit und ein hübsches Zuhause. Und ihre Frauen kuscheln sich dann ganz eng an sie ran.

Die Hundewelpen, die ich für ein bisschen «Futtergeld» an ihre neuen Besitzer abgebe, die freuen sich auch. Weil sie jetzt eine Aufgabe haben. Als Freunde fürs Leben. Und die neuen Besitzer? Die sind richtig außer sich. Wegen dem guten Werk und so. Selbst Delikatessen-Gosch mach ich glücklich. Zuerst setze ich mich vor die Fensterscheibe mit den Salaten und geräucherten Aalen. Die drücken mir ein Brötchen in die Hand, na ja, und dann ziehe ich meine Decke eben ein Stück weiter. Klasse Geschäftsverbindung. Da haben alle was davon.

Doch manchmal bricht das Unglück auch über Sylt herein. Aus heiterem Himmel.

Ich bürste gerade meiner Hündin Bettina den Rücken, da setzt sich Spaten-Andreas auf meine Decke. Er drückt mir einen Schuhkarton in die Hand und sagt:

«Mach mal auf.» Andreas hat alle Farbe aus dem Gesicht verloren. Ich wundere mich noch, weil er doch dauernd Sachen verbuddelt und nicht ausgräbt. Ist so eine Art unterirdischer Messie. Da ist jeder auf seine Weise glücklich. Gott sei Dank denk ich ja nicht so viel.

Von dem Kartondeckel rieselt der Sand. «Feinste Herrenschuhe – Aktiv Leben», steht auf dem Deckel. Daneben das Preisschild. Ist hier in der Friedrichstraße gekauft. Auf dem Karton ein rotes Siegel. «Handgefertigte Spitzenqualität» ist da eingepresst. Ein Zacken fehlt.

«Nu mach schon auf», sagt Andreas und stiert auf den Karton, als würde da gleich eine Königskobra ihren Kopf rausstrecken. Aber was will so eine Kobra auf Sylt? Die muss ja Angst haben, dass aus ihr eins, zwei, drei ein Portemonnaie für Frau Abteilungsleiter genäht wird.

Ich will ja nicht so recht, aber dann hebt Andreas den Deckel hoch und Bettina, mein Cairnterrier und Mutter von vierundsechzig Welpen, die jetzt in ganz Deutschland glücklich über die Teppichböden toben, also Bettina fängt an zu winseln.

Eigentlich ist Bettina ja so eine Hartgesottene. Nimmt es auch bei der Partnerwahl nicht so genau. Alle paar Monate guckt sie mich schief an, dann haut sie ab und sucht sich einen Hundekerl. Und dann dauert es wieder ein paar Wochen, und ich hab die Decke voller Welpen. Gott sei Dank denk ich ja nicht so viel, sondern hab eine Geschäftsidee daraus gemacht.

Ich hebe das Bündel aus dem Karton. Bettina heult, Andreas schluchzt. Vor mir liegt ein totes Baby. Die Augen fest zusammengedrückt. Der Kopf zur Seite gerutscht. Ist ganz blass, aber friert nicht mehr. Hat es längst schön warm. Irgendwo ganz anders.

«Guck mal», sagt Andreas und tippt auf den Babybauch. Ein Schnitt läuft vom Hals über den ganzen Körper bis hinunter zum Bauchnabel. Mit großen Stichen zugenäht.

«Die haben das Baby ...»

«Vielleicht bei einer Operation gestorben?»

«Und dann verbuddelt man es am Strand?»

«Wo am Strand?»

«Unten an der Himmelsleiter.»

Der Strandabschnitt heißt tatsächlich so. Der Bauch von dem kleinen Mädchen ist ganz eingefallen.

«Da fehlt was», sagt Andreas. «Die haben das Baby als Ersatzteillager ...»

Das kleine Wurm hat dunkle Haare. Nach der Gesichtsform und den Augenbrauen könnte es aus Indien stammen. Über einen Finger ist ein Weißblechring von einer Getränkedose gezogen. Ein Abschiedsgeschenk von der Mama? Am Hals schimmert eine Narbe.

«Da sind ... da waren die Stimmbänder», sagt Andreas und schluckt. Mit seinen Wollhandschuhen reibt er sich ein paar Tränen aus den Augen.

Ja, da hat das kleine Mädchen noch nicht mal zum Abschied etwas von sich geben können. Kein letzter Schrei, keine letzten Worte. Der einzige Kommentar zu diesem kurzen Besuch auf der Erde steht auf seinem Pappkarton: «Aktiv Leben.» Wir haben «Aktiv leben» zum Friedhof gebracht. Stand gerade ein Sarg bereit. Für eine Beerdigungsfeier am nächsten Tag. Wir machen den Deckel auf und legen der toten kleinen Oma darin das kleine tote Baby in den Arm. Ich kann mir nicht helfen, aber irgendwie sah sie ganz stolz aus. Obwohl das ja gar nicht geht. War ja tot. Gott sei Dank denk ich ja nicht so viel.

Über die Insel streicht ein eisiger Nordwestwind. Ich erzähle gerade einer Kundin, was ich immer erzähle, um Bettinas Welpen an die Frau und den Mann zu bringen. Dass ich der uneheliche Sohn von der Maria Callas bin und eigentlich verstoßen war und verleugnet und 'ne schwere Kindheit hatte. Und die Leute nicken, weil sie das verstehen, und dann greifen sie zu und kaufen einen Welpen. Ein Hund vom verstoßenen Sohn der Callas ... die Leute mögen das. Schließlich ist das ein Freund durch dick und dünn.

Und wenn sie nicht kaufen, dann gibt es zumindest eine kleine Spende. Hin und wieder braucht der Mensch und seine Bettina was Anständiges im Magen. Mein Freund Sam versorgt mich zwar immer mit dem Übriggebliebenen aus dem Hotel, aber auf die Dauer ist das wirklich nicht gesund. Bei all dem Hummer und Krebsen und Kaviar musst du aufpassen, dass du dir keinen Eiweißschock einhandelst. Und im Krankenhaus haben sie dann keine Ahnung, was los ist. Wer rechnet schon bei einem Penner mit einem Eiweißschock? «Und ich kann den Hund gleich mitnehmen», sagt die blonde Dame mit der Strassbrosche.

«Und der Hund heißt wirklich Clausfried *von* Rantum?»

«Sicher», sage ich. «Nur leider nicht ins Züchterverzeichnis eingetragen. Keine Papiere.» Meinetwegen könnte er auch

«Runta vom Sofa» heißen. Sag ich aber lieber nicht. «Verstehe», sagt die Frau und streichelt dem Hund den Bauch. Ja, der verarmte Adel hat seine Fans.

Der Welpe wird es gut haben. In einer Woche scheißt der in München auf ein Brokatdeckchen. Vielleicht lernt er sogar die Daisy von dem Mooshammer kennen.

«Und bitte, hassen Sie ihre Mutter nicht», sagt die Dame mit dem Hundeknäuel im Arm. «Die Maria Callas ... ääh, also ihre Frau Mama, das war eine wunderbare Frau. Eine Göttin. Da muss man Nachsicht haben.»

«Eine Künstlerin halt», sage ich und schiebe den Geldschein in die Hosentasche.

Und dann stehen plötzlich *sie* vor meiner Decke. Kein Zweifel, es sind die Schuhe aus dem Karton. Marke, Größe, alles stimmt. Und tatsächlich klebt an einem Schnürsenkel das rote Eckchen, das aus dem Siegel gebrochen ist. Vor mir steht Dr. Hehnz mit seinem Assistenten.

Gott sei Dank denk ich ja nicht so viel. Aber erleichtert bin ich doch. Der hat die Kleine sicher retten wollen und dann ist was schief gegangen. Das passiert. Der Doktor wirft ein Geldstück auf den Teller und stiert auf den Schuhkarton.

Später kommt Andreas vorbei. Ist immer noch aufgeregt. «Ich hab das Baby ausgebuddelt, und das ist kein Zufall», sagt er. «Weißt du, wie groß die Düne ist? Das Baby will uns was sagen.»

Ich kann das nicht glauben. Schließlich betreibt der Doktor eine ganz normale Praxis. Abteilung Halsschmerzen und Husten und zwischendrin mal ein Wässerchen gegen Gicht. Stammhalter einer Sylter Doktorendynastie. Der ist hier der weiß gekittelte Freund jeder Familie.

Andreas lässt nicht locker. Er sagt, er sei dem Doktor in eine Tiefgarage gefolgt, und da hätte er Babywimmern gehört. «Ganz deutlich, Omen», sagt er und zerrt an meinem Omen-Mantel. Gott sei Dank denk ich ja nicht so viel, sondern seh lieber nach.

Wir stellen noch eine Kerze für «Aktiv Leben» in die Friedrichstraße und heften uns an die neuen Schuhe vom Doktor. Der kommt tatsächlich nach zwei Stunden aus seiner Praxis und geht rüber zur Tiefgarage vom Hotel «Belgischer Hof». Eine halbe

Stunde später hetzt sein Assistent mit einer Reisetasche in die Garage.

«Hörst du es wimmern?», sagt Andreas.

«Das ist die Brandung.»

Nach drei Stunden schleppt der Assistent eine Kühltasche in seinen Jeep und fährt davon. Auch der Doktor geht nach Hause.

Wir warten noch eine Stunde. Außer einer Stahltür ist nichts in der Garage zu entdecken. Andreas zieht seinen Miniklappspaten aus der Jacke und hebelt das Schloss auf. Es geht in einen Heizungsraum und durch eine Tür. Plötzlich stehen wir in einem gleißend hellen Raum. Eine Liege aus Nirostastahl, darüber eine OP-Lampe. Überall Zentrifugen, Laborschränke, Instrumente in Glasvitrinen, eine Batterie Reagenzgläser mit Blutproben, Kanülen, Spritzen und Packungen mit Medikamenten. Am Haken hängen zwei grüne Kittel und ein Mundschutz.

Der Sagrotangeruch vernebelt mir das Hirn. Irgendwo wird eine Tür aufgeschlossen. Andreas sieht mich entsetzt an und haut auf den Lichtschalter. Weg hier! Ins Licht. Unter Menschen. Und Geräusche. Also rüber zum Bahnhof. Da steigt gerade der Assistent mit der Kühltasche in einen Zug. Wir weihen meinen Freund Sam ein. Der ist Oberkellner im Maritim und kommt aus Burkina Faso.

Er schüttelt den Kopf.

«Omen, doch nicht hier auf der Insel. Das machen sie vielleicht in Hamurg oder in Berlin oder ...»

«Ach ja?»

Also beobachten. Sam übernimmt den Nachtdienst. Mit seiner Hautfarbe ist er für den Job die Idealbesetzung. Wenn der sich im Dunkeln verstecken will, muss er nur die Augen zukneifen.

Drei Tage tut sich nichts, doch dann spät in der Nacht auf den Freitag geht der Doktor rüber zum Strand.

Eine Nebelbank liegt über der Nordsee. Irgendwo in der Ferne tuckert ein Motor. Der Doktor lässt seine Taschenlampe kreisen.

«Sie holen die Babys von einem Schiff, und dann geht's über das Watt», sagt Sam. Andreas zittert.

«Für Ersatzorgane wird fast jeder Preis bezahlt», sagt Sam, und dass er das in einer Zeitung gelesen hätte. «Woher die Nieren, Herzen oder Stimmbänder dann stammen, da fragt lieber keiner nach.»

«Die liefern die Babys frei Haus, um sie zu schlachten und die Organe aufs Festland zu schaffen?», frage ich.

«Wahrscheinlich werden die Kleinen in einer Art künstlichem Koma gehalten, sonst würden sie ja schreien.»

Ich sehe all die stummen Babys, die da durch das Watt getragen werden. Und ihre gläsernen Augen, die aus der Reisetasche zu den Sternen blicken. Können nicht schreien und haben keine Namen. Wurden irgendwo gekauft und es gibt keine Rechnung und keine Quittung. Keinen Geburtsschein und keine Zukunft. Kein Lachen und Tanzen und sich verlieben ... Gott sei Dank denk ich ja nicht so viel.

Und dann steht wieder der Doktor vor meiner Decke.

«Wie viel?», fragt er.

«Nein danke», sage ich, und dass alles bestens sei.

Der Doktor sieht sich vorsichtig um.

«Der Schuhkarton. Ich bin nicht blöd. Sie sind in mein Labor eingebrochen.»

«Woher ...?»

«Überwachungskamera. Klar können Sie zur Polizei gehen», sagt er. «Aber denken Sie daran, wie viele Kinder in Deutschland auf ein Spenderorgan warten.»

«Aber das sind gesunde Kinder, die über das Watt ...»

«Das sind Straßenkinder. Bälger von Prostituierten, Waisen ... die haben nie eine Chance. Die meisten wären schon nach wenigen Wochen verhungert. Ihr einziges Glück ist, dass sie andere Menschen retten können.»

Ich sage nichts.

«Denken Sie an die Mütter mir ihren kranken Babys, die nachts wachliegen und jeden Tag auf ein Spenderorgan warten. Können Sie das verantworten?» Ja, unser Doktor ist ein echter Menschenfreund.

«Nehmen Sie das Geld?», fragt er und wedelt mit einem Bündel 200-Euro-Scheine vor meiner Nase herum.

Er wirft den Packen auf die Decke.

Am Abend schaffen sie mit dem Jeep einige Alukoffer runter zum Wasser. In meinem Strandkorb kann ich sie gut verstehen.

Der Assistent will gerade raus ins Watt, da hält der Doktor ihn zurück.

«Und schaff mir den Penner vom Hals», sagt er.

«Dann trabt doch die Polizei vom Festland an.»

«Unsinn, die Polizei findet einen Teil des Geldes und zack: Raubmord im Obdachlosenmilieu.»

«Aber das ist ...», sagt der Assistent.

«Warum verbuddelst du Idiot diesen Kadaver auch in meinem Schuhkarton?»

«Der Behälter für die OP-Abfälle war voll und ich dachte ...»

«Du und denken. Du hast uns die Scheiße eingebrockt, und du schaffst sie uns wieder aus der Welt. Ich fahre rüber zum Frachter. Wir haben Termine.»

Ich glaube ja an das Gute im Menschen. Vielleicht haben sie es gar nicht ernst gemeint. Sam will unbedingt zur Polizei. Andreas zittert schon wieder. Zur Polizei!

Stell dir das vor. Ein schwarzer Kellner aus einem Land, von dem noch nie einer gehört hat, und ein Penner bei der Polizei. Beschuldigen einen inselheiligen Doktor! Und Andreas, der dauernd Kisten, Postkarten und alte Stofftiere verbuddelt, hebt seine dreckigen Finger zum Schwur ... Nee, das wird nichts.

«Vielleicht ist das mit dem Umbringen gar nicht so gemeint?», sage ich. Aber das lässt sich ja ausprobieren.

Am Abend drückt Sam dem Doktor ein Tuch mit Chloroform auf den Mund. Das Zeug hat er aus der Hotelapotheke. Wir ziehen ihm meinen Omen-Mantel über und streifen meine Mütze über seinen Kopf. Sam bindet ihn an der Laterne fest, damit er nicht umfällt. Das Laternenlicht ist wichtig für unsere Filmaufnahmen.

Der Kopf fällt leicht zur Seite, und das Ganze sieht tatsächlich aus, als würde der liebe Omen ein kleines Nickerchen halten. Aber Omen ist wach.

Ein Spaziergänger schlendert vorbei und wirft dem gefälschten Penner ein paar Cent auf den Pappteller.

Und dann kommt der Assistent. Sam drückt auf den Auslöser seiner Videokamera. Der Assistent sieht sich um, zieht eine Eisenstange unter dem Mantel vor und knallt sie dem armen Doktor auf den Kopf. Einmal, zweimal ... kann man richtig krachen hören. Kleider machen Tote. Gott sei Dank denk ich ja nicht so viel. Aber was sich da an Schicksalen schon am Garderobenständer entscheidet! Unglaublich.

Das Videoband haben wir dann noch am gleichen Abend der Polizei unter die Fußmatte gelegt. Am nächsten Tag haben sie den Assistenten abgeholt. In Handschellen.

Bin mal sehr gespannt, wie der erklärt, wieso er seinem Chef und guten Freund den Schädel eingeschlagen hat.

Manchmal, wenn ich auf meiner Decke sitze und mein Fischbrötchen esse, kommt mir «Aktiv leben» in den Sinn. Und was aus ihr wohl geworden wäre?

Vielleicht eine indische Prinzessin? Mit einer tollen Hundedressur? Auf Gastspielreise in ganz Europa. In den ersten Häusern von Paris, Berlin, London und Westerland. Karten ganz schwer zu bekommen. Oder eine berühmte Kinderärztin? Aber Gott sei Dank denk ich ja nicht so viel.

Routine

Johanna Straub

Wie immer, wenn sie einen neuen Fall begann, räumte sie alles überflüssige Papier von ihrem Schreibtisch, stellte sich eine Kanne Earl Grey bereit und dachte darüber nach, wie man jemanden umbringen könnte. Das Verbrechen. Hatte sich das erst einmal in ihrer Vorstellung konkretisiert, eine Situation, eine Methode, ein Tathergang, nahm der Fall schnell Gestalt an, wuchsen Täter und Opfer in ihrer Vorstellung, ergab sich das Motiv wie von selbst. Alles eine Frage der Erfahrung.

Sie verbrannte sich die Zunge und pustete einen kleinen Orkan in die Teetasse. Die Schwierigkeit war, dass es alles schon gegeben hatte. Aber es war nicht das herkömmliche Problem der Wiederholung, das ihr zu schaffen machte. Ein wachsendes Problem zugegebenermaßen, der alte Zweifel an der künstlerischen Neuerung. Ein Problem, mit dem alle Schriftsteller zu kämpfen hatten und, soweit sie informiert war, auch die Maler und die Musiker. Nein, nicht nur das. Sie hatte mit einer speziellen Variante dieses Problems zu kämpfen. Nicht nur war alles schon einmal da gewesen – sondern alles war bei ihr selbst schon einmal da gewesen.

Dreiundachtzig von ihr selbst verfasste Kriminalromane standen im Regal, dem sie auf Grund eben dieses Problems beim Schreiben den Rücken zuwandte. Neunmal Gift, überwiegend praktisches Insulin, zweimal nostalgisches Arsen, einmal eine Schlange. Schusswaffen in allen Varianten, zehn Revolver, acht Pistolen, fünf Gewehre. Sie war en passant zur Waffenexpertin geworden im Laufe der Jahre. Fünfzehn Messer, drei Seile, vier Vasen, sechsmal diverses Werkzeug, das gerade zur Hand war, Rubrik stumpfer, schwerer Gegenstand. Ein Schal, eine Strumpfhose. Zwei Fensterstürze, zwei Steilhänge. Vier auf verschiedene Weisen provozierte Autounfälle. Eine Erstickung mit einem Sofakissen. Zwei Feuersbrünste und sechs Ertränkungen. Ein Föhn in der Badewanne und ein aufgedrehter Gashahn, ihre beiden Jugendsünden. Und ihr Meisterstück, der Eiszapfen, selbst erfunden und von anderen oft kopiert. Auf den war sie stolz, der Mord ohne Spuren in «Eiskalte Rache». Und dann war da noch der Klassiker für den Spontanmord. Die bloßen Hände, auch die mochte sie. Achtmal.

Er war ins Zimmer gekommen, ohne dass sie es bemerkt hatte. Stand vor ihrem Schreibtisch und sah sie an. Verdammter Leisetreter, dachte sie und sagte: «Jetzt nicht. Wie du siehst, arbeite ich gerade.» Er nickte kurz, setzte sich aufs Sofa und streckte die Beine von sich.

Sie beschloss, ihn zu übersehen, und vertiefte sich wieder in ihr Dokument. Oder besser – das Fenster. Fenster, das gefiel ihr gut. Der metaphorische Verweis auf die andere Seite. Natürlich hatte sie sich gescheut vor der Umstellung. Aber sie hatte es sich, im Gegensatz zu den anderen aus ihrer Generation, nicht anmerken lassen und war eine der ersten gewesen, die sich einen persönlichen Computer zugelegt hatten. Schon «Lange Schatten» war mit der neuen Technik entstanden. Auf diesen frühen Schritt war sie heute noch stolz. Es war wichtig, den Anschluss nicht zu verlieren. Schließlich wurden ihre Leser, wie sie gerne sagte, sowohl im Verhältnis als auch im Gegensatz zu ihr selbst immer jünger.

Was sich nicht verändert hatte im Laufe der Jahre war ihre Vorliebe für unspektakuläre Morde. Je näher sich Opfer und Täter zu stehen schienen, je unerwarteter der Mord für das Opfer kam, desto größer die Fallhöhe, desto größer die Überraschung für die Leser. Sie liebte diese Herausforderung, und so gingen glücklicherweise ihre eigene Schreibfreude und der Unterhaltungswert für die Leser Hand in Hand.

Ein schnalzendes Geräusch riss sie aus ihren Überlegungen. Er gähnte. Sie mochte es nicht, wenn er sich so gehen ließ. Hatte es noch nie sonderlich geschätzt, aber früher war es ihr leichter gefallen, darüber hinwegzusehen. Wenn sie ehrlich war, konnte sie ihn nicht mehr ausstehen. Er war alt und dick geworden, ungepflegt und nachlässig. Wie er da saß und sie verstohlen aus seinen halb geschlossenen Augen beobachtete. Doch nur in der Absicht, sie beim Arbeiten zu stören. «Warum machst du nicht einen kleinen Spaziergang», sagte sie. «Das würde dir gut tun.» Er verzog kaum merklich sein Gesicht, keine freundliche Miene, eher missgünstig. Auch ein bisschen lauernd. Hass, dachte sie, Hass und Verachtung. Ein klassischer Fall für die bloßen Hände.

Diese Methode hatte nur den Nachteil, dass die physikalische Kräfteverteilung bereits bestimmte Vorgaben hinsichtlich sowohl des Opfers als auch des Täters mit sich brachte. Wenige Frauen erwürgten ihre Partner glaubwürdig, jedenfalls nicht ohne ergänzende Maßnahmen, ein Vollrausch des Opfers beispielsweise. Nicht schon wieder Alkohol. Und überhaupt. Sie hatte keine Lust, sich in der Auswahl der Personnage von vornherein einzuschränken.

Sie nippte an ihrem Tee und versenkte ein weiteres Stück Kandis in der Tasse. Natürlich verlagerten sich die Sympathien mit der Zeit. Wie auch nicht. Die Opfer verschwanden ja immer sofort von der Bildfläche, während für die Täter das Spiel dann erst losging. Und einen guten Grund zum Morden hatten die Täter bei ihr immer, dafür sorgte sie schon. Aber zuerst die Waffe.

Keine Schüsse diesmal. Überhaupt nichts schon Dagewesenes. Ein Flugzeugabsturz? Das würde kein Krimi, sondern ein Katastrophenroman. Völlig überflüssiges Genre. Dito das Zugunglück. Nein, mit der Bahn wollte sie sich generell so wenig beschäftigen wie nur irgend möglich. Ein inszenierter Tauchunfall? Nicht schlecht, aber in diesem Metier war sie nicht bewandert, und in ihrem Alter noch Tauchen zu lernen, kam nicht in Frage. Sie war schließlich nicht Leni Riefenstahl.

Auch für die Detektive hatte sie nie besonders viel übrig gehabt. Jedenfalls nicht für diese alternden wortkargen Kerle, die sich über die Jahre hin verselbständigten mit ihrer Antihaltung on-the-rocks. Nicht, dass sie es nicht versucht hätte. Den einen oder anderen hatte sie über einige Bände hinweg ausgehalten, aber wenn sie sich dann von ihm verabschiedet hatte, war sie jedes Mal erleichtert gewesen. Sich von dem Serienprinzip endgültig zu trennen, war die richtige Entscheidung gewesen. Das bisschen Mehrarbeit, für jeden Roman ein neues œil privé zu entwerfen, nahm sie gerne in Kauf. Im Tausch gegen den Überdruss.

Er war eingenickt. Oder tat er nur so? Sein Mund stand halb offen, sein schütterer Bart zitterte bei jedem Schnarcher, kein schöner Anblick. Das war echt. Na, bitte. Er schaffte es doch immer wieder, sie nicht zu überraschen. Sie sah aus dem Fenster. Für den neuen Fall würde sie sich wieder diesen jungen Mann kommen lassen, für den Garten. Er brauchte nur ein bisschen Laub zusammenzuharken, vor ihrem Fenster, wo sie ihn gut sehen konnte. Sie musste ihm ja nicht auf die Nase binden, dass er weniger für den Garten kam als für ihre Inspiration. Gerade der Gärtner brachte sie auf die besten Ideen.

Überdruss als Motiv war keine schlechte Grundlage, dachte sie und nahm ein Stück Gebäck. Sie biss vorsichtig ab, um ihn nicht zu wecken, Kekse waren seine Leidenschaft. Langeweile und Überdruss. Bis hin zum Ekel. Das kannten alle, und auf diese Weise ließe sich auch geschickt eine Portion Zeitkritik einbauen, Kritik an der übersättigten Gesellschaft. Und wenn der neue Fall sich so gut verkaufte wie der letzte, dann hätte sie ihre Meinung mal wieder raffiniert unters Volk gebracht. Was wollten sie eigentlich, diese einsamen Denker in ihren Elfenbeintürmen. Elfenbein. Im Grunde auch nur ein großer toter Zahn. Merkten die eigentlich nicht, dass nicht einmal die Philosophiestudenten ihre Bücher lasen, geschweige denn kauften? Und ohne Leser war die ganze Erkenntnis doch für die Katz.

Das Telefon klingelte, und sie ließ es. Um diese Zeit war es Leonie, und die konnte sie ausgerechnet in dieser Phase überhaupt nicht gebrauchen. Leonie hatte rapide abgebaut, seit Horst von ihr gegangen war, dabei war die Beziehung zuletzt alles andere als harmonisch gewesen. Horst, ein seniles Pummelchen mit einem inoperablen Hüftleiden, war auch so einer vom Stamme Nimm gewesen, und Leonie, selber keine Gazelle, hatte ihn in aufopfernder Hingabe bedient, hinter ihm her geputzt und ihm jeden Wunsch von den Augen abgelesen.

Sie warf einen Blick zum Sofa. Es ereilte doch alle. Das langjährige Zusammenleben und seine Spätfolgen. Die Würfel gefallen, die Rollen fest verteilt, der Rest langwierig und zäh, der parallele Abbau. Für so einen Plot bot sich Gift an. Genauso schleichend wie die Entfremdung auch die Wirkung der Droge. Das lasen sie gerne, das hatte sich bewährt. Die Verkaufszahlen von «Bitteres Ende» beispielsweise waren sensationell gewesen. Andererseits war es in seiner Wirkung nicht zu unterschätzen, wenn ein bisschen Blut floss. Es durfte nur nicht durch ein allzu herkömmliches Instrument hervorgerufen werden. Eine Armbrust wäre vielleicht ganz interessant zur Abwechslung. Aber nein, zu altmodisch. Außerdem, wo sollte sie eine Armbrust hernehmen, und wohin damit, danach. Es musste näher liegend sein. Warum nicht eine Stricknadel? Die Waffen der Frau, von unten durchs Kinn, Handarbeit war ja wieder salonfähig bei den Frauen von heute, es war kaum zu glauben.

Sie hatte Leonie geraten, sich neu zu orientieren und sich einen Nachfolger für Horst zuzulegen. Natürlich nicht ohne Eigeninteresse. Sie wollte endlich wieder ein anderes Gesprächsthema haben. Abgesehen davon war sie der festen Überzeugung, dass sich die Menschheit in zwei Sorten unterteilen ließ – solche, die partout nicht alleine sein konnten, und solche, die sich permanent genau danach sehnten. Leonie hatte protestiert. Natürlich. Horst, Horst, Horst. Und niemals ein anderer. Dann sollte Leonie sich aber auch nicht beklagen, wenn anderen zu dem Thema nichts mehr einfiel. Sie selbst gehörte nämlich eindeutig zur zweiten Kategorie. Erst letzte Nacht hatte er ihr wieder das Kissen weggenommen. Dabei hatte er weiß Gott sein eigenes. Und dazu sein Atem. Überhaupt sein alternder Körper. Er versprühte jedenfalls nicht den Duft, den man beim Aufwachen in der Nase haben mochte.

Er blinzelte, sie sah es genau. Er schlief gar nicht. Vielleicht hatte er ähnliche Gedanken. Einmal in seinem Kopf stecken, nur für fünf Minuten. Früher hatten sie sich ausgetauscht, er hatte ihr regelmäßig Geschenke gebracht und war komisch gewesen und liebevoll. Das war lange her. Die Vorstellung, ihn noch Jahre ertragen zu müssen, trieb ihr einen kalten Schauder über den Rücken.

Es wäre so einfach. Wahrscheinlich würde er sich nicht einmal wehren, träge, wie er war. Mit seinen grauen Schläfen konnte sie leben, die standen ihm gut, gaben ihm zumindest äußerlich etwas Seriöses. Aber der Bauch. Kein Wunder bei diesem ewigen Herumliegen. Und diese krankhafte Eifersucht auf ihre Arbeit. Nie ließ er sie alleine. Jeden Morgen ging sie mit dem Argwohn an ihren Schreibtisch, er hätte sich heimlich an ihren Dokumenten zu schaffen gemacht, wenn er nachts unterwegs war, zum Klo und natürlich in die Küche, wo immer ein kleiner Imbiss für ihn stehen musste.

Apropos. «Was möchtest du heute essen, mein lieber Freund? Fisch oder Hühnchen? Nein, sag nichts. Ich weiß schon.»

Unmöglich, ihn vor so eine Entscheidung zu stellen. Er würde beides wollen. Und außerdem sagte er ja sowieso nie ein Wort zu viel. Die Stricknadelmethode wäre vielleicht gar nicht so schlecht. Andererseits wollte sie diesen Retrokult hausfräulicher Tätigkeiten nicht medienwirksam unterstützen. Wo würde das hinführen, directement zurück zum Nudelholz. Sie selber neigte dazu, Hausarbeiten zu vernachlässigen. Insbesondere, wenn sich gerade ein neuer Fall zu entwickeln begann, blieb alles andere liegen. Papierkram, schmutzige Wäsche, Dreck. Sie musste dringend mit dem Wedel herumgehen und ihre Preise abstauben, sie waren bereits von einer grauen Schicht bedeckt.

Dichter Nebel, aus dem er niemals herausfinden würde. Oder eine Rauchvergiftung. Himmel, nein, das wäre doch wieder eine Variation der Abgasmethode in der Garage, die hatte sie schon verbraten, seinerzeit in «Verdächtige Freunde». Und von Freundschaft konnte hier ja wohl kaum die Rede sein. Begraben bei lebendigem Leibe könnte man sich überlegen. Stilvoll mit den bloßen Händen zu verknüpfen. Das wäre leicht zu bewerkstelligen. Außerdem ließe es Rückschlüsse auf eine gewisse sadistische Ader zu, die sie, grande dame der Kriminalliteratur, keinesfalls leugnen wollte.

Sie konnte mit dem Ergebnis ihrer bisherigen Gedankenarbeit zufrieden sein. Die Zusammenfassung, in aller Kürze, war schnell notiert: Lebenspartner. Zu lange schon. Sie will ihn loswerden, um alleine zu sein. In Ruhe. Und Frieden. «Rastlose Stille», für den Anfang ein akzeptabler Arbeitstitel. Sie hebt im Garten ein Grab aus, führt den verhassten Partner unter einem Vorwand hinter die Rosenbüsche, wo er, nicht ohne ihre Hilfe, in die Grube tappt. «Kleine Schritte», noch besser. Er kommt aus eigener Kraft nicht heraus und wird von ihr schnellstens mit

Erde überschüttet. So weit, so gut. Dann der Gärtner. Er stößt beim Graben auf das Gebein und versucht sich in Erpressung. Kriegt den Hals nicht voll und muss ebenfalls ins Jenseits befördert werden. Diese Tat wird ausgerechnet von der langjährigen Freundin der Hinterbliebenen aufgedeckt, ihrer einzigen Vertrauten, die nach dem Ableben ihres hüftleidenden Lebensgefährten eine Blitzkarriere als Hobbydetektivin hinlegt, weil es zu Hause nichts mehr für sie zu tun gibt.

Passabler Plot. Darauf konnte sie jetzt ein Gläschen Port haben. Der Tee war sowieso ausgetrunken und zwang sie ständig zu diesen lästigen kleinen Unterbrechungen, von denen gerade wieder eine fällig war. Außerdem konnte sie eine kleine Mahlzeit vertragen, und er sowieso. Damit konnte sie ihn nach unten in die Küche locken. Vor dem nächsten Arbeitsgang würde sie die Tür zu ihrem Zimmer verschließen. Er würde maulen, aber die Zeiten der übertriebenen Rücksichtnahme waren vorbei.

Sie stellte das Teegeschirr und die leere Keksdose aufs Tablett und verließ das Zimmer. Die Treppenstufen knarrten. Atmosphäre. Der praktische Nebeneffekt: Niemand konnte sich unbemerkt anschleichen, wenn sie da oben ihre Mordgedanken ausbrütete. Auf dem Absatz in der Biegung stieß ihr Fuß gegen etwas, das dort sonst nicht lag, dort nicht zu liegen hatte, etwas, das doch vor einem Augenblick noch auf dem Sofa gelegen hatte und das er war, dick und träge und überflüssig, ihr Fuß hing für einen Moment fest, Tablett, Kanne und Dose flogen ihr voran auf die Stufen und krachend ins Erdgeschoss. Während er fauchte und sie stürzte, durchfuhr sie schlagartig der Blitz der Erkenntnis: In Krimis auftretende Kater hatten immer die Rolle der Detektive oder höchstens der Opfer, niemals die der Täter wie hier und jetzt. Und die Treppe, der gängigste und plausibelste Schauplatz für einen Sturz mit Genickbruchfolge. Nie hatte sie ihn zum Einsatz gebracht, unverständlicherweise und leider auch unwiederbringlich, weder in ihren dreiundachtzig Romanen noch in ihrem neuesten, unvollendeten . . .

Der Silberpfeil

Nina Schindler

Was man nicht alles für seinen Kumpel tut.

Ich kenne Bernie ja nun schon seit dreißig Jahren, und wir haben viel zusammen erlebt. Natürlich hatten wir auch mal Krach, aber es hat sich immer wieder eingerenkt, oder vielmehr: Ich hab es eingerenkt. Zum Beispiel als er bei dem Tor der Franzosen eine Bierflasche in meinen Fernseher geschleudert hat, aber dann keine müde Mark für den neuen Apparat beisteuerte. Oder als er sich meinen guten Anzug auslieh und im Suff damit aufs Pflaster geknallt ist und ihn total ruiniert hat. Richtig böse geschluckt hab ich auch, als unser Chef damals gemerkt hat, dass einer in die Kasse gelangt hatte und Bernie in seiner Panik so tat, als wäre ich das gewesen. Bloß dass der Chef es ihm nicht geglaubt hat und er den Abflug machen musste. Aber Bernie hat natürlich Glück gehabt und ist auf die Butterseite gefallen und hat seinen eigenen Laden aufgemacht, der ganz gut läuft. Und mit ihm läuft es auch gut, solange man nicht an sein Portemonnaie will, das hab ich längst kapiert.

Ich bin eben nicht fürs Zoffen, ich bin eher ein friedlicher Typ. Da mach ich auch Kompromisse.

Wie damals, als Bernie mir Eva ausgespannt hat.

Er hat sie mit seinen Witzen und seiner Quatscherei kirre gemacht, ich saß gewissermaßen als Beobachter in der ersten Reihe und konnte zusehen, wie sie in seinem Netz zappelte. Meine Eva.

Das war verdammt hart, besonders als Bernie mich bat, bei der Hochzeit sein Trauzeuge zu sein.

«Kurt, altes Haus», hat er gesagt. «Sieh es als Ehre an. Du bist der Einzige, den ich bei meinem Glück als Zeugen dabeihaben will.»

Das konnte er gut sagen, denn ich war ja auch als Zeuge dabei, als er sie gewissermaßen verführt hat.

Insofern hatte es wohl doch eine gewisse Logik.

Bernie war eben schon immer so.

«Ich kriege alles, was ich will», war seine ständige Rede. «Und du sollst mein Freund sein.»

Und bleiben, trotz der Sache mit Eva.

Wenn er sich was in den Kopf setzte, dann musste das einfach klappen. So hat er sich damals auch diesen 300 SL Baujahr 56 unter den Nagel gerissen – den alten Nobel-Sportwagen von Mercedes, die absolute Luxuskarosse, alles vom Feinsten, man traute sich kaum, mit der nackten Hand den Lack zu berühren, geschweige denn sich einfach hinters Steuer zu setzen.

Bernie natürlich schon. Er hat damals ein wahres Vermögen für den Silberpfeil geblecht – keine Ahnung, woher er die viele Kohle hatte. Das Auto war sein ganzer Stolz. Und Eva natürlich. Mit den beiden konnte er so richtig schön angeben.

Aber der Silberpfeil ging ins Geld. Nicht nur beim Sprit oder so, nein, am schlimmsten waren die Reparaturen. Weil man keine Ersatzteile mehr kriegte. Als der rechte Kotflügel vorn eingedellt war, kostete die Reparatur Tausende. Bernie zahlte zähneknirschend.

«Du raffst es nicht! Ein Satz Gummidichtungen und du bist mehr als tausend Euro los!»

Als dann das Getriebe im Eimer war, fing er schrecklich zu jammern an. So ein Getriebe gab es ja nicht mehr, das musste extra angefertigt werden – alles Handarbeit, und natürlich sauteuer.

«Zigtausende», stöhnte er abends in unserer Stammkneipe. «Das musst du dir mal auf der Zunge zergehen lassen – Zigtausende! Und gerade jetzt, wo die Geschäfte nicht so richtig gut gehen! Was soll ich bloß tun?»

«Lass ihn halt in der Garage», sagte ich. Ich hatte auch keine Zigtausende auf der hohen Kante.

«Garage – so ’n Scheiß!», sagte Bernie und stürzte den dritten Korn runter. Dann zwinkerte er ein paar Mal und grinste. «He, ich hab eine Idee! Alter – du hilfst mir doch, ja?»

«Hm», sagte ich. «Wie denn?»

«Na, wir bauen einen Unfall, und du hast Schuld und deine Versicherung muss fürs Getriebe blechen!» Er strahlte. «Das ist doch eine Superidee!»

«Nee.» Ich war davon überhaupt nicht begeistert. «Ich bin bei fünfzig Prozent – was glaubst du, wie gnadenlos die mich nach so einem Unfall hochstufen! Und außerdem: Das geht ja gar nicht, ohne dass meine Karre ordentlich was abkriegt, und dann hab ich die teuren Reparaturen am Hals!»

«Und wenn schon!» Bernie schlug mir auf die Schulter, dass ich ächzend in die Knie ging. «Das zahle ich dir natürlich! Wir rechnen das aus mit Zins und Zinseszins, das kriegst du selbstverständlich von mir zurück. Das sind doch höchstens ein paar tausend Euro – lächerlich im Vergleich zu dem, was mein Getriebe kostet. Deine A-Klasse schmeißen sie einem doch mitsamt Ersatzteillager förmlich nach!»

«Hm.» Ich fuhr meinen kleinen Mercedes ganz gern und fand den Vorschlag immer noch bescheuert, aber ich wollte mich mit meinem Kumpel nicht streiten und zuckte mit den Achseln. «Wenn du meinst.»

Natürlich haben wir das Ding dann so durchgezogen, wie Bernie es geplante hatte. Ein Freund von ihm hat meinen vergleichsweise popligen 170er gegen den Silberpfeil brummen lassen, dass es beide Motorhauben bis zu den Radaufhängungen böse erwischt hat.

Bernies Silberpfeil wurde natürlich ruckzuck perfekt repariert, und er kriegte auch ein neues Getriebe von meiner Versicherung für sage und schreibe fünfundzwanzigtausend Euro.

Alles hätte bestens sein können.

Für Bernie war es auch bestens.

Bloß für mich nicht.

Der Schaden an meinem Wagen war überhaupt nicht der Pappenstiel, den er vorausgesagt hatte, und ich musste mir einen Kredit besorgen, weil Bernie mit dem Schotter für die Reparatur nicht rüberkam. Am Jahresende kam die Rechnung von der Versicherung, und natürlich war ich kräftig hochgestuft worden und musste jetzt fast das Doppelte zahlen, aber er gab mir die Kohle nicht.

«Bald», sagte er, oder: «Demnächst in diesem Theater», oder:

«Ich hab grad was am Laufen, wenn das unter Dach und Fach ist, kriegst du sofort dein Geld.»

Es war ja nicht so, dass ich am Hungertuch genagt hätte, mir ging es mittlerweile ums Prinzip.

Als ich merkte, dass er nicht mehr in unserer Stammkneipe aufkreuzte und anfing, mir auszuweichen, beschloss ich, den Stier bei den Hörnern zu packen.

Ohne Anmeldung ging ich eines Abends zu ihm.

Aber er war nicht da, nur Eva. Zuerst drucksten wir an der Tür etwas rum, aber dann bat sie mich rein und wir tranken was, und ich erzählte ihr, dass Bernie mich verladen wollte.

Sie war empört. «Dieser Schuft! Er verspricht alles, aber er hält nichts!»

Ich winkte ab. «Mir geht es ja gar nicht nur um die Kröten. Ich hab es satt, dass er so auf mir rumtrampelt.»

Sie sah mich lange an, und ich wurde rot, weil ich merkte, dass ich sie immer noch toll fand.

Drei Tage später ging ich zu Bernie in seine Firma. Die Sekretärin wollte mich zuerst nicht reinlassen, aber ich schob sie einfach zur Seite und ging in sein Büro. Er saß am Schreibtisch und telefonierte. Als er mich sah, grinste er und wies zu dem Besuchersessel rüber. Ich setzte mich und sah mich um, während er weiter mit irgendeinem Kunden redete. An der Wand neben mir hing ein Riesenfoto vom Silberpfeil, sehr protzig gerahmt.

«Doch, doch, Sie können sich auf mich verlassen», sagte Bernie und: «Selbstverständlich geht das in Ordnung.»

Dann legte er auf und sah mich an.

«Na, Alter, was gibt's?»

«Ich wollte dich daran erinnern, dass du mir noch Geld schuldest.»

«Ich?» Er tat ganz unschuldig.

«Na klar. Du wolltest die Reparatur an meinem Auto übernehmen und die Rabattrückstufung ausgleichen.»

«Ach ja?» Er lächelte dünn, während er sich umständlich einen Zigarillo ansteckte, ohne mir einen anzubieten. «Wer sagt das?»

Ich beugte mich vor und sah ihn scharf an. «Na, hör mal! Das hatten wir so abgemacht!»

«Und wie willst du das beweisen?» Er blies den Rauch aus dem linken Mundwinkel und sah mich lauernd an. «Hast du was Schriftliches oder so?»

«Nee, natürlich nicht. Sag mal, spinnst du? Das war deine Idee, und ich hab mich von dir überreden lassen ...»

«Höm, höm.» Bernie lehnte sich zurück. «Kann ich mich gar nicht dran erinnern, Kumpel. Brauchst du Kohle? Soll ich dir was leihen?» Er lächelte gönnerhaft.

«Nein», sagte ich ganz ruhig. Jetzt bekam ich den endgültigen Beweis, dass mein Plan goldrichtig war. «Ich will nur, was mir zusteht. Ich will nichts geschenkt.»

«Ich hab auch nix zu verschenken.» Bernie schnippte Asche in den Aschenbecher auf seinem Schreibtisch. «Ich helfe einem Freund ja gern, aber wenn du meinst, du kannst mich erpressen ...»

Ich sah auf meine Uhr und stand langsam auf.

Zeit zu gehen.

«Ist das dein letztes Wort?»

Er grinste. «In dieser Angelegenheit bestimmt. Aber wir können ja demnächst mal wieder einen zusammen heben, hä?» Er zwinkerte mir zu.

Es klopfte. Ich stand auf.

Die Tür wurde geöffnet, und die Sekretärin stand da und fuchtelte aufgeregt mit den Händen herum. «Verzeihung, Chef, aber ...»

«Ist schon gut, kommen Sie rein», sagte er zu ihr. «Mit Herrn Bauer bin ich fertig.»

Im Rausgehen hörte ich, wie sie hervorstieß: «Die Polizei hat angerufen. Ganz schrecklich. Ihre Frau hatte einen Unfall, einen Totalschaden. Ihr Mercedes ist in den Steinbruch bei Wörsheim gestürzt und total ausgebrannt, aber sie konnte vorher noch rausspringen. Ihr ist zum Glück nichts passiert, nur das Auto ist hin – Chef! Chef! Was ist denn? Oh Gott!»

Ich drehte mich um.

Bernie lag auf dem Bauch und biss in seinen Teppich. Unverständliches Gegurgel kam aus seiner Kehle.

«Was mach ich jetzt bloß?», jammerte seine Sekretärin. «Jetzt ist er vor lauter Sorge um seine Frau durchgedreht ...»

Wahrscheinlich eher wegen dem Silberpfeil, dachte ich und sagte: «Rufen Sie den Notarzt.»

Dann beugte ich mich zu Bernie runter: «Siehste, Alter, so kann es kommen! Aber keine Angst – irgendwann trink ich auch mal wieder einen mit dir. Doch jetzt werde ich erst mal für längere Zeit verreisen. Tschüs, und nimm's nicht so schwer.»

Dann fuhr ich mit dem Aufzug runter, nahm die Straßenbahn bis zur Endstation am menschenleeren Stadion, und stieg zu Eva ins Auto.

«Auf an die Costa del Sol!», rief ich und gab ihr einen Kuss, während sie den Silberpfeil startete.

Wartet nur!

Christina Gruber

Angefangen hatte es mit der grünen Bank. Die Stadtverwaltung hatte die alten, verfallenen Häuser gegenüber abgerissen, das Gelände planiert und einen kleinen Park angelegt. Mit einer grünen Bank und einem Tisch aus Stein.

Elsa und Luise hatten sich gefreut. Es war wie ein Garten, direkt vor der Haustür. Sie planten Picknicke. Nur ein paar Schritte über die Straße, das klappt auch noch mit Stock und Gehbehinderung. Doch dann war es schlimm geworden.

Eines Abends waren sie plötzlich da. Der Dicke mit den herabhängenden Hosen, der Junge mit der grünen Lederjacke, die Blasse mit den blondierten Fusselhaaren und der kleine Flinke, den sie Franky riefen. Die vier waren die Anführer, sie waren immer da. Im Schlepptau kamen manchmal jüngere Kinder, erst elf oder zwölf Jahre alt.

Sie hatten die grüne Bank und den schönen Steintisch in Beschlag genommen und saßen dort, stundenlang, jeden Tag. Den ganzen Sommer. Das tragbare Kassettengerät plärrte immer dasselbe Stück, so kam es Elsa und Luise zumindest vor. Sie rauchten, teure Filterzigaretten. Ließen die Motoren ihrer Mopeds aufheulen. Stritten und prügelten sich. Schrien Schimpfwörter.

Erst taten sie Elsa und Luise Leid. Die Jugendlichen hatten ganz offenbar ein langweiliges Leben. Geistloses Rumgammeln. Die Kinder unterhielten sich noch nicht einmal richtig. Sie brüllten immer nur. «Boah, ey, mach mich nicht an» oder «Komm her, ey, ich fick dich». Dazu Plärren und Blättern in Illustrierten.

Nach einer Woche hatte Elsa genug. Obwohl Luise sie warnte, humpelte sie, auf ihren Stock gestützt, hinüber zur grünen Bank. Sie hatte ein bisschen Angst.

Die Kinder sahen die alte Frau kommen, glotzten sie an, und Elsa dachte, das sind Außerirdische. Ihre eigenen Kinder und ihre Enkel waren nicht so, waren erzogen gewesen, hatten Flöte gespielt und geturnt in dem Alter. Was sollte sie sagen?

Elsa bat um leisere Musik. Fragte, ob sie denn nicht in die Schule müssten. Drohte, die Eltern zu informieren. Forderte, zumindest ihre Mittagsruhe zu haben. Ob sie denn jeden Tag hier im Park sein müssten? Sprach schnell vor Nervosität. «Hey. Alte, mach uns nicht an», brüllte der kleine Flinke. «Verpiss dich, alte Fotze», setzte der Dicke nach. Die Kinder lachten wie Hyänen. Der Junge mit der Lederjacke drehte den Kassettenrekorder noch lauter und grinste Elsa an. Mit den Hüften machte er eine obszöne Geste, Elsa humpelte erschrocken davon.

Damit begann die Tyrannei. So bezeichnete es Luise. Grufties klatschen, so nannte es die Bande von der grünen Bank. Eines Abends, als Elsa und Luise von einem kleinen Spaziergang zurückkamen, waren ihre Wohnzimmerscheiben eingeworfen.

Zwei fast kreisrunde Löcher, akkurat in der Mitte der Scheiben, eins im Erdgeschoss, bei Elsa, eins im ersten Stock, bei Luise. Die Bande hockte auf der Bank und feixte. Elsas Katze Minka hockte unterm Sofa und zitterte. Wutentbrannt und hilflos rief Elsa die Polizei. Als der Streifenwagen kam, waren die Kinder verschwunden.

Die Beamten waren freundlich, machten den beiden alten Damen aber wenig Hoffnung. Ja, wenn sie nicht wüssten, wie die Kinder hießen, wenn sie noch nicht einmal selber gesehen hätten, dass die vier Kinder die Scheiben eingeschlagen haben – sie hätten das Quartett nur im Verdacht? Fingerabdrücke nehmen? Von den beiden runden Steinen, die jetzt in den Wohnzimmern der alten Damen lagen? Nun, es sei ja kein Gewaltverbrechen geschehen. Nur zwei kaputte Scheiben. Nur ein Verdacht, nichts gesehen. Die Beamten nickten ernst und fuhren davon.

Als Elsa kurze Zeit später, an einem schönen Sommernachmittag, die neuen Fenster im Wohnzimmer putzte, stahl ihr der Dicke das schöne, gerahmte Foto von Herbert. Direkt von der Fensterbank. Elsa war nur kurz im Bad gewesen, um das Schmutzwasser auszugießen.

Sie wusste, dass es der Dicke gewesen war. Als sie wieder ins

Wohnzimmer kam und den entsetzlichen Verlust entdeckte, saß der Junge auf der grünen Bank. Sein T-Shirt straffte sich über die Speckrollen und er kicherte hinter vorgehaltener Hand. Dickes Kinderhändchen, Speckrollen an abgenagten Fingernägeln. In seinem Rucksack beulte etwas unverkennbar Viereckiges.

Als Elsa mit dem Schrubber in der Hand aus der Haustür kam, lief der Dicke weg. Luise sagte nichts, wie immer. Ihre Tochter, eine Sekretärin mit hennarot verfärbten Haaren, verhuscht und geschieden, klagte weinerlich: «Bitte provoziert diese Kinder nicht», jammerte sie. «Ihr seid doch zwei alte Frauen, die sich nicht wehren können.»

Elsa sah Beate kühl an. «Fahr du nur wieder zu deinen Selbsthilfegruppen für verlassene Mittvierzigerinnen», sagte Elsa und hatte ein schlechtes Gewissen. Man tritt nicht auf die, die am Boden liegen.

Dann erwischten sie Luise, von hinten. Luise war im Laden gewesen, war mit ihrem grün-blau karierten Einkaufswägelchen zurückgeschlurft, vorsichtig, langsam. Dann plötzlich ein Schlag in den Rücken, Luise stürzt auf den Gehweg, sieht nur Schemen davonradeln, die Brille zerbrochen im Rinnstein.

Natürlich war es die Bande, aber Beate wollte keine Polizei. «Mutter hat doch überhaupt niemanden erkannt! Wen sollen wir denn anzeigen?» Sie hatte weinend die weichen, pastellfarbenen Nachthemden von Luise zusammengefaltet und war ins Krankenhaus gefahren. Luise kam nie mehr zurück.

Der Oberschenkelhalsbruch heilte schlecht. Luise weinte viel, und Beate besorgte ihr einen Platz in einem Heim. «Sehr gepflegtes Altersheim, nette Leute», betonte Beate. Elsa schnaubte, und Beate fragte nicht, ob Elsa mitkommen wollte. Die Männer vom Umzugsunternehmen holten die Möbel und zerkratzten Luises schönes antikes Kirschholztischchen am Geländer. Das Tischchen war ruiniert. Elsa hätte heulen können.

Die Bande von der Bank hatte den Umzugswagen gesehen und feierte ihren Triumph mit süßem Wodkalikör aus kleinen Flaschen. Sie hämmerten die Fläschchen auf den Steintisch, um dann den Inhalt auf einmal in die weit geöffneten Münder zu stürzen. «Ey, die eine Ische ham wer verjagt», japste der Dicke begeistert und hob den rechten Arm.

Klatschte mit der ausgestreckten Handfläche in Frankys Rechte. Stellte die Musik lauter. Elsa kochte. Sie legte Wagner auf, Ring der Nibelungen, Regler hoch. Öffnete beide Wohnzimmerfenster, wuchtete die Lautsprecher auf ihre grünen Samtsessel, beschallte Haus und Straße und Park mit dem Walkürenritt.

«*Tatatataataa*», summte Elsa. Sie hatte gar nicht gewusst, wie laut die alte Stereoanlage sein konnte. Herbert hatte gern Opern gehört, damals in den 70ern den Dual-Plattenspieler und gute Lautsprecher gekauft. Er hatte gewusst, was Qualität ist, die gewaltige Musik wogte und wallte wie damals, Minka raste verängstigt ins Schlafzimmer. Elsa sah die Kinder verunsichert, sie blickten zu Elsas dröhnendem Wohnzimmerfenster. Drehten ihren Hiphop lauter und lauter, stießen sich mit den Ellenbogen, starrten die alte Frau an.

Aus dem Kassettengerät auf dem Steintisch drang nur noch fiependes Zucken. Der Junge mit der grünen Lederjacke hieb mit der Faust auf die kleinen, sterbenden Lautsprecher, dann warf er das Gerät wütend auf die Straße, wo es zerschellte. Der kleine Flinke zog und zerrte an der Lederjacke, mit geöffnetem Mund, offenbar schreiend, wahrscheinlich war es sein Kassettengerät gewesen, das da zerborsten auf dem Asphalt lag und seine Innereien preisgab.

Elsa hörte nur die wogende Musik, sah die Jungen streiten wie bei einem Stummfilm. *Tatatataataa.* Die Fäuste schütteln. *Tatatataataa.* Die teuren Turnschuhe nach einem Jeans-Hosenbein treten. *Taataa*! Elsa goss sich einen kleinen Sherry ein.

Zwei Tage später war Elsas Einkaufswägelchen weg, gelbbraun kariert. Es hatte im Hausflur gestanden, wie immer. Elsa schleppte wütend Tüten nach Hause. Ihr Triumph mit Wagner hatte nicht lange gewährt.

Die Bande brachte ein neues Krachmachergerät, silbern, groß wie ein kleines Raumschiff. Es machte *bunk-bunk-bunk-bunk*, schneller als Herzschlag. Elsas Scheiben vibrierten.

Die Schlepperei ging in den Rücken, Elsa humpelte zum Arzt. Als sie zurückkam, schmerzfrei und beschwingt, stand das Einkaufswägelchen wieder vor der Haustür. Gelb-braun kariert. Unten rot. Auf dem Gehsteig rot. Elsas Herzschlag machte *bunk-bunk-bunk-bunk.* Sie ging schnell und dachte *nein*, dachte sie, *bitte nicht.* Mit zitternder Hand hob Elsa den Deckel des Wägelchens.

Das weiße Schnäuzchen blutverschmiert, die mintgrünen Augen dunkel, die weichen Pfoten starr und steif. Wild blickte Elsa auf. Die Bande war nicht da. Sie schob das Wägelchen ins Wohnzimmer und saß die ganze Nacht wach, streichelte das kalte Fell. Im Morgengrauen fuhr sie im Taxi zum Stadtwald und begrub Minka unter blühendem Katzenflieder.

Luise weg und das Foto von Herbert, Minka tot. Wartet nur, dachte Elsa. *Wartet nur.*

Stieg hinab in den Keller und suchte, bis sie es gefunden hatte. Ging zum weit entfernten, teuren Supermarkt und kaufte Wodka-Likör in kleinen Fläschchen. Nahm eine große Spritze und impfte den süßen Schnaps mit Rattengift, nicht zu viel und nicht zu wenig. Stellte die Fläschchen in einer Tüte unter den Steintisch. Wartete.

Um halb eins kam die Bande, Außerirdische mit einem silbernen Raumschiff. Sobald sie in der Nähe von Elsas Wohnzimmerfenster waren, stellten sie das Gewummer auf volle Lautstärke. Der Dicke lümmelte zuerst auf der Bank, stieß mit dem Fuß an die Tüte. Es klirrte. Das blasse Mädchen griff unter den Tisch und hob die Tüte hoch. «Was'n dadrin?», fragte der kleine Flinke. «Feiglinge.» Alle Fläschchen voll und noch zu, vier für jeden. Die Bande witterte eine Party.

Fläschchen auf den Steintisch hämmern, Münder aufreißen. Schütteln, das nächste. Die Blasse brach zuerst zusammen. «Mein Hals, mein Bauch», wimmerte sie und rollte auf dem Boden. Dann der Dicke, dann der Flinke, dann der Junge mit der Lederjacke. Elsa rief den Notarzt. Und die Polizei.

«Haben Sie gesehen, was passiert ist?», fragten die Polizisten. Es waren dieselben wie beim letzten Mal. Sie sahen zu, wie die Bande in die orange-weißen Notarztwagen verfrachtet wurde. «Sie haben Schnaps getrunken», sagte Elsa. Die Polizisten nickten ernst, sammelten die leeren Fläschchen ein und fuhren davon.

Elsa humpelte hinüber zur leeren, grünen Bank. Setzte sich in den stillen Park, legte die faltigen Hände auf den Steintisch. Saß lange in der Dämmerung, ein warmer Herbstabend. Altweibersommer. Sie hatte Luise, Herbert und Minka gerächt.

Ein kleines, blondes Mädchen kam die Straße entlanggeradelt. Vor Elsas Haus blieb sie stehen, stieg vom Rad, sah in Elsas Wohnzimmerfenster. Dann nahm das Mädchen einen kreisrunden Stein aus der Satteltasche und warf ihn in das Fenster. Akkurat in die Mitte der Scheibe.

Die mich kennen und mögen

Marcus Jensen

Das breite Transparent eines Autobahnschildes mit der Ankündigung der City blitzt in der Sonne, er zeigt nach vorne und liest es ab, bevor der BMW darunter wegtaucht: «Zentrum, Hase.»

Er benennt immer alles, was er gerade sieht. Kleinkindisch. Er könnte auch *dada-gugu* rufen, denkt sie und prustet durch die Nase. Er grunzt auf dem Beifahrersitz. «Was findst'n so komisch?»

Um keinen Fehler zu begehen, murmelt sie schnell eine Ach-nichts-Antwort. Schafft sie es, das Cabrio gegen den nächsten Brückenpfeiler zu lenken? Mit der rechten Frontseite, sodass sie selbst schwer verletzt davonkäme und er sofort tot wäre? Jeder würde es für einen Unfall halten. Und ihre gemeinsamen Freunde glauben, sie gäben *ein Traumhochzeitspaar* ab. Glücklicherweise bestehen seine Eltern darauf, dass er erst das Jurastudium abschließt. Es einfach tun, jetzt, die Gelegenheit nutzen, er lässt sie nur selten den Wagen fahren. Der Sicherheitsgurt liegt stramm vor seinem Manschettenhemd, genauso sitzen Trauerschärpen. Ihm mit seiner Ken-Figur steht modisch einfach alles. Er kann sogar die grotesken Baggy-Jeans tragen, in denen er ab und zu die stammesgemäßen Stoßbewegungen von Rappern mimt. Sie kichert.

«Bist du lustig heute, Hase.» Er greift herüber, sie krampft ihre Hände um das Steuer, aber er streichelt ihre Schenkel. Alle Freunde schwärmen, sie beide hätten *eine echt coole Beziehung*. Sie kaut das Wort wie einen im Essen gefundenen Knorpel. Ihn an die Wand fahren. Viele Betonklötze werden nicht mehr kommen bis zur Ausfahrt. Sie könnte ihm in den Schritt fassen, als abschließende Zärtlichkeit, und dann das Steuer scharf nach rechts reißen, damit er doppelt verblüfft stirbt. Sie will ihm nichts wirklich Böses tun. Er soll während seiner letzten Sekunde denken, es sei ein Unfall aus Leidenschaft.

«Richtgeschwindigkeit», sagt er. Ihre Handinnenflächen verwandeln sich zu Schwämmen. Sie knabbert an ihrer Unterlippe und bemüht sich, ein Fragezeichen in ihrem Gesicht erscheinen zu lassen. Er tippt auf den Tacho: «Hase, du fährst hundertdreißig, Richtgeschwindigkeit.»

Sein Grinsen passt zu der neuen Igelfrisur, dem Äußersten an modischer Frechheit, das von seinen Eltern noch toleriert wird. Gegen den nächsten Brückenpfeiler, ihn rechts entsorgen, sofort, sie darf sich das gar nicht erst ausmalen, nicht den Krach, den Schmerz, ihre Ohnmacht, nicht die Minuten, in denen sie beide im zerknautschten Wrack liegen werden, er ein Haufen umgurteter Fleischmatsch, sie eine schlaffe Puppe mit offenem Mund. Noch friedlich nebeneinander ruhen, bis die Blaulichter eintreffen. Eine Sollbruchstelle muss her, anders schafft sie es niemals, sich von ihm zu trennen. Sie wird nie eine bessere Partie abkriegen als ihn. Sie hat Angst vor dem, was er anrichten würde, vor seinem Gebrüll, vor seinen Händen, wenn sie endlich bereit wäre zu sagen: Es ist aus.

«Nächste Abfahrt.» Sie steuert den BMW an Schallschutzmauern vorbei. Samstags macht sie es sich normalerweise in Schlabberklamotten gemütlich, aber sie trägt ihr schwarzes Kostüm, weil seine Eltern Wert darauf legen. Diese Besuche sind ein ständig wiederkehrender Albtraum, drei Stunden Fahrt für immer dieselbe Examinierung ihres Aussehens, ihres kleinbürgerlichen Benehmens, ihres Nichtstudiums. Sie kommt sich jedes Mal vor wie eine lausige Mahlzeit, in der seine Eltern nur herumpicken, während der Sohn grinsend danebensitzt. Anschließend muss er die drei Stunden zurückfahren, weil sie die ganze Zeit steif und stumm aus dem Fenster starrt. Wenn sie jetzt den Schnitt wagte, hätten sie beide nach dem, was ihre Freunde bezeugen würden, *vier super Jahre* miteinander verbracht. Sie wird mit ihm auf jede Party eingeladen, sie lacht über die Kleinjungenwitze seiner Kommilitonen, sodass sie trotz ihrer Herkunft als charmant gilt. Außerdem, das sagt er selbst seinen Kumpels, sei sie *betttechnisch mit drei t* wirklich geil.

«Hier raus, Hase», bemerkt er und lässt ihren Schenkel los. Dieses graue Massiv dort. Eingepackt in Gips und Bewusstlosigkeit wird sie auf der Intensivstation liegen, unansprechbar für seine Eltern. Die müssten den Verlust des Sohnes verkraften und die Beerdigung ohne sie organisieren, Letzteres vermutlich gerne. Sie atmet unterdrückt. Das Steuer kann sie kaum greifen, so sehr schwitzt sie. Er schlenkert sein linkes Handgelenk hoch und studiert seine Automatikuhr: «Genau im Zeitplan.»

Seine Stimme. Sie hört seit Monaten hin wie auf ein plötzlich fremdes Musikstück in Endlosschleife, von dem sie noch immer nicht weiß, ob sie es mag.

«Bist du nervös?» Sie blinzelt. Merkt er etwas? Vier Jahre schaukelt sie in ihren Fingern, und seine Eltern werden ihr zusätzlich vorwerfen, sie habe den BMW zu Schrott gefahren. Da fällt ihr ein, dass sie um dieses abschließende Treffen nicht herumkäme. Ihre Zähne schlagen einmal aufeinander. Sie bremst ab.

«Ich dachte schon, Hase.» Er schnalzt mit der Zunge. Bloß kein Beileidsgespräch, niemals. Die Brücke fliegt rechts vorbei. Mit Tempo achtzig biegt sie in die Kurve ein und nicht in den Sichtbeton. Sie spürt seinen Blick auf ihr und bemüht sich um ihr Standardlächeln, das sie als genormtes Bauteil jederzeit einsetzen kann. Das Ausfahrtsschild liest er natürlich auch vor: «Zentrum rechts.»

Vielleicht war es diese Szene vom Sommer: Er lag nackt neben ihr und wollte sich auf sie und zwischen ihre gespreizten Schenkel wälzen, als er, um sie zu besteigen, wie immer ein Bein anhob. Sie hatte kurz gedacht: So pinkeln Hunde gegen Bäume. Von dem Moment an konnte sie nicht mehr darüber lachen. Vielleicht war es diese Bewegung, die alles gekippt hatte.

«Machen wir mal die Mucke an, die Lala.» Sie möchte mit *bubu-gaga* antworten. Er beugt sich vor zum Radio. Der Klassiksender ist einprogrammiert, trotzdem sucht er diese genormten Popstationen, deren Moderatoren ihr Gestammel mit Kaskaden von Jingles umgeben.

«City-Radiooo ...» Er wird nie dem Entwicklungsstadium entwachsen, in dem man alles nachträllert. Dieser Burschi in diesem Körper: Seit Monaten versucht sie, ihn künstlich erstmals zu sehen, als lerne sie ihn gerade auf einer Party kennen. Sie hat ihn wirklich geliebt. Er studierte schon, sie war noch achtzehn, *ein Girl,* wie er sie gerne nennt, und es hatte gefunkt zwischen zwei Menschen, die aus einem überraschenden Gespür für ihre körperliche Kompatibilität heraus ein Paar bildeten. Ihre Basis verbrauchte sich dann wie eine pausenlos beanspruchte Verbindungswelle. Sie fühlt heute seine Hand auf ihrer Haut hin und her fahren, weich, aber als ein austauschbares und ferngelenktes Instrument. Wenn er das nächste Mal nach dem Sex ein Bad nimmt und seinen Ghettoblaster mit dem Hiphop-Gestampfe neben die Wanne stellt, will sie dem Gerät einen Kick verpassen, yo. Er zeigt auf ein Werbeplakat: «Guck mal, Hase: der neue McRib, sollte eigentlich McRip heißen, mit p, wie Jack the Ripper, hehe.»

Sie kichert pflichtbewusst. Er kann unmöglich etwas ahnen. Ruckhaft fährt sie an und biegt in die Hauptstraße ein. «City-Radioooo . . .» Es gibt eine Liveschaltung zum Stadtteilfest. Der Lärm muss genau ins Penthouse seiner Eltern dringen, die ein Vermögen dafür ausgegeben haben, direkt über dem Platz zu wohnen.

«Uh-oh, da kommen wir mitten rein, Hölle-Hölle-Hölle», gluckst er und sieht ihr in die Augen. Sie antwortet mit einem gekeuchten Lachen. Der Moderator interviewt ein Mädchen, das bei einer Tombola gewonnen hat und Grüße loswerden darf. Tausend Teeniestimmen kreischen von den Seiten mit hinein, Technogestampfe erfüllt den Hintergrund. *Und ich grüße alle, die mich kennen und mögen,* schreit das Mädchen. Dann nimmt der Moderator ihr das Mikro weg und sagt, die City sei rettungslos verstopft, man solle öffentliche Verkehrsmittel benutzen.

«Okay, Hase: ab in die U-Bahn.» Er zeigt auf das nächste Parkhaus, das U-Bahn-Schild prangt gleich daneben, er kennt sich aus. Vor der Kreuzung starrt sie hoch zum roten Ampellicht. Die letzte Chance. Soll sie einfach mit geschlossenen Augen Gas geben, sollen die kreischenden Reifen sein Geschrei übertönen, soll sie auf einen rammenden Laster von rechts hoffen? Nur wenn der Zufall fähig ist, ihn umzubringen, wenn sich ein Gefüge zeigt, dann kann auch sie es schaffen. Er wippt seinen

Kopf zum Takt der Musik. Er soll nicht nur ohne Verdacht sterben, sondern auch mit einem freundlichen Gedanken an sie. Genau wie seine Freunde es immer sagen: *Nichts kriegt dieses Traumpaar auseinander.* «Grün.»

Sie nickt und schluckt Tränen hinunter, bloß nicht weinen, das könnte sie ihm nicht erklären, und das verwaschene Make-up seinen Eltern erst recht nicht. Sie sind Auswüchse seiner körperlichen Anwesenheit, als habe er seine Eltern gezeugt und nicht umgekehrt. Sie fährt ins Parkhaus. In der kühlen Luft der Betonschnecke atmet sie langsamer, während er bei jeder Kurve kontrolliert, ob sie den BMW nicht zu nahe an die Kanten steuert, sie verrenkt ihren Kopf. Es ist derselbe Blick, mit dem sie ihn ansieht, wenn er bei halb offener Badezimmertür vor dem Waschbecken steht, nackt, und sich durch eine perfekte Rumpfbeuge, Glied und Hoden bleiben artig auf den Oberschenkeln liegen, seine Zahnbürste wischt zwischen den Lippen hin und her, dem Abfluss entgegenbiegt und das Gemisch aus Essensresten, Pasta und Wasser aus seinem zugespitzten Mund hineinspuckt. So beobachtet sie auch seine frühstückenden Kaubewegungen um den Toast herum, das Schlucken hinter seinem Adamsapfel, die raue Nagelhaut an seinem rechten Daumen, mit dem er das Designermesser führt, um den zweiten Toast auf dem Teller zu zerteilen. Ihr Ekel nützt nichts, die Ankunft wird unausweichlich. Sie findet die Parklücke. Ihr Platz. Sie springt aus dem Wagen und genießt das Krachen der Türen. Er streckt sich durch und zwinkert ihr zu: «Keine Bange, Hase, geht schnell vorüber.»

Sie ahnt, dass er ahnt, wie sie seine Eltern hasst. Darüber könnte sie sich freuen. Sie geht in ihrer Betäubung mit zum Lift. Auf der Straße strömen Menschen in den U-Bahn-Eingang. Die Rolltreppe treibt ihr den typischen öligen Geruch entgegen. Er hält sie links neben sich im Arm und pfeift den letzten Song aus dem Radio. Unten wartet eine dunkle Masse am Gleis zur City, hunderte von Festbesuchern. Sie drängelt sich mit ihm durch und zieht ihn gleich bis an die Kante. Aber so sehr sie in ihrem Rücken diese nach vorn strebende Menge spürt, so eng die Leute auch stehen, so laut das Gedränge Richtung City ist, so unauffällig es wäre, ihm einen anonymen Stoß aus dem Gewühl zu geben, damit er vor der einfahrenden Bahn auf das Gleis stürzen und nach einem Sekundenschreck von Stahlrädern zermalmt würde: Sie bringt es nicht fertig. Nicht mehr. Zentimeter vor dem Abgrund gibt sie endgültig auf. Die U-Bahn kreischt bereits durch den Tunnel.

«Zzzzz», echot er. Sie spürt seine Wange an ihrer, sie spürt seinen Atem an ihrem Ohr. Ganz nah. Er flüstert: «Hase, ich hab dich wirklich gemocht.»

Und als sie seinen heftigen Stoß in ihrem Rücken spürt, als sie aus der Masse hervorgedrückt wird, denkt sie im Fallen, dass sie seine Stimme eigentlich gerne hört.

Das rote Cabrio

Helga Thiele-Messow

Beide Hände am Lenkrad, den Fuß auf dem Gaspedal, die Augen auf die Straße gerichtet, und plötzlich hat sie das Gefühl, dass das Auto nicht von ihr gesteuert wird.

Seit fast einem Jahr fährt sie an jedem dritten Sonntag im Monat zu Besuch in das Pflegestift. Sie verabschiedet sich von Klaus, bringt die Zwillinge zu ihrer Schwester, fährt die fünfzehn Kilometer zum Annenstift, stellt das Auto auf den Parkplatz, geht am Hausmeister vorbei, die Treppe hinauf, sagt beim Eintreten hallo, zieht sich einen Stuhl an das Bett, wirft einen Blick in das Bett, greift in ihre Handtasche, nimmt ihr Buch und liest die nächsten drei Stunden darin. Nach drei Stunden klappt sie das Buch wieder zu, steckt es in ihre Handtasche, bringt den Stuhl an seinen Platz zurück, sagt beim Verlassen des Zimmers tschüs, winkt dem Hausmeister zu, steigt in den Wagen, startet und weint den ganzen Weg bis zu ihrer Schwester, beweint die Sonntagnachmittage im Annenstift. Ein paar Minuten, dann hat sie sich beruhigt, holt die Kinder ab und fährt nach Hause, wo Klaus völlig entspannt nach einem familienfreien Sonntagnachmittag auf dem Sofa schläft.

Der Wegweiser zum Annenstift.

Meistens nimmt sie ihn gar nicht wahr, heute schiebt er sich in ihr Bewusstsein. Katharine biegt von der Landstraße ab. Die Sonne blendet. Kleine Kieselsteine spritzen zur Seite. An beiden Seiten der breiten Auffahrt blüht Flieder, sein sinnlicher Duft weht ihr durch das heruntergelassene Autofenster entgegen.

Sie hat Glück. Schon von Weitem sieht sie, dass ein Parkplatz direkt am Haupteingang des Pflegestiftes frei ist; einige Angehörige scheinen nicht gekommen zu sein.

Kein Wunder, denkt sie, wer sitzt schon gern bei diesem herrlichen Frühlingswetter am Bett eines Komapatienten?

Sie erreicht den Parkplatz. Während die Scheiben der Autofenster nach oben gleiten, steigt das Aroma frisch aufgebrühten Kaffees in ihre Nase. Eine Erinnerung, unklar und beunruhigend, findet den Weg in ihr Bewusstsein. Sie will den Schlüssel aus dem Zündschloss ziehen, plötzlich startet sie den Wagen wieder, fährt den Weg zurück, den sie gerade gekommen ist. Fährt, als wäre der Teufel hinter ihr her. Panik, Befürchtungen, böse Ahnungen treiben sie. Sie schaut auf ihre Uhr, zwanzig Minuten, dann wird sie Gewissheit haben. Auf der geraden, von geometrisch angelegten Spargelfeldern gesäumten Landstraße beruhigt sie sich.

Gleich wird sie zu Hause sein.

Von der Straße aus ist nichts zu sehen. Sie biegt in die Einfahrt zu ihrem Haus ein. Da steht das rote Cabrio.

Eiseskälte in ihrem Inneren. Trockenheit in ihrem Hals. Staunen über die Ruhe, mit der sie leise die Haustür aufschließt. Staunen über die Festigkeit und die Lautlosigkeit ihrer Schritte, als sie die Treppe hochsteigt. Die Tür zum Wintergarten steht offen, gibt den Blick frei auf die neuen Futons. Sie weigert sich zu glauben, was sie sieht. Klaus, seine nackten Füße und die dazugehörigen Unterschenkel, die Beine angewinkelt, eine blonde Frau, sie bewegt ihren Rücken gegen seine Oberschenkel. Seine Hände halten das ellenlange Haar der Frau fest umwickelt wie Zügel.

Die beiden bemerken sie nicht.

Plötzlich weiche Knie, sie muss sich gegen den Türrahmen lehnen.

«Hallo.»

Wie ist ihr dieses Wort nur ohne Zittern über die Lippen gekommen?

Klaus lässt die Zügel los. Die blonde Frau wendet sich um.

«Katta! Was machst du denn hier?»

Das war meine Frage, denkt sie, und fühlt alle Kraft aus ihren Beinen schwinden.

Die Frau im Zimmer steht auf. Die langen blonden Haare bedecken ihre Nacktheit. Klaus setzt sich auf. Sein Gesicht ein Fragezeichen.

«Was ist passiert? Katta!»

Sie rutscht am Türrahmen hinunter, bleibt sitzen, schließt die Augen.

Klaus hat sie noch nie Katta genannt. Den Namen bekam sie von ihrer besten Freundin. Susanna ging in die gleiche Klasse des Gymnasiums. Nur Susanna und deren jüngere Schwester Jutta nannten sie so. Sie hasst diesen Namen. Nach dem Abitur trennten sich ihre Wege. Susanna absolvierte eine Banklehre in der Heimatstadt, Katharine zog es zweihundert Kilometer weit fort, um Pharmazie zu studieren. In der Ferne war sie für Susanna nicht von Nutzen.

Vor einem Jahr:

Sie hatte die Kinder aus dem Kindergarten geholt. Freute sich auf den Nachmittagskaffee mit Klaus auf der Terrasse ihres neuen Hauses, auf Frühlingssonne und Fliederduft. In der Einfahrt stand ein rotes Cabrio. Das Kennzeichen verhieß Überraschungsbesuch aus ihrer Heimatstadt. Voller Vorfreude rannten sie und die Kinder in den Garten.

«Katta!»

Sie blieb abrupt stehen. Susanna, schön, blond, elegant, saß auf der Terrasse und strahlte ihr entgegen.

Mit einer Hand hielt sie die Kaffeetasse, mit der anderen zeigte sie auf Klaus. «Wir haben uns bereits bekannt gemacht. Ich habe deinem Mann mit den wilden Geschichten unserer Jugendzeit derweil die Zeit vertrieben.»

Na danke. Nur Susannas Jugendzeit war wild und abenteuerlich. Kein Mann war vor ihr sicher. Nicht einmal die ruhigen, unspektakulären jungen Männer, die sich für Katharine interessierten. Im Gegenteil, wer ein Auge auf Katharine geworfen hatte, kam ohne große Anstrengung in den Genuss von Susannas Gunst. Ergeben nahm Katharine die Dinge so, wie sie waren. Machte ihre Erfahrungen später, als Susanna aus ihrem Leben verschwunden war.

Nach dem Abiturball hatte sie Susanna nie wieder gesehen. Nur ein einziges Mal hatte sie von ihr gehört. Während einer Bahnfahrt belauschte sie das Gespräch zweier junger Frauen jenseits des Ganges. Es ging um Allergien, und da sie gerade von einer Fortbildung mit dem Thema Allergien kam, fühlte sie sich berechtigt, einem fremden Gespräch zu folgen. Eine der jungen Frauen strich plötzlich ihre langen Haare aus dem Gesicht und Katharine erkannte Jutta, Susannas Schwester. Katharine nickte, als Jutta kurz in ihre Richtung schaute. Jutta drehte sich weg, ohne ihr Gespräch zu unterbrechen, sie nahm Katharine nicht wahr. Sie hatte Katharine nie wahrgenommen. So erfuhr Katharine, dass Susanna seit einiger Zeit unter einer schweren Nussallergie litt. Ein regelrechter Makel für jemanden wie Susanna. Das war der letzte Gedanke, den sie an Susanna verschwendet hatte. Susanna saß mit Klaus auf ihrer Terrasse, in ihrem Garten.

«Hallo.»

Katharine setzte sich zu ihnen, goss sich Kaffee ein und fühlte sich überflüssig. Sie schaute zu Klaus. Sein Gesicht, seine Augen, seine Gesten – Katharine las in ihnen wie in einem Buch. Sie kannte das Spiel genau. Wusste, wie die weiteren Szenen verlaufen würden. Sie saß stumm, trank Kaffee und hoffte auf den Abgang des Stars. Endlich verabschiedete sich Susanna.

«Wenn ich mal wieder eine Fortbildung in der Nähe habe, schaue ich vorbei!»

Weg war sie.

Am nächsten Morgen im Flur. Auf dem Block neben dem Telefon stand in großen Buchstaben Susanna geschrieben und dahinter eine Nummer. Keine Vorwahl. Klaus' Handschrift.

Sie wählte die Nummer, ein Hotel in der Stadt, sie wurden miteinander verbunden.

«Katta!»

«Hallo, Susanna. Klaus hat mir deine Nummer gegeben. Hast du Lust, noch einmal zu uns rauszukommen, wir sind gestern gar nicht zum Erzählen gekommen! Wir wollen grillen.»

«Katta, natürlich gern.»

«Wunderbar. Ich mache Kartoffelsalat nach Mutters Rezept, den hast du bei uns immer so gern gegessen.»

«Katta, super, ich freue mich.»

«Ich hole dich um achtzehn Uhr ab, dann können wir etwas trinken und Klaus bringt dich abends zurück. Bist du einverstanden?»

«Gute Idee. Bis dann.»

Katharine fuhr auf den Markt und in den Bioladen. Seit Susannas Besuch hatte sie das Gefühl, wie ferngesteuert zu leben. Es war, als wäre jeder Schritt, jede Handbewegung Teil eines Theaterstückes, auf dessen Handlung sie keinen Einfluss hatte. Sie plante und handelte und staunte über sich selbst.

Als sie um siebzehn Uhr dreißig den Wagen aus der Garage fuhr, hatte sie die Ladefläche voller Tüten mit sortiertem Müll. Es war heiß, und aus den Tetrapaks kroch ein leicht säuerlicher Geruch von geronnener Milch bis zu ihr nach vorn. Sie fuhr zu einer Containerstation, die auf dem Weg zum Hotel, aber nicht in der Nähe ihres Hauses lag. Es dauerte eine Weile, ehe sie Altpapier, Plastik, Dosen, Tetrapaks und die Glasflaschen in die unterschiedlichen Container sortiert hatte. Eine Flasche war noch halb voll. Sie öffnete die Flasche und goss ganz langsam das Walnussöl in ein Grasbüschel am Wegesrand, ehe sie die Flasche in die runde Öffnung krachen ließ, der Verschluss kam ordnungsgemäß in die Öffnung für die Dosen.

Susanna sah hinreißend aus. Sie war voll bepackt, hatte eine Kübelpflanze für die Terrasse in dem einen Arm, eine Flasche Prosecco unter dem anderen, die Handtasche hing locker über der Schulter. In den Händen hielt sie zwei Pakete für die Kinder.

«Heute komme ich nicht mit leeren Händen.»

Katharine nahm ihr die Handtasche und die Kübelpflanze ab und verstaute beides im Kofferraum.

Auf der Fahrt nach Hause redete Katharine ununterbrochen. Endlich waren sie angekommen. Susanna stieg aus dem Auto und lief gleich in den Garten.

«Bringst du den Oleander und meine Handtasche mit?»

«Kein Problem.»

Katharine ging um den Wagen herum, öffnete den Kofferraum, ging zur Fahrertür zurück, schloss den Wagen ab, nahm die Kübelpflanze heraus, legte den Autoschlüssel in den Kofferraum und schloss die Kofferraumtür.

Susanna hatte ihre Geschenke verteilt. Klaus legte Wurst und Fleisch auf den Grill. Katharine holte den Kartoffelsalat aus dem Kühlschrank und rief die Kinder zum Essen. Der Salat war köstlich. Alle naschten schon davon, ehe die Würstchen und das Fleisch gar waren. Plötzlich griff sich Susanna an den Hals.

«Meine Handtasche, schnell, meine Handtasche. Ich habe sie im Auto vergessen.»

«Klaus, schau doch mal nach, der Schlüssel muss noch in der Kofferraumtür stecken.»

Susanna erhob sich, zitterte, versuchte Klaus einzuholen, stürzte. Katharine wollte ihr aufhelfen, da war sie schon bewusstlos.

«Ich bekomme das Auto nicht auf, die Schlüssel müssen dir in den Kofferraum gefallen sein. Ich hole jetzt meinen Schlüsselbund und rufe gleich den Notarztwagen. Was ist mit ihr, mein Gott, was ist mit ihr?»

«Keine Ahnung, ruf erst den Notarzt. Ich bleibe so lange bei ihr. Schick die Kinder in ihre Zimmer.»

Katharine bettete Susannas Kopf in ihren Schoß. Sie war ganz ruhig. Wieder dieses Gefühl, ferngesteuert zu sein.

Als der Notarzt eintraf, hielt Klaus einen Allergiepass und ein Notfallset in den Händen – er hatte es in der Handtasche gefunden.

«Wusstest du, dass sie Allergikerin ist?»

«Woher denn, ich habe sie doch seit Ewigkeiten nicht mehr gesehen.»

Susanna hatte einen schweren allergischen Schock erlitten. Ihr Hals war so zugeschwollen, dass sie nicht mehr atmen konnte. Der Notarzt konnte sie reanimieren, doch durch den erlittenen Sauerstoffmangel lag sie im Koma. Katharine saß tagelang an ihrem Bett, während Klaus ihre einzige Verwandte benachrichtigte.

Jutta kam mit der Bahn. Sie nahm sich Urlaub und blieb einige Zeit bei Katharine und Klaus. Jutta und Katharine wechselten sich mit der Krankenwache ab. Während Katharine an Susannas Bett saß, hatte sie das Gefühl, als ginge von Susannas Koma eine bedrohliche Macht aus. Nur durch Konzentration und Distanz ertrug sie die Stunden neben Susanna, ohne vorzeitig zu fliehen. Sie konnte weder mit Klaus noch mit Jutta über ihre Ängste sprechen.

Jutta fühlte sich bald bei ihnen zu Hause, doch von Susannas Koma schien sie genervt zu sein.

Mit der Zeit schwand die Hoffnung auf ein Erwachen. Nach einiger Zeit veranlasste Jutta Susannas Verlegung in das Annenstift. Einmal im Monat besuchte sie ihre Schwester und kam vorher auf einen Sprung bei Katharine und Klaus vorbei.

Katharine hatte angeboten, jeden dritten Sonntag im Monat den Nachmittag bei Susanna zu verbringen.

Klaus bot bei der Nachlassregelung seine Hilfe als Rechtsanwalt an.

Jutta fährt seitdem Susannas rotes Cabrio.

Schlafende Hunde

Michaela Seul

«Hier Kripo München, Kommissariat 38, Sattler. Bitte rufen Sie mich zurück. Klick.»

Klick-klack machte mein Herz. Als hätte es eine künstliche Klappe. Und zerschredderte den schönen Urlaub. Zwei Wochen Italien. Den Sommer verlängert. Heiße Tage. Viel geschwommen. Aber morgens manchmal Nebel.

Ich spulte den Anrufbeantworter zurück und hörte es mir noch mal an. Der Name Sattler war mir bekannt. Fabia hatte ihn oft erwähnt in den letzten Wochen. Aber wie waren sie auf mich gekommen?

Ich musste natürlich zurückrufen. Wer nicht zurückrief, war verdächtig. Verdächtig war ich ohnehin. Ich würde mich noch verdächtiger machen, wenn ich mich nicht meldete. Ich musste ihnen das Gefühl geben, bei mir an der falschen Adresse zu sein. Ihnen, dachte ich. Frau Sattler war nicht allein. Frau Sattler war nie allein. Um sie herum schwirrten viele Sattlers. Deshalb war sie vielleicht auch eine solche geworden. Damit sie nicht allein war. Und Recht hatte. Selbstverständlich hatten sie immer Recht. Die Sattlers. Andererseits waren sie auch nur Menschen. Wie ich. Gegen die Sattlers. Was konnten sie in der Hand haben?

Ich rief Fabia an. Bevor ich mich bei den Sattlers meldete, würde ich mich mit ihr beraten. Sie kannte Frau Sattler. War einige Male bei ihr gewesen. Nicht freiwillig. Oder nicht richtig freiwillig. Die Sattlers gaben vor, es sei freiwillig. So zelebrierten sie ihre Macht. Fix und fertig war Fabia jedes Mal gewesen. Vorher und nachher. Aber es war schon eine Weile her, dass sie von Frau Sattler gesprochen hatte. Fast so, als wäre die ganze Angelegenheit im Sande verlaufen, denn was konnten sie schon wissen? Bloß keine schlafenden Hunde wecken ...

Fabia war nicht zu Hause, und ihr Anrufbeantworter sprang nicht an. Es war wahrscheinlich besser, Fabia überhaupt nicht anzurufen. Kurz bevor Sylvia verhaftet worden war, hatte sie Fabia gegenüber behauptet, ihr Telefon würde abgehört. Dieses Klicken, hatte sie gesagt. Und manchmal käme es ihr vor, als würde sie jemanden atmen hören. Einen Mann mit Vollbart, da sei sie ganz sicher. Fabia und ich waren am Lachen fast erstickt. So war das immer, wenn wir zusammen lachten, es wurde schnell gefährlich.

Ich hatte keine Lust, in eine Telefonzelle zu gehen. Ich wusste nicht mal, wo sich die nächste Zelle befand. Zellen, dachte ich. Man brauchte bestimmt eine Telefonkarte. Woher sollte ich eine solche nehmen – ich wohne in einem Dorf, und der nächste Tante-Emma-Laden ist drei Dörfer weiter. Damit rechneten sie wahrscheinlich, die Sattlers. Riefen mal kurz an, um mich zu beunruhigen, und hofften dann, ich würde einen Fehler machen. Die Fehler lauerten überall. Das wussten sie. Das war ihr Vorsprung. Wie nur waren sie auf mich gekommen? Und was sollte ich ihnen sagen? Bloß keine schlafenden Hunde wecken.

Als ich den Wagen geparkt hatte, war ich voller Vorfreude auf die Spaghetti gewesen, die ich kochen wollte. Jetzt hatte ich keinen Hunger mehr. Ich hätte gern eine Zigarette geraucht. Aber ich rauchte nicht mehr. Seit drei Jahren schon nicht mehr. Was nur hatte Fabia mir erzählt von ihrer Vernehmung? Ich ging auf und ab, als würde mir das helfen, mich zu erinnern. Aber mir fielen nur Fabias Befindlichkeiten ein. Ihr Durchfall. Ihre Nervosität. Und dass Frau Sattler eigentlich ganz nett gewesen sei. Man fühle sich, hatte Fabia herausgeprustet, wie bei einer Beichte. Auf dem Weg nach Hause sei sie sich total gereinigt vorgekommen. Um Gottes willen, hatte ich gedacht. Las Fabia denn keine Krimis? Aber es war nichts passiert. Also war Fabias Aussage harmlos gewesen. Außerdem war sie eine erstklassige Schauspielerin. Das hatte sie oft genug bewiesen. Und Fabia war tough. Am Telefon hatte sie harmlos herumgekichert. So als wüsste sie wirklich nichts. So als sei die Vernehmung bei der Polizei ein Friseurbesuch gewesen. Abends hatte sie Details erzählt. Wir hatten uns bei Wanni getroffen. Hinten in der Ecke. Da war die Geschichte nicht mehr lustig gewesen. Das wusste ich. Ich erinnere mich aber nicht, was uns beunruhigt hatte. Besonders Fabia. Von mir war ja keine Rede gewesen. Wir hatten uns nicht vorstellen können, dass sie eines Tages auf mich stoßen würden. Sylvia hatte bestimmt nicht geplappert. Sie war es, die stets darauf gedrängt hatte, mich rauszuhalten. Niemand sollte etwas von meiner Existenz wissen. Deshalb gab es auch keine Verbindung zwischen uns. Sie hatte mich aufgefordert, ihre Telefonnummer auswendig zu lernen, und mir verboten, unsere Treffen in meinem Kalender zu notieren. Ich notiere sonst alles in meinem Kalender. Zwei Treffen hatte ich dann auch vergessen, und obwohl Sylvias Temperament sehr schnell aufbrauste, hatte sie nichts dazu gesagt, freundlich plätschernd waren die Wellen über die Felsen geschwappt. Ich hatte dem Frieden zuerst nicht getraut. So war es damals bei Melanie nämlich auch gewesen. Als sie sich in den Typ von der Drogenfahndung verknallt hatte. Zuerst hatte Sylvia ihr aus Versehen einen Finger abgehackt. Und später war Melanie dann spurlos verschwunden. Wir hatten nicht direkt nachgefragt. Nur so nebenbei. Sylvia hatte gemeint, Melanie sei im Urlaub. Damit hatten wir uns zufrieden gegeben. Gerade Fabia mit ihrem Faible für Ringe. Am liebsten an jedem Finger einen.

Ich hatte noch nie mit der Polizei zu tun. Also nicht richtig. Das überließ ich den anderen. Einmal war mein Auto aus dem Verkehr gezogen worden. Es war Sommer gewesen und ich hatte einen sehr kurzen Rock getragen. Ob mir nicht aufgefallen sei, dass aus meinem Auspuff eine schwarze Wolke käme? Natürlich war mir das aufgefallen. Ich hatte mir abgewöhnt, in den Rückspiegel zu schauen, weil ich nicht erkannte, was sich hinter mir im schwarzen Rauch abspielte. Wir standen auf dem Seitenstreifen der Autobahn. Ich dachte an meinen toten Opa und weinte. Meine Beine waren sehr braun und schön. Meine Beine sind das Beste an mir. Also rein äußerlich. Das hatte er auch immer gesagt. Fabia und Sylvia hatten ihm das zum Schluss noch vorgehalten. Als sie die Kettensäge starteten. Komischerweise war mir dabei Flipper eingefallen. Ich bin noch nie im Leben in ein Boot gestiegen. Ich habe lieber festen Boden unter den Füßen. Als ich mit den beiden Verkehrspolizisten, die ich natürlich «Bullen» nannte, weil alle, die ich kannte, Polizisten als «Bullen» bezeichneten, am Seitenstreifen stand, fuhr ein Motorradfahrer ohne Helm vorbei. Der eine Bulle wies den anderen an, dem Motorradfahrer zu folgen. Damit er mit mir allein sein konnte, begriff ich. Damit er gütig sein konnte. Dein Freund und Helfer. Es gab kein Gebüsch auf der Autobahn. Ich weiß nicht, was ich getan hätte, wenn es ein Gebüsch gegeben hätte. Im Grunde wäre es mir wahrscheinlich egal gewesen. Irgendein Bulle oder einer von den Jungs aus der Disco. Es ging damals nur um die Trophäen. Ich war ziemlich jung. Heute würde mir keiner so einfach das Gebüsch verlassen. Heute achte ich darauf, auf meine Kosten zu kommen. Früher sahen meine Kosten anders aus, da ging es um eine Kerbe in dem Stück Holz, das mir mein Opa geschenkt hat. Es stammt aus der Schlacht von Verdun. Ich weiß nichts darüber. Nur dass das Stück Holz meinem Opa ziemlich viel bedeutet hat. Ich fand, dass die Kerben dort gut hineinpassten. Als ich meinen Opa fragen wollte, ob ihm das Holz vielleicht das Leben gerettet hatte – wobei ich mir das nicht vorstellen konnte, meistens dienten dafür Zigarettenetuis in der Brusttasche und mein Opa rauchte nicht –, war er tot. Ich war zu spät gekommen. Obwohl er mit dem Sterben ganz bestimmt auf mich hatte warten wollen. Ich hatte es nicht geschafft. Weil die Bullen wegen des Festzuges am Nachmittag die Straße gesperrt hatten. Er war schon im Keller in der Kühlkammer. Als ich Sylvia einmal von meinem Opa erzählte, war sie begeistert und legte sich auch ein Stück Kerbholz zu. Es war natürlich ein normales Stück Holz. Ich erinnere mich noch gut daran, wie wir überlegten, woher der Ausdruck «etwas auf dem Kerbholz haben» wohl komme. Fabia wollte ihren Bruder danach fragen, aber dann hat sie es vergessen. Fabia vergisst immer alles und ganz schnell. Das ist auch gut so.

Der Verkehrspolizist war sehr gütig und zelebrierte eine seiner menschlichen Sternstunden, die sein Beruf mit sich bringen kann. Er war groß und stark und mächtig. Ich war klein und blond und hilflos. Er genoss seine Überlegenheit und genoss es, mich freizusprechen. Ich würde keine Anzeige bekommen. Aber ich musste das Auto verschrotten. In einer Woche. Ich schlug zwei Wochen raus. Mehr war nicht zu holen. Es kostete mich Überwindung, ihm nicht die Zunge zu zeigen, als ich losfuhr. Dann ging es mir nicht gut. Er hatte mich klein gemacht. Diese Kleinheit fühlte sich schmierig an. Ich weiß noch genau, dass ich nicht zu Dagmar fuhr, sondern wendete und zu Hause duschte. Sehr, sehr lange. Ich erzählte niemandem von dem Vorfall. Weil ich mich schämte. Dass ich mich klein gemacht hatte für den Vorteil, einer Anzeige entgangen zu sein und noch zwei Wochen mit einer Dreckschleuder herumfahren zu können. Wobei ich zu meiner Verteidigung hinzufügen muss, dass Umweltbewusstsein damals noch nicht so in Mode war, also nicht bei mir, erst kurz danach. Ich fuhr dann auch bloß noch Fahrrad und sammelte nicht nur Altpapier und Altglas, sondern sogar Aludeckel von Joghurts, und bei Kunststoffen war ich eine der Ersten; Fabia und Sylvia werfen Joghurtdeckel immer noch in den Restmüll.

Die Gattung Verkehrspolizist war mir noch einige Male begegnet. Erst im letzten Jahr, als ich auf einem Parkplatz für Rollstuhlfahrer geparkt hatte.

Klar hatte der Bulle Recht. Aber vierzig Euro waren reichlich übertrieben. Ich war nur fünf Minuten im Baumarkt gewesen. Sylvia hatte mich geschickt. Das war, bevor sie auf die Idee mit der Kettensäge gekommen war. Sie fand es immer wahnsinnig sexy, wenn Männer mit Bohrmaschinen hantierten. Und das ärgerte sie. Wir versuchten ihr klar zu machen, dass eine Bohrmaschine einen harten Untergrund braucht. Sie glaubte uns nicht. Fabia brachte ihr sogar einmal eine Schweinehälfte. Er trug sie hoch. Er hatte keine Ahnung. Das war vielleicht eine Sauerei. Gott sei Dank hatte Sylvia es im Badezimmer versucht. Sie sah dann ein, dass die Bohrmaschine das falsche Werkzeug war. Aber irgendwie war sie in einen Rausch geraten. Ich sollte verschiedene Bohrer kaufen. Besonders Holzbohrer. Die sind sehr scharf, schneiden gut und eignen sich vortrefflich für weiches Material. Woher sie das wusste, weiß ich nicht. Es gibt auch extrem dünne Holzbohrer. Nur ein bisschen dicker als zum Beispiel eine Ledernähnadel. Alles konnte sie dann aber nicht ausprobieren, weil spritzende Flüssigkeit in die Bohrmaschine drang und einen Kurzschluss verursachte. Sylvia brauchte Stunden, bis sie sich davon erholte. Dann war im Bad natürlich schon alles eingetrocknet. Ich war zum Glück nicht erreichbar. Ich war mit Fabia bei Wanni und erzählte ihr von dem Bullen und dem Rollstuhlfahrerparkplatz. Er hatte den Strafzettel zerknüllt, als ich weinte. Ich bin sehr stolz darauf, dass ich weinen kann, ohne entstellt auszusehen. Das ist eine große Kunst. Aber danach fühlte ich mich wieder so klein. Klein und blond und widerlich. Fabia meinte, der Bulle sei wahrscheinlich ein netter Kerl gewesen. Dass ihm das was ausmachte. Schuld an den Tränen einer Frau zu sein. Ich fand das gar nicht, und ich fand es auch nicht rührend wie Fabia, deren Augen verdächtig glänzten. Die Kollegin, die neben dem Verkehrspolizisten stand, als er dem Strafzettel mit Schwung in seiner geballten Faust das Genick brach, die Bullin oder Bullette – oder wie heißen die eigentlich? – fand es auch nicht rührend. Sie schaute mich an. Und schaute ihn an. Natürlich wusste sie, was gespielt wurde. Sie verdrehte die Augen. Sie sagte nichts. Ich überlegte, ob sie ihm später erklären würde, dass ich ihn ausgetrickst hatte. Oder ob sie das Geheimnis hüten würde. Ein Geheimnis, das mir überhaupt nicht gefiel, und ich hatte wieder das Gefühl, ich müsste stundenlang duschen, um die Kleinheit wegzuwaschen. So war es mir ganz recht gewesen, als Sylvia mich fragte, ob ich Lust hätte, eine Kerbe zu machen. Das war echt nett von ihr, schließlich war es ihr Kerbholz, und das hatte ich noch nie gehört, dass man jemand anderen auf sein eigenes Kerbholz etwas ritzen lässt. Aber das war wieder mal typisch Sylvia. Man wusste bei ihr nie, woran man war, was als nächstes passieren würde. Fabia sagte immer, so lange wir Sylvia hätten, bräuchten wir nicht fernsehen. Ich habe aber trotzdem hin und wieder die Glotze eingeschaltet und Fabia dann jedes Mal Recht gegeben. Gegen Sylvias Shows war das alles eine öde Brühe.

Ich musste die Kripo anrufen. Am besten gleich. Die Sache hinter mich bringen. Je länger ich wartete, desto mehr fiel mir ein. Das war nicht gut, gar nicht gut. Im Grunde wusste ich nichts.

Dabei sollte es bleiben. Aber wenn sie auf die Idee kamen, meine Strafzettel der letzten drei Jahre zu überprüfen? Wieso sollten sie auf die Idee kommen, rief ich mich zur Ordnung. Es gefiel mir nicht, dass ich nervös wurde. Wer nervös ist, macht Fehler, das hatte Sylvia uns oft genug eingetrichtert. Wenn ihnen bei der Überprüfung meiner Strafzettel auffiel – das musste ihnen auffallen, so blöd konnten selbst Bullen nicht sein –, dass meine Strafzettel allesamt von vermissten Polizeibeamten ausgefüllt waren. Nicht daran denken, dachte ich. Bloß keine schlafenden Hunde wecken. So viele Strafzettel waren es nun auch nicht. Meistens hatte ich keinen Strafzettel bekommen. Was schlimmer war. Schlimmer für die Bullen. Ohne Strafzettel fühlte ich mich nämlich noch kleiner. Noch blonder. Noch schmieriger. Und Fabia hatte eine Menge zu tun, weil sie herausfinden musste, wo der betreffende Bulle wohnte, wie er lebte. Es machte Fabia nichts aus. Sylvia war beeindruckt, wie Fabia das schaffte. Sie ließ es sich natürlich nicht anmerken. Ich spürte es dennoch. Zweimal lobte sie Fabia sogar. Mich lobte sie nie. Nicht dass ich es erwartet hätte. Es gab ja auch keinen Grund. Denn was machte ich schon. Ich lebte mein normales Leben. Fuhr vielleicht ungewöhnlich oft mit dem Auto durch die Gegend. Scheinbar ziellos. Fabia lebte ein nicht mehr ganz so normales Leben. Und Sylvia, unsere Heimwerkerin, wie wir sie gelegentlich nannten – nun, Sylvia, das war ein anderes Kaliber. Darüber waren Fabia und ich uns immer einig gewesen. Und das war auch gut so. Obwohl ich mir manchmal wünschte, ich könnte ein bisschen so sein wie Sylvia. Wenn ich mich klein und blond und ohnmächtig fühlte. Dann wäre ich gern so gewesen wie Sylvia. Sie tat, was getan werden musste. Ich duschte stattdessen. Es ging mir danach zwar besser, aber noch besser ging es mir, wenn Sylvia mir beim nächsten Treffen zunickte. Sie verschwendete nie viele Worte. Details erfuhr ich höchstens von Fabia, wobei wir beide wussten, dass Fabia eigentlich keine Details erzählen sollte. Ich fragte mich, ob es mir noch besser gehen würde, wenn ich nicht nur ausgiebig duschen würde, sondern einmal mit dabei wäre. Es sozusagen selbst in die Hand nähme. Eine Kerbe in Sylvias Holz ritzte. Aber das brauchte ich mich jetzt nicht mehr zu fragen. Sylvia war verhaftet und Fabia und ich würden bestimmt nicht weitermachen. Also höchstwahrscheinlich. Mit ziemlicher Sicherheit. Ganz genau konnte man so was nie sagen. Man wusste doch nicht, was die Zukunft brachte. Darüber sollte ich auch nicht nachdenken. Ich sollte überhaupt nicht daran denken. Wenn ich nachdachte, würde man mir das anmerken. Bloß keine schlafenden Hunde wecken.

So viele Strafzettel waren es bestimmt nicht gewesen. Obwohl es in letzter Zeit wieder mehr geworden waren. Mit Strafzetteln war es einfacher. Der Name des betreffenden Polizisten stand darauf. Es war ein Kinderspiel für Fabia gewesen, herauszufinden, wer der Kandidat war. Und es war auch ein Kinderspiel für sie gewesen, die Kandidaten kennen zu lernen. Wenn eine so aussah wie Fabia, war fast alles ein Kinderspiel. Fabia fühlte sich nicht klein und blond und doof. Fabia genoss es. Weil sie Macht hätte, glaubte sie. Weil die Bullen nur auf ihren Busen starrten. Weil sich die Bullen auflösten in dem Blick auf ihren Busen. Weil Fabia sie steuern konnte mit ihrem Atem, der ihren Busen hob und senkte. Wie Marionetten, sagte Fabia. Das wissen sie aber nicht, sagte Fabia und kicherte: Das macht mir am meisten Spaß, dass sie es nicht wissen, dass sie glauben, sie hätten alles im Griff und nicht merken, dass ich sie im Griff habe.

Ich habe Fabia nicht widersprochen. Oder vielleicht nur einmal. Ich spürte, dass es keinen Sinn hatte. Dass Fabia an das glauben wollte, was sie sagte. Vielleicht sogar daran glauben musste. Ich hatte auch einmal daran geglaubt. An die heimliche Macht der Frauen. Früher. Vor dieser Nacht auf dem Parkplatz, die mein Leben in ein Vorher und ein Nachher geteilt hat. Danach habe ich nie mehr an die heimliche Macht der Frauen geglaubt. Wieso soll die Macht der Frauen heimlich sein? Eine heimliche Macht ist keine Macht. Macht auch keinen Spaß. Das Erhebende am Machtgefühl ist es doch gerade, die Macht zu zelebrieren. Darin war Sylvia eine Meisterin. Die hohe Kunst ihrer atemberaubenden Installationen. Bestimmt hätte ich noch viel von ihr lernen können. Aber ich war noch nicht so weit gewesen. Und jetzt war es zu spät. Leider. Leider war ich nie dabei gewesen – also nicht direkt. Das war eigentlich eine gute Ausgangsposition für mich bei den Sattlers. Aber ich bedauerte es, und je länger ich darüber nachdachte – nachdenken war ungesund –, desto mehr bedauerte ich es. Sylvia hatte mir ihr Kerbholz angeboten. Ich hatte die Chance nicht genutzt. Wie würde es nun weitergehen? Ohne Sylvia. Eine musste sie ersetzen. Eine musste weitermachen. Wenigstens eine, die ihre Macht nicht heimlich in der Puppenstube ausspielte. Eine, die wusste, worauf es ankam. Eine wie ich.

Erklärungsnot

Gunter Gerlach

Ich liege in meinem neuen Wasserbett und sehe direkt in die Mündung der Waffe. Selbst im Dämmerlicht meines Schlafzimmers erkenne ich das matte schwarze Metall. In den Lauf einer Pistole zu blicken, macht mich nicht gleich nervös. Es ist mir schon ein paar Mal passiert. Außerdem reinige ich meine Pistole regelmäßig, kneife dann ein Auge zu und sehe in den Lauf. Ganz normal.

Die Waffe, in die ich blicke, ist allerdings geladen. Und was mich verunsichert, ist, dass die Pistole in der Hand meines besten Freundes liegt. Er kennt sich mit Waffen nicht so gut aus.

«Ich wusste es», sagt mein bester Freund. Seine Stimme klingt, als wäre sein Rachen mit schwarzen Erdkrumen gefüllt. Er steht direkt am Kopfende meines Wasserbettes. Es bewegt sich leicht. Die Pistole ist mir jetzt so nah, dass ich die Ausstrahlung des kühlen Metalls bis auf meine schweißige Haut spüre.

«Beruhige dich», sage ich. Wenn er es gewusst hat, warum hat er es dann dazu kommen lassen? Warum ist er dann in das Zimmer gestürmt? Warum regt er sich überhaupt auf?

Ich komme langsam vom Kissen hoch, stütze mich auf meine Hände. Das Wasserbett schlägt Wellen. Der Lauf der Pistole folgt der Bewegung, zielt direkt auf meine Stirn. Ich habe nicht viele Möglichkeiten, auszuweichen. Ich neige den Kopf etwas zur Seite, um die Stellung des Abzugshahns zu erkennen. Es kommt genug Licht von einer Straßenlaterne durch das offene Fenster. Wie ein Seestern saugt sich seine Hand an der Waffe fest. Der Hahn ist nicht gespannt. Ein Schuss kann sich also nicht so leicht lösen.

«Du verdammter Schweinehund.» Sein Atem zischt, ist Schwefel in der heißen Luft. Die nassen Flecke auf seinem T-Shirt gewinnen die Gestalt von einander beißenden Hunden.

«Langsam, langsam», sage ich. «Es ist nichts passiert.»

Immer wenn ich so direkt in die Mündung einer Waffe sehe, kitzelt es mich im Inneren meines Körpers. Ich versuche, es zu unterdrücken. Aber es perlt in mir. Kleine Gasbläschen, die sich in der Lunge sammeln, mich leicht machen. Ich denke, sie haben ihren Ursprung zwischen Hoden, Leber und Magen. Drei Dinge, die mein Leben bestimmen. Sex, Trinken und Essen. Es hat also gar keinen Sinn, dass mein bester Freund auf meine Stirn zielt. Dort kann er mich nicht entscheidend treffen, nur töten.

«Es sieht nur so aus als ob», sage ich. «Nur Theater.»

Der Lauf der Pistole zittert ein bisschen. Wenn man es nicht gewohnt ist, mit ausgestrecktem Arm eine Waffe auf jemanden zu richten, dann fangen die Muskeln an zu zittern.

«Wir haben es nicht getan», sage ich.

Ich fixiere die Mündung der Waffe und spüre das Lachgas hochkommen. Meine Lunge bläht sich. Ich muss die Luft aus der Nase herauslassen. Es zuckt in meinen Mundwinkeln. Ich bemühe mich, die Lippen stramm zu halten. So richtig gelingt es mir nicht. Die Luft entweicht druckvoll aus meiner Nase. Etwas Rotz folgt und bildet eine Schleimblase, die langsam meine Oberlippe herunterläuft. Das Bett schwankt jetzt auch seitlich.

«Ich knall dich ab», sagt mein bester Freund.

«Lass mich die Sache doch erklären.» Ich presse die Lippen aufeinander, richte mich etwas auf, um über Korn und Kimme hinweg in seine Augen zu sehen. Er zielt gar nicht richtig. Kimme, Korn und Auge sind nicht in einer Linie. Müssen sie bei der kurzen Entfernung zu meiner Stirn auch nicht sein. Es dürfte schwer fallen, danebenzuschießen.

«Es ist alles ganz anders», sage ich.

Die Waffe, in deren Lauf ich blicke, ist eine Sig Sauer. Genau die gleiche, mit der unsere Polizei ausgerüstet ist. Acht Patronen sind da normalerweise drin. Diese Pistole hat nur noch sechs. Ich weiß das so genau, weil es meine Pistole ist. Ich habe die Waffe einem Polizisten geklaut und seitdem regelmäßig entladen, auseinander genommen, geputzt, geölt und wieder zusammengesetzt. Sechs Schuss nur noch. Der Polizist hatte wahrscheinlich zwei Schüsse abgegeben, so wie es Vorschrift ist. Den ersten in die Luft zur Warnung, den zweiten gezielt auf die Beine. Ich erinnere mich nicht mehr so genau. Auf jeden Fall hat er nicht getroffen.

«Ich mach dich fertig», spuckt mein bester Freund die Worte aus. Ein Tropfen landet auf meiner Wange. Vielleicht ist es auch Schweiß.

«Komm, beruhige dich», wiederhole ich. «Ich habe nichts getan. Es sieht nur so aus, sollte so aussehen. Dies ist eine Inszenierung. Du solltest glauben, es wäre geschehen. Verstehst du? Es ist nichts passiert.»

Ich betrachte die dunkle Mündung der Pistole. Ich weiß, wenn der Hahn nicht gespannt ist, braucht man mehr Kraft, den Abzugshebel durchzuziehen. Beim ungeübten Schützen führt dieses meist zu einer größeren Abweichung vom Ziel. Und das Ziel, also ich, hat eine geringe Chance, auszuweichen, wenn die Entfernung groß genug ist. Im Augenblick sind es aber nur etwa zehn Zentimeter. Ich könnte mich damit trösten, dass mein bester Freund ein ungeübter Schütze ist. Er hat immer abgewinkt, wenn ich ihm die Pistole erklären wollte. Brauch ich nicht, hat er gesagt. Totale Fehleinschätzung, wie man sieht.

Ganz langsam, sodass er es möglichst gar nicht mitbekommt, versuche ich, zurückzuweichen. Ich biege meinen Oberkörper nach hinten. Es gelingt mir, auf diese Weise die Entfernung zwischen meiner Stirn und dem Pistolenlauf auf etwa zwanzig Zentimeter zu vergrößern. Das reicht aber nicht. Ich habe die Pistole manipuliert. Ein bisschen umgebaut. Wenn er einmal abdrückt und nicht loslässt, kommen alle sechs Schuss hintereinander. Selbst wenn ich dem ersten ausweiche, und er davon überrascht ist, dass die anderen fünf Kugeln automatisch folgen, ist die Wahrscheinlichkeit gering, nicht getroffen zu werden.

Ich lasse den Lauf der Pistole nicht aus den Augen und versuche, noch weiter zurückzuweichen. Das Wasserbett gibt unter mir nach. Ich beginne zu schwanken.

«Bleib liegen», brüllt mein bester Freund. Sein Mund ist ganz schief, als hätte er einen einseitigen Schlaganfall.

Ich fixiere das Mündungsloch mit einem zugekniffenen Auge. Bei dem richtigen Licht könnte ich vielleicht erkennen, ob sich eine Patrone im Lauf der Waffe befindet. Wenn ein gebündelter Lichtstrahl direkt in die Mündung fällt, müsste sich die Bleikugel doch vom dunkleren Stahl abheben. Ich hätte das längst einmal ausprobieren sollen. Diese Nachlässigkeit rächt sich jetzt. Es kann gut sein, dass erst noch durchgeladen werden muss. Normalerweise mache ich das sofort nach der Reinigung, weil die Waffe immer schussbereit sein soll. Aber ich kann es ja auch mal vergessen haben. Im Augenblick erinnere ich mich nicht mehr an den Vorgang. Wahrscheinlich habe ich nach der letzten Reinigung die Pistole nicht durchgeladen. Sonst wüsste ich es ja.

«Du verdammter Drecksack hast mich betrogen.» Mein bester Freund schüttelt den Kopf. Ein Anfängerfehler. Wenn man ein Ziel genau treffen will, sollte man sich selbst nicht bewegen.

«Du siehst das alles falsch», antworte ich inzwischen mit fester Überzeugung, dass keine Patrone im Lauf ist. «Es ist wirklich nichts geschehen.»

«Halt's Maul», sagt er.

«Lass mich die Sache erklären.»

«Was gibt es da zu erklären?» Er atmet schwer, geht neben meinem Bett auf die Knie und drückt die Mündung der Pistole direkt auf meine Stirn. Das Metall ist angenehm kühl wie ein Stück Eis auf meiner Haut.

«Seht euch beide an», brüllt er. «Wie willst du das erklären?»

Ich bin nackt, und seine Freundin hinter mir ist es auch. Nicht einmal ein Betttuch bedeckt uns. An einigen Stellen kleben unsere nassen Körper noch aneinander. Es ist Hochsommer. Die Hitzewelle hat ihre feuchte Zunge bis in mein Schlafzimmer gestreckt.

«Komm, begreif doch, es ist nicht so, wie es aussieht», sage ich. «Ist nur eine Show für dich.»

Ich beobachte einen Schweißtropfen auf seinem Gesicht. Er läuft ihm über die Wange wie eine Träne.

«Er hat mich gezwungen», sagt seine Freundin. Der Klebefilm zwischen unserer Haut reißt. Das Bett schaukelt immer mehr.

«Sie lügt, weil sie Angst hat», sage ich. «Sie hat mich zu dieser Sache überredet. Sie hat gesagt, es müsste so aussehen, als wenn sie dich betrügt. Sie hat gesagt, nur dann würdest du dich von ihr trennen. Sie wollte dich loswerden. Verstehst du? Und weil sie so gebettelt hat . . .»

«Halt dein Maul», schreit mein bester Freund. «Und keine Bewegung!» Das Wasserbett gibt keine Ruhe.

«Glaubst du wirklich, du hättest uns sonst überraschen können?», frage ich. «Denk doch mal nach!»

Wenn die Waffe wirklich geladen ist und er tatsächlich schießt, bin ich tot und seine Freundin auch. Die Kugel wird meine Stirn durchschlagen, mein Gehirn wird dem Blei kaum Widerstand entgegensetzen, sie wird hinten wieder herauskommen, ein großes Loch hinterlassen und noch immer genug Durchschlagskraft haben, um in ihren Kopf einzudringen. Peng, zwei auf einen Streich. Doppelgrab. Zweimal lebenslänglich.

Wieder läuft ihm ein Tropfen über seine Wange, bleibt am Kinn hängen und fängt ein wenig Licht ein.

«Leg schon die Pistole weg», sage ich. «Die Hitze macht uns alle verrückt.»

Seine Freundin stemmt sich jetzt auf die Ellbogen. Das Bett wölbt sich unter mir. Es tröstet mich, dass sie auch hinüber ist, wenn er abdrückt. Ich stelle mir vor, wie die Kugel mit einem Rest meiner Gehirnmasse in ihr Gehirn eindringt. Eine Art Superorgasmus. Aber wahrscheinlich nur bei ihr.

Er nimmt die Pistole ein Stück zurück. Der Lauf schaukelt. Vielleicht geht die Kugel durch uns beide hindurch und dann auch noch durch das Plastik des Wasserbettes. Das wird eine riesige Schweinerei.

«Warum?», sagt mein bester Freund. «Warum?»

Ich blicke über den Lauf meiner Pistole hinweg. Seine Schweißtropfen sind doch Tränen. Oder beides. Wer weint, schießt nicht.

«Du kannst beruhigt sein, es ist nur eine Show», sage ich. «Wir haben es wirklich nicht getan.»

Er schüttelt den Kopf. Ich komme noch ein Stückchen höher, weil sich auch seine Freundin hinter mir aufrichtet. Das Wasserbett schlägt höhere Wellen.

«Du sollst dich nicht bewegen!» Der Atem meines besten Freundes rasselt. Über sein Gesicht kriechen viele Falten. Sie haben den verformten Mund als Ziel. Sein Seesternfinger kriecht über den Abzugshahn.

Fortuna

Susanne Bartsch

«Hahaha, you mean p i i i e c e , don't you?»

Die Aussprache dieser Tante war so erbärmlich wie ihre Uniform. Ohne ihre Unmengen an Handgepäck würde sie in kein Flugzeug der Welt steigen, und sie hatte schon in fast allen gesessen. Die Frau an der Flugabfertigung gab es auf, und die Maschine tat es fünf Minuten später auch. Sie musste ihre Taschen wieder einsammeln und der Reisegruppe in einen Bus folgen. Irgendwo auf dieser Insel sollte ein anderes Flugzeug bereitstehen. Auf dem Weg zum Bus sah sie sich nach einer Toilette um, ihre Periode hatte sich zum Glück erst gestern gemeldet, und es wäre an der Zeit gewesen, den Tampon zu wechseln. Aber einer von diesen gediegenen, schlecht rasierten Busfahrern nahm die Hand nicht mehr von der Hupe und ließ seine gelben Zähne zu einem kurzen Lächeln aufblitzen, als sie abgehetzt in den Bus stieg. Dankbar erwiderte sie es, denn bis auf die beiden semmelblonden, ständig überforderten Animateure hatte sich in den letzten Wochen keine Gelegenheit zum Flirten ergeben. Kitschig gerahmte Kinderfotos an der billigen Kunstholzarmatur neben seinem Lenkrand hielten sie davon ab, sich gleich hinter ihn zu setzen.

Sie schob die viel zu großen Taschen und Schachteln durch den engen Gang und verteilte dabei ein breites «Excuse me» nach dem anderen.

Nachdem sie einen freien Platz gefunden hatte, öffnete sie eine der Schachteln. Eine Flasche Parfüm und ein Sammelband mit Frauenlyrik ließ sie mit ausladenden Bewegungen auf ihren Platz fallen und registrierte die neugierigen Blicke der Nebenplätze. Alle Taschen wurden verstaut, eine Prise von ihrem Lieblingsduft, und sie ließ sich auf ihren Sitz fallen. Während sie in den erotischen Fantasien peruanischer Sonderpädagoginnen schwelgte, verschlangen sich ihre Hände zu den aus dem Radio dröhnenden Rhythmen spanischer Schlagerproduktionen. Neben ihr erbrach sich ein kleines Kind, die Mutter hatte noch versucht, den Inhalt aus der Duty-free-Tüte zu retten, aber das Kind war schneller. Die entnervte Mutter hielt mit einer Hand den Kopf des Kindes, und mit der anderen wedelte sie sich frische Luft zu. Sie zwang sich ein Lächeln ab, bevor sie angewidert zum zweiten Mal den Zerstäuber in Gang setzte. Der tötende Blick vom Nachbarsitz prallte an ihr ab, ihre Sinne gehörten ausschließlich der Literatur.

Ein Schuss durch das Busdach setzte ihrer Lektüre ein erneutes Ende.

Noch ganz benommen von dem multiplen Orgasmus einer Farmarbeiterin bei Neumond sah sie nach vorne. Ein junger, dürftig vermummter Mann hielt zitternd eine Pistole auf den Gang gerichtet, und während die Businsassen in gedämpfte Hysterie verfielen, stockte ihr der Atem. Die Augen, die Haare, genau wie der Sänger aus ihrem Lieblingsvideo. Hätte man ihn hüftwippend neben einen Feuerhydranten gestellt und vier Minuten «do it» singen lassen, der Typ hätte sich vor Frauen kaum retten können. Hinter ihm stand, die Pistole an die Schläfen des Busfahrers haltend, sein unscheinbarer Mitstreiter. Ein bisschen Genuscheltes vom flehenden Busfahrer, dann fiel sein Kopf vornüber aufs Lenkrad.

Es waren Geiselgangster, und jeder, der sich ihnen in den Weg stellen würde, wäre tot.

Sie überlegte, ob es sich vielleicht um einen Abschiedsscherz der Animateure handelte und der soeben erschossene Busfahrer ein Eingeweihter sei. Wie von selbst schnellte ihr Arm in die Höhe – das war die einzige Chance, in diesem lahmen Haufen aufzufallen.

In ihrem umständlichsten Englisch bat sie darum, auf die Toilette zu gehen, erntete aber nur ein «Halt's Maul!» Ein Animateur hätte sich das niemals erlaubt, also war dieser umwerfende Typ da vorne ein Original, ein echter Terrorist. Sie legte ihr bezauberndstes Lächeln auf, und er sah sie irritiert an.

«Gewonnen», dachte sie, denn er wirkte einen Moment so unbeholfen, wie sie es sonst nur aus Romanen kannte. Ja, er sah aus wie der andalusische Mülltrenner, der sich zum Lustobjekt einer sexuell ausgehungerten diabeteskranken Geschichtsdozentin gemacht hatte.

Nicht nur, dass sie nach den Nächten mit ihm die paranoide Abscheu vor Mückengittern verlor, nein, sie hatte auch ihren ersten emotionalen Orgasmus fragmentarisch in einem Tagebuch festgehalten, ein Traumjournal geführt und die Erlösung nach unzähligen Fehlstarts auf den ersten vierhundert Seiten festgehalten. Damals beim Lesen hatte sie geglaubt, die Hauptfigur zu verstehen, aber erst jetzt wurde ihr klar, dass sie gar nichts verstanden hatte.

«Halt's Maul!», schrie er wieder, und sie konnte sehen, wie sich sein Herz unter der sonnengebräunten Brust überschlug.

«Oh Süßer, gib es zu, es hat dich erwischt», lächelte sie verschwiegen und griff neben sich, zog die kleine japanische Handtasche aus einer ihrer Taschen und tastete ganz vorsichtig nach dem Fotoapparat. Nur ein einziges Bild von Pablo oder Paco, oder wie immer dieser geheimnisvolle Fremde hieß, war alles, was sie wollte. Langsam zog sie die Kamera über den Sitz zu sich heran, aber bevor sie sie oben hatte, fiel ein Schuss und zerschlug die kleine teure Linse.

Ob er verrückt wäre, irrte sie in den Höhen und Tiefen ihres Oxford-Englisch, bis sich das zarte Entsetzen auf ihren Stimmbändern endlich ausbalanciert hatte. Ein überwältigendes Gefühl von Ohnmacht durchfuhr ihren Körper. Das erste Mal in ihrem Leben hatte sie wirklich die Kontrolle verloren.

Die Pistole auf sie gerichtet, trat er zu ihr, nahm ihr die Kamera ab und warf sie zu Boden.

«Bitte, seien Sie still, Sie bringen uns alle in Lebensgefahr», flüsterte die Mutter vom Nebenplatz, während sie, wie betäubt von seinem Geruch, auf seine Lenden starrte.

Als sich das Blut ihrer Sitznachbarin im Gang verteilte, sah sie ihm tief in die Augen. Alles in ihr zog sich zusammen, landete aber nur auf harter antiseptischer Watte und ließ sie endgültig in Panik geraten.

Was wäre, wenn er sie zur Flucht zwingen und hinter den weichen Dünen hart nehmen wollte? Wie lächerlich wäre es, wenn plötzlich geronnenes Blut an einem Bindfaden vor ihm baumeln würde.

Oder wenn er in sie eintauchen und dann mit einem blutigen Kranz um die Lippen wieder auftauchen würde; oder wenn er, wie in diesem Film, versehentlich den Tampon schlucken und an ihm ersticken würde. Wie zynisch wäre es, anschließend von der Presse als Gangsterjägerin gefeiert zu werden.

Hätte sie weniger gefrühstückt, hätte sie ihn vielleicht für Analverkehr begeistern können. Aber das Risiko, mit einem fäkalienverseuchten Gangster in einem stickigen Fluchtauto Polizei und Fliegen auf Distanz zu halten, war ihr einfach zu groß.

Ihr blieb nichts anderes übrig, als den Gedanken zu verdrängen, und sie setzte ihren Walkman auf.

«Telling my whole life ...», sang sie, so laut sie konnte, und würdigte ihn keines Blickes. Um so einen Mann aus der Reserve zu locken, musste man sich rar machen.

«Whole Life ...», ihre Hände verselbständigten sich wieder. Von der hypnotischen Wirkung ihrer eigenen Stimme gefangen, zogen sie große Kreise, und schon lange bevor die Textstelle kam, wusste sie, dass sie ihn genau dann ansehen würde.

«Killing me softly ...»

Sein Blut war am Kochen, ein Schlag und ihr Kopfhörer fiel zu Boden.

Noch nie hatte ein Mann sie geschlagen. Sie ignorierte ihn, und auch er würdigte sie keines Blickes, als das Sondereinsatzkommando ihn kurz darauf tödlich erwischte. Stolz und schön sank er zusammen, und hinter ihm am Ende des Ganges hielt sein Mitstreiter sich die blutende Wunde.

Es war still im Bus, alle hatten es geschafft, das Kind neben ihr weinte leise, und sie starrte fassungslos auf ihn, alles verschwamm, sie wurde bewusstlos.

Erst später im Krankenhaus erfuhr sie, dass der seit Stunden in ihrem Inneren gärende Tampon fast zu einer tödlichen Infektion geführt hätte.

«Mit dem Toxi Shock Syndrom ist nicht zu scherzen, junges Fräulein.»

«Not Toxi, T o x i c Shock Syndrome.» Der Arzt hätte es wissen müssen.

Der schönste Bauch der Welt

Gabi Hift

Als sie die Tür aufbrachen, lagen die beiden übereinander, er, noch im Mantel, über der nackten Frau, sein Arm zwischen die beiden Körper gezwängt, seine Hand irgendwo unten an ihrem Bauch, ihre linke Hand in seinen Ärmel gekrallt, ihr rechter Arm schlaff über der Bettkante, daneben auf dem Teppich der Aschenbecher, mit dem sie ihn erschlagen hatte.

Sie regte sich nicht, als sie die Leiche von ihr herunterhoben, man musste ihr die Finger öffnen, sie war zerkratzt an Armen und Schultern und voller Blut, seinem Blut, es war von seinem Hinterkopf in ihr Gesicht geronnen, sie war rot verschmiert am ganzen Oberkörper. Überall im Zimmer verstreut lagen Geldscheine, auch auf dem Bett und unter ihrem Kopf. Nur pro forma fragte der Polizist: Ist das Ihr Geld? Sie sah ihm groß ins Gesicht. Man brachte ihr einen Bademantel. Die Psychologin schickte die Männer weg. Sie sagte: Die Seele schützt sich, indem sie vergisst. Manchmal kommt es wieder. Manchmal nicht. Oft ist das ein Segen. Haben Sie den Mann gekannt?

Gekannt? Sie wusste keinen Namen. Aber gesehen hatte sie ihn schon. Er war ihr gleich verdächtig vorgekommen, sein Blick, dieses Lächeln in den Augen. «Sei vorsichtig», hatte ihr Vater immer gesagt, «wenn einer gar so freundlich daherkommt.» Sie erinnerte sich: Er hatte «Kakao» bestellt, nicht «heiße Schokolade». Sondern «Kakao». Das hatte er ganz weich ausgesprochen «gaogao», wahrscheinlich war er aus dem Süden. Ihr war das verdächtig, wie er lächelte, was konnte er schon von ihr wollen? «Pass auf», hatte ihr Vater gesagt, als sie noch ganz jung war und ihm nicht glauben wollte, «pass auf, die Burschen wollen dich nur ausnutzen.» – «Vielleicht wollen sie auch ganz was anderes», hatte sie geschrien, «vielleicht hat mich ja einer gern!», und war aus der Tür gerannt.

Die Psychologin war sehr freundlich. «Die Polizei muss Ihnen ein paar Fragen stellen», sagte sie. «Aber niemand wird Ihnen einen Strick daraus drehen, dass Sie sich nicht erinnern können. Sie leiden an einer posttraumatischen Amnesie. Das ist in Ihrer Lage völlig normal. Man wird einfach ein paar Tage abwarten, ob sich Ihr Kurzzeitgedächtnis erholt. Der Name des Mannes war Tom Schuster. Sagt Ihnen das etwas?»

«Tom.»

«Wie bitte?»

«Ich heiße Tom. Und Sie, wenn man fragen darf?»

Seine altmodische Höflichkeit passte nicht zu den schulterlangen, fransigen Haaren. Den Mantel behielt er an, obwohl es gut geheizt war im Kaffeehaus.

«Paula.»

«Ein schöner Name.»

Sie wusste genau, was sie erwarten konnte und was nicht. Trotzdem ließ sie sich nach ihrer Schicht von ihm noch anderswo auf einen Wein einladen. Er erzählte was von einer Erfindung. Um die zu verkaufen, war er in die Stadt gekommen. Sie sah ihn von der Seite an, aber sie fand nicht heraus, was er von ihr wollte. Dass er sie dann mit einem einfachen Händedruck verabschiedete, machte sie noch misstrauischer. Sie hatte in ihrem Leben dreiundfünfzig Mal Sex gehabt. In zwanzig Jahren war das durchschnittlich zweieinhalb Mal pro Jahr, aber es war früher häufiger vorgekommen und nun schon seit beinahe drei Jahren gar nicht mehr. Dreiundfünfzig Mal Sex mit neununddreißig Männern, vierzehn von ihnen waren ein zweites Mal zu ihr gekommen. In der Zeitung hatte sie gelesen, für die Frau werde es erst beim fünften, sechsten Mal mit einem Mann richtig gut. Da konnte sie nicht mitreden. Ihr gefiel es schon beim ersten Mal. Insgesamt zog sie die ersten Male den zweiten vor, die zweiten standen unter einem ungünstigen Stern. Wenn einer aber gar nicht wollte, wie dieser Tom, was wollte er dann?

Sie verschwieg der Psychologin, dass Teile der Erinnerung zurückkamen. Es waren nur Fetzen, die noch keinen Sinn ergaben. Sie erinnerte sich, wie sie durch die Scheibe des Kaffeehauses auf die Straße gestarrt hatte, bis ein Gast gerufen hatte: «Wird das heute noch was mit dem Frühstück, Fräulein, oder müssen Sie das Ei erst legen?» Und dass dieser Mann, Tom, dann wirklich nach zwei Tagen des Starrens hinter der Scheibe erschienen war, ihr zugelächelt hatte und hereingekommen war auf einen weiteren Kakao. Sie erinnerte sich an ein komisches Gefühl, an einen Verdacht. «Pass auf», hatte ihr Vater gesagt, «pass auf, die wollen nur an dein Geld.»

Als Teenager hatte Paula ihrem Vater nicht geglaubt. Sie glaubte an Zeitschriften, die voll neuer psychologischer Erkenntnisse waren. Sie las über Paarbeziehungen und Kollusionen und dass man an der Liebe arbeiten müsse. Sie las, dass Männer, die bei einer Frau vor allem Schönheit suchten, im Grunde ängstlich seien und erlösungsbedürftig. Ihr Vater war alt und verstockt und wollte von der neuen Zeit nichts verstehen. Als Paula das erste Mal neben einem Mann aufwachte, war ein Jubel und ein Triumph in ihr, dass sie am liebsten vom Kirchturm heruntergeschrien hätte: «Er hat nicht Recht! Mein Vater hat nicht Recht!» Aber dann hatte sich der Junge nicht mehr blicken lassen, am nächsten Tag nicht und auch nicht in der Woche danach, und als er ihr endlich über den Weg gelaufen kam, sah er auf den Boden und wollte sie nicht kennen. Und als es ihr mit dem nächsten genauso ging, war sie langsam von ihrem inneren Kirchturm heruntergestiegen.

Paula war nicht schön. Ihre Augen standen zu eng beieinander. Der Vater hatte eine Schallplatte mit dem Lied «Ich liebe das Mädchen mit den drei blauen Augen». Damit war jedenfalls nicht Paula gemeint. Zwischen ihren beiden Augen hätte kein drittes Platz gehabt. Genau das wäre aber scheinbar nötig gewesen für die Liebe. Der Abstand zwischen den Augen sollte so breit sein wie ein weiteres Auge, eine Drittelung, ebenso wie das ideale Verhältnis von Stirn zu Nase zu Kinnpartie. In den Zeitschriften stand so etwas jetzt wieder öfter. Das seien keine Moden, sondern Jahrtausende altes Wissen über das Wesen der Schönheit, ein goldener Schnitt, der besagt, wann einem ein Tempel ans Herz rührt, oder ein Frauengesicht. Die psychologischen Blätter verloren Abonnenten. Man testete das Schönheitsideal. Es war überall gleich. Thailänder, Zulus, Kirgisen, alle empfanden dieselben Proportionen als schön. Beziehungsarbeit kam gänzlich aus der Mode, es hieß jetzt, es sei am besten, die Männer, wenn man sie einmal erobert hatte, völlig in Ruhe zu lassen. Stattdessen erschienen Tipps, wie man sein Äußeres verbessern konnte. Damit war Paula aber nicht geholfen. Man konnte inzwischen fast alles operieren, aber Augen hängen schließlich direkt am Gehirn. Selbst wenn es gelänge, die Höhlen aufzustemmen und zu erweitern, könnte man doch niemals die Äpfel an ihren Augenstängeln auf die Seite ziehen, ohne sie zu verletzen. Es war da für Paula keine Perspektive. Sie saß gefangen in ihrer engäugigen Hülle und schaute durch die verhassten Öffnungen hinaus. Draußen spielten sie Lieder wie «You're just as pretty as you feel inside».

«Auch wenn Sie sich an nichts erinnern», sagte die Psychologin, «sprechen Sie mit mir. Wie fühlen sie sich?» Die Psychologin sah gut aus. Sie hatte einen vollen Mund, eine hohe Stirn, und ihre Augen standen noch weiter auseinander, als die Drittelregel es verlangte. Das gab ihr etwas Verletzliches, Weiches. «Viele Frauen in ihrer Lage geben sich selbst die Schuld», sagte sie zu Paula. «Sie denken, sie hätten das Entsetzliche selbst provoziert. Damit geben sie dem Vorfall einen Sinn, wenn auch einen zerstörerischen.»

Paula war ein paar Jahre lang Anhängerin einer dubiosen indischen Sekte gewesen. Sie hatte versucht zu glauben, schlechtes Karma aus einem früheren Leben habe ihr den Schädel zusammengepresst und hartnäckige Askese werde ihr im nächsten Leben Schönheit bringen. Der Sektenführer war einer der vierzehn Männer, die ein zweites Mal mit ihr geschlafen hatten. Das hatte sie abtrünnig werden lassen. Nach einem siedend heißen Hoffnungsschwall, als das erste Mal einer wiedergekommen war nach der ersten Nacht, hatte sie begriffen: Einmal wollten fast alle. Dabei kam es ihnen nicht auf die Schönheit an. So stand es auch in der Zeitung: Ihre Gene trieben sie dazu, wie große taumelnde Schmetterlinge ihren Samen in so viele Blüten wie möglich fallen zu lassen. Unverschämt, verträumt und fremdartig ließen sie sich für einen Augenblick auf ihr nieder und verschwanden wieder. Ein zweites Mal tauchten nur ganz unsichere Männer bei ihr auf, die wissen wollten, wie sie gewesen waren. Sie brauchten die Bestätigung, dass sie auch ein weiteres Mal zustimmen würde. Deshalb waren die zweiten Male insgesamt wenig erquicklich, denn sobald alles klar war, verloren sie vor lauter Erleichterung jegliches Interesse. Als der Sektenführer ein zweites Mal in ihrer Tür stand, konnte sie seinen Lehren nicht mehr trauen. Ein drittes Mal, so viel ahnte sie, kamen Männer nur, wenn sie verliebt waren. Ein drittes Mal hatte es für Paula nie gegeben.

Paula hätte gerne jemanden gehasst für das, was die Welt ihr antat. Mit zwanzig, als sie gerade begonnen hatte zu begreifen, hatte sie es einmal in einer Frauengruppe versucht. Sie sah nämlich, dass dieses unerbittliche Gesetz – Liebe nur gegen Schönheit – ausschließlich für Frauen galt. Dass Männer anders geliebt wurden, für ihre Macht, für ihre Schwäche und manchmal sogar bedingungslos. Gegen diese Ungerechtigkeit hätte sie gerne protestiert. Mit einem Flugblatt in der Hand hatte sie sich in einem Hörsaal eingefunden. Sie war schüchtern hinten stehen geblieben, weil sie keine Studentin war, das Flugblatt forderte aber ausdrücklich alle Frauen auf, sich zu versammeln. Am Podium stand eine schöne Frau mit wilden, weiten Augen und verlas wütend einen Artikel, in dem stand, Feministinnen wären bloß zu hässlich, um einen Mann zu finden. Die Frauen lachten und pfiffen und schrien: «Den Kerl, der das geschrieben hat, machen wir fertig!» Paula ging leise hinaus, ohne etwas zu sagen. Sie wollte der Sache der Frauen nicht schaden mit ihren engen Augen.

Sie hätte auch gerne die schönen Frauen gehasst, die in Fernsehinterviews die Haare zurückwarfen und sagten, Schönheit sei ein Fluch, ständig hätten sie Angst, sie seien gar nicht gemeint mit ihrem wahren Wesen. Wer hätte ihnen mehr geglaubt als Paula. Natürlich waren sie nicht gemeint. Sie saßen fremd hinter ihren schönen, weitäugigen Gesichtern verborgen, genau wie Paula hinter ihrem hässlichen. Aber sie waren so viel näher an wirklicher Berührung. Sie konnten sich von innen an Gesichter lehnen, die von außen geliebt wurden. Das hätte Paula auch gern gekonnt.

Und sie hätte die Männer gerne gehasst. Wie sie von Charakter redeten und von gemeinsamem Lachen, und es war alles Lüge. Aber wenn sie dann einen von ihnen beobachtete, wie er im Kaffeehaus einem schönen Mädchen gegenübersaß und gar nicht wusste, wie ihm geschah, so tief und plötzlich war er von einem weichen Mund angerührt, von der Linie eines Halses und von weiten Augen, und selbst erschrocken war darüber, wie viel wichtiger das war als all sein Gerede, dann konnte sie auch den nicht hassen.

Mit der Zeit verstand sie ihren Vater besser. Er hatte ja nur das eine Leben, genau wie sie, da hätte er eben lieber eine schöne Tochter gehabt. Aber er meinte es gut, er sparte sein Leben lang, sie sollte wenigstens abgesichert sein. Zuletzt hinterließ er ihr nicht nur das Kaffeehaus, sondern auch ein Mietshaus mit zweiunddreißig Parteien in bester Lage. Sie hätte gar nicht mehr arbeiten brauchen. «Sei vorsichtig», hatte er ihr gesagt, als seine Stimme schon schwach war, «pass auf mit den Männern, die wollen nur dein Geld.»

Sie erinnerte sich jetzt. Tom war wiedergekommen und hatte sie angelacht. Dieses Mal hatte er sogar den Mantel ausgezogen. Weiß er von dem Geld?, hatte sie sich gefragt. Am Kaffeehaus stand kein Name dran, und ihre Schürze war genau wie die der anderen Kellnerin. Woher hätte er wissen können, dass sie die Besitzerin war? Dennoch, Paula war vernünftig, deshalb hatte sie ihn in Verdacht. Aber in ihr war immer noch, nach all den Jahren, eine andere kleine Stimme, die es nicht glauben konnte, dass die Welt wirklich so war. Auf der Straße riefen sich Leute zu: «So ist das Leben! Hart, aber ungerecht!», und sie lachten dabei. Wenn dies die einzige Wahrheit sein sollte, dann konnten die Menschen doch unmöglich darüber lachen. Vielleicht war da doch ein riesiger Witz versteckt, den sie noch nicht begriffen hatte, sie hatte ja nicht studiert. Seit einer Weile hatte sie sich auch eine kleine Theorie zurechtgelegt, obwohl sie sich nur ganz selten erlaubte, daran zu denken. Es hatte nämlich einmal einer zu ihr gesagt: «Ich liebe Rothaarige. Echte Rothaarige, du weißt schon, oben und unten. Keine Ahnung warum, ist einfach so. Die riechen auch anders.» Paulas Haare waren braun. Aber es hatte sie zum Nachdenken gebracht. Vielleicht gab es neben dem allgemeinen Schönheitsgesetz, vor dem kein Entkommen war, noch eine kleine spezielle Schönheit. Vielleicht war es möglich, jemanden zu treffen, in dem genau dieses kleine, spezielle Merkmal Liebe auslöste, sozusagen seitlich an der großen, ehernen Schönheit vorbei. Dazu gehörte bestimmt viel Glück. Paula hatte auch gar keine Hoffnung gehabt, überhaupt so ein Merkmal zu besitzen, bis zu einer bestimmten Nacht vor drei Jahren.

Der Mann war einer von den Unsicheren gewesen. Einer, der ein zweites Mal zu ihr gekommen war. Und in dieser zweiten Nacht hatte er sich an ihren Rücken gelegt – das war ihr recht, so konnte er ihr nicht ins Gesicht sehen – und hatte sie von hinten umarmt. Und dann hatte er auf einmal gesagt: «Du hast den schönsten Bauch der Welt.» Das hatte sie getroffen wie ein Schlag. Sie hatte sofort gewusst, dass er nicht log. Seine Stimme hatte so einen ernsten, erschrockenen Ton. Sie war die ganze Nacht wach gelegen. Und unter seiner Hand hatte sie ihren Pulsschlag gespürt.

Trotzdem war er nicht wieder gekommen. Sie hatte lange geweint. Aber dann hatte sie im Museum recherchiert. Und da waren sie, an den schönen weitäugigen Frauen: kleine runde Bäuche. Es entsprach nicht der momentanen Mode, aber durch die Jahrhunderte hatten sie als schön gegolten. Und sie hatte wieder das Klopfen gespürt, mitten in dem kleinen weichen Hügel, als säße darin ein Tier mit einem zusätzlichen Herz.

Paula war froh, dass sie die Psychologin etwas fragen konnte. Sie wollte wissen, ob es normal war, außen am Bauch einen so starken Puls zu spüren, obwohl es da gar kein großes Gefäß gab. «Sie haben Angst», sagte die Psychologin. «Ihnen ist etwas Schreckliches zugestoßen, da ist es ganz natürlich, dass Sie Angst haben.» Sie schrieb ihr die Adresse einer Selbsthilfegruppe auf.

Der schönste Bauch der Welt – das war ihre Chance. Sie saß ein zweites Mal mit Tom beim Wein. Aber sie wusste nicht, wie sie seinen Blick auf ihren Bauch lenken sollte. Er sprach und sprach über seine Erfindung. Wenn sie es richtig verstand, handelte es sich um die Miniatur eines Fließbandes, an dem Auszubildende üben sollten, ohne den tatsächlichen Herstellungsprozess in einer Fabrik zu stören. Sie verstand ihn nicht. Brauchte er dafür Geld? «Es ist ein bisschen wie eine Modelleisenbahn, verstehst du? Ein kleines Förderband, eine dreistufige Steuerung, alles ganz echt.» Er zeichnete Diagramme auf eine Serviette, sprach schnell, sein Gesicht war gerötet, Paula hörte nicht mehr genau zu, was er sagte. Es rauschte an ihr vorbei, ohne dass er ihren Bauch angesehen hätte. Als sie aus dem Restaurant kamen, hatte es in Strömen geregnet. Paula sah ihre Chance, lief in den Regen, drehte sich, bis das dünne Kleid klatschnass an ihr klebte, bis sich der Bauch ganz deutlich abzeichnete. Tom war schon betrunken. Er grölte laut: «Eia umdarassa, eia umdarassa, eia eia eia oh.» Vergeblich versuchte sie, seine Hand auf ihren Bauch zu legen. Er fing wieder von der Erfindung an – was wollte er nur? –, erklärte etwas mit großen, ausholenden Gesten und stolperte dabei. Sie musste ihn stützen und schleppte ihn weiter, und da küsste er sie plötzlich auf den Mund. Paula war es nicht gewöhnt, außerhalb eines Bettes geküsst zu werden. Sie wünschte sich so sehr, er möge ihren Bauch berühren, aber er stolperte wieder und bugsierte sie in ein Taxi, gab dem Fahrer Geld und sagte «Bringen Sie die Dame nach Hause», und auf einmal war er weg.

Was war dann geschehen? Paula erinnerte sich, dass sie nach dieser Nacht Angst vor ihm gehabt hatte. Was wollte er? Sie kannte jetzt seinen Nachnamen: Schuster. Und in dem Haus, das sie geerbt hatte, wohnte eine Anita Schuster. Sicher, Schuster war ein häufiger Name. Aber vielleicht war es auch kein Zufall. Sie fragte ihn, ob er eine Verwandte namens Anita habe. Er verneinte. Aber wenn er es wusste, wenn er von ihrem Geld wusste und deshalb hinter ihr her war, so wie ihr Vater es immer vorhergesagt hatte, dann musste er ja leugnen. Das machte ihn erst recht verdächtig. Sie lehnte eine weitere Verabredung ab.

«Vielleicht werden Sie sich nie erinnern, was genau geschehen ist», sagte die Psychologin bei ihrem nächsten Treffen, «und das ist bestimmt das Beste für Sie. Ich bin froh, dass ich Sie nicht mehr weiter mit Fragen quälen muss. Die Untersuchung ist abgeschlossen, die Fakten sprechen für sich – es wurde auf Notwehr erkannt. Der Mann ist mehrfach in der Nähe Ihres Kaffeehauses gesehen worden. Er muss beobachtet haben, dass Sie nach der Sperrstunde die Tageseinnahmen nach oben in die Wohnung mitgenommen haben. Er brauchte dringend Geld. Die Nachbarin hat Kampfgeräusche gehört und dass Sie immer wieder «Nein! Nein!» geschrien haben. Daraufhin hat sie die Polizei verständigt. Der Hergang ist offensichtlich: Er hat sie gezwungen, das Geld herauszugeben, und hat anschließend versucht, sie zu vergewaltigen. Er war nicht bewaffnet, aber er war ein großer, schwerer Mann, Ihnen an körperlicher Kraft weit überlegen. Das genügt. Sie haben in berechtigter Notwehr gehandelt. Was die Polizei betrifft, ist für Sie alles abgeschlossen. Sie sollten aber unbedingt eine Therapie aufsuchen. Ich wünsche Ihnen alles Gute.»

Was hatte sie zu verlieren? Geld. Und Hoffnung. Sie überlegte. Nacht für Nacht. Das Blut klopfte ihr im Bauch. Dann lud sie ihn ein. Alles war besser als diese Ungewissheit. Zuerst plante sie, ihn geradeheraus zu fragen. Aber er würde lügen. Sie begann, die Tageseinnahmen am Abend in die Wohnung zu tragen. Am Morgen des Tages, an dem er zu ihr kommen sollte, ging sie zur Bank und hob zusätzlich eine größere Summe ab. Sie wollte ihm den ganzen Haufen hinhalten und fragen: «Ist es das, was du willst?» Sie bildete sich was ein auf ihre Fähigkeit, in Gesichtern zu lesen. So würde sie es erfahren. Sie hatte große Angst. Zu Mittag goss sie sich einen Fingerbreit Whisky ein. Bevor sie das Kaffeehaus schloss, trank sie noch einen und dann noch einen kleinen hinterher. Essen konnte sie nichts, sie brachte nichts hinunter. Oben in der Wohnung bereitete sie das Geld vor. Es war ein kleiner Berg. Sie duschte und zog sich ein blaues Satinkleid an, das hatte sie extra gekauft. Dann nahm sie noch einen Whisky, es war eine halbe Stunde vor der Zeit. Sie war so aufgeregt, sie wusste nicht was tun, und zum ersten Mal seit langem dachte sie wieder an die indische Meditation. Sie setzte sich in den Lotussitz, die Hände gewölbt vor dem kleinen Tier in ihrem Bauch. Nach wenigen Atemzügen schossen ihr die Tränen aus den Augen, und auf einmal wusste sie es: Sie würde ihm das Geld schenken, ohne Bedingung, einfach so. Nicht nur das bisschen Geld, das auf dem Bett lag, sondern alles, alles! Ganz egal, ob er sie liebte oder nicht. Sie lief zum Safe und holte den Schlüssel für das Mietshaus, den wollte sie ihm gleich dazugeben. Dann sah sie sich von außen, wie kalt das aussah: mitten in all dem Geld eine Frau im Abendkleid, geradezu obszön. Sie zog sich aus, warf die Kleider weg, sie wollte ihm ja alles schenken, einmal hatte es jeder gewollt. Sie genehmigte sich noch ein Glas, aber dann war sie schon etwas beschwipst und besorgt, ob sie sich an alles Wichtige erinnern würde. Deshalb malte sie mit einem Lippenstift einen Kreis um ihren schönen Bauch, so würde er ihm auffallen, so würde er das kleine Tier nicht übersehen, in das sie jetzt direkt hineinatmete, sogar im Laufen, noch nie hatte sie so wunderbar meditiert. Dann klingelte es an der Tür. Sie öffnete und lief zurück zum Bett. Lachend und mit ausgestreckten Armen hielt sie ihm das Geld entgegen, ein paar Scheine flatterten zu Boden. «Das ist alles deins», sagte sie, «ich schenke es dir.» Die Zunge gehorchte ihr nicht ganz, das Herz des kleinen Tieres pochte wie verrückt. Sie wiederholte: «Es ist alles für dich!» Er schien sie nicht zu verstehen. Als sie auf ihn zukam, wich er erschrocken zurück. Sie hatte die Hände voller Geld, und als sie nah bei ihm war, so nah, dass sie die Wärme seines Atems spüren konnte, sah sie ihr Spiegelbild in seinen Augen, eine nackte Frau mit rot bemaltem Bauch und eng zusammenstehenden Augen. Er sagte: «Ich glaube, ich hole besser einen Arzt», und sie begriff, was er sah: Er sah direkt in sie hinein, er sah das Wesen hinter den Augen, aber er wollte es nicht berühren, denn dieses Wesen hatte ein verkniffenes, verzweifeltes Gesicht und seine Augen standen eng beisammen. Er drehte sich von ihr weg, wollte gehen, doch sie schrie: «Nein!» Sie klammerte sich an ihn. Er versuchte, sich vorsichtig von ihr zu lösen, und wiederholte: «Ich hole einen Arzt.» Er wollte hinaus, mit diesem Bild in seinen Augen, mit diesem schrecklichen Bild durfte sie ihn nicht gehen lassen, er musste wenigstens das Geld mitnehmen, deshalb war er doch gekommen, sie griff nach dem Aschenbecher und schlug zu, er durfte doch nicht so fortgehen. «Nein!», schrie sie, und mit letzter Kraft zog sie seinen stürzenden Körper über sich und fasste seine noch warme, noch lebende Hand und zwängte sie zwischen die beiden Leiber, ihren nackten und seinen noch im Mantel, und presste seine Hand auf ihren Bauch, auf das kleine Tier, in dem ein zweites Herz schlug, auf den schönsten Bauch der Welt.

Häppi Leichenschmaus

Tatjana Kruse

Harry war also tot.

Und wir saßen hier um seinen Esstisch. All seine wenigen Freunde. Zum Leichenschmaus versammelt. Gewissermaßen.

«Du lässt dich gehen, meine Liebe», tönte Stefan, Harrys Versager-Cousin. Stefan war Mitte vierzig, klein, untersetzt, mit Splisshaar und rissigen Fingernägeln, aber er glaubte allen Ernstes, sämtliche blonden Zwanzigjährigen würden sich schmachtend die Finger nach ihm lecken. Aus diesem Grund war er auch immer noch Single.

«Meine Oberarme sind für eine Frau meines Alters erstklassig! Nicht jede Frau verbringt ihre Freizeit im Fitnessstudio, nur um Testosteronblindlingen wie dir zu gefallen!» Chiara schmollte. Harry und Chiara waren mal ein trautes Paar gewesen. Vor Urzeiten. Bevor er sie wegen ihrer mafiös angehauchten Familie wie eine heiße Kartoffel fallen gelassen hatte. Jetzt war sie die Wirtin eines angesagten Szenelokals und hatte auch das Catering für diesen Anlass übernommen. Es gab vegan-vegetarisches Fingerfood.

Bei jedem Bissen in die minimalistischen Happen blickte Harrys Nachbar, Fernsehkoch Kurt Kloppstock, mit der ganzen Säuerlichkeit geballter Verachtung. Seine Nachmittagssendung *Kurts kulinarische Kraftakte* war der Quotenrenner unseres lokalen Fernsehsenders. Für ihn musste Essen in jeder Form deftig sein: Kalbshaxe auf Roggenbrotschiffchen, das wäre sein Stil. «Chiara, Schätzchen, ich finde deine Oberarme genau richtig», schleimte er dennoch heuchlerisch.

«Wie süß von dir, Kurtimaus, aber du bist schwul, deine Meinung in Bezug auf Frauenoberarme ist irrelevant.» Stefans Talent, sich mit lässig dahingeworfenen Bemerkungen Feinde zu schaffen, war legendär.

Kurt grunzte nur, aber wir anderen tauschten wissende Blicke. Harry war sich in seiner Jugend seiner sexuellen Orientierung nicht ganz sicher gewesen und hatte eine kurze Affäre mit Kurt gehabt, als dieser noch Sous-Chef in einer Frittenbude war. Derlei pikante Jugendsünden waren für einen Politiker natürlich tabu, weswegen nur wir, der eingeweihte Kreis seiner engsten Freunde, darüber Bescheid wussten.

«Als Nächstes behauptest du noch, Harry habe sich wegen meiner Oberarme von mir scheiden lassen.» Chiara brachte es fertig, mit zusammengepressten Lippen süffisant zu lächeln.

Stefan prostete ihr nur stumm mit seinem Eisweinglas zu. Seine Begleitung, Marion Gross, erbleichte vor Scham. Es gab nicht viel an ihr, was noch bleicher werden konnte, als es ohnehin war: das farblose Mäuschen arbeitete in Stefans dümpelnder Kanzlei als Anwaltsgehilfin und wurde zu solchen Anlässen von ihm zwangsverpflichtet, weil man sich heutzutage zu Fußpilz und Genitalherpes bekennen kann, nicht aber dazu, Dauersingle zu sein. In unserer illustren Runde aus Lokalberühmtheiten stach Marion durch ihre Unauffälligkeit sofort hervor: mausgraue, strohige Haare, altrosa Twinset, marineblauer Rock, ein kariertes Tuch um den Hals geschlungen. Eigentlich passte sie hervorragend zu Stefan, aber Fräulein Mausgrau war nicht sein Typ. Und mit fünfundzwanzig auch zu alt für seinen Geschmack.

Da hatte ich in der Wahl meiner Begleitung schon mehr Stil bewiesen. Als Schriftstellerin – Autorin bestsellerferner Zeitgeistromane – hatte ich einen Ruf zu verlieren. Also war mein Begleiter ein angeheuerter Gigolo. Ein Prachtexemplar von Kerl, mit schokobrauner Haut und knackigem Hintern. Er redete nicht sehr viel, aber das war im Honorar auch nicht mit inbegriffen: Er sollte nur manierlich bei Tisch sitzen und gut aussehen. Ich lächelte ihm zu.

«Pardon, aber Sie sind ein Idiot!» Diese herben Worte galten natürlich Stefan und entfuhren Chiaras Begleiter, einem Bildhauer namens Ernst-Eugen von Schmittwitz, der aus bedrohten Regenwaldhölzern überlebensgroße Frauengestalten im Stil von

Henry Moore schnitzte und darüber nicht bemerkte, dass Harry seine Chiara immer noch regelmäßig zu beglücken pflegte. Gut für Stefan, dass Chiara nicht ihren Vetter Carlo mitgenommen hatte. In dessen Adern floss sizilianisches Blut, und angesichts einer solch schnöden Beleidigung der Oberarme seiner Schwester hätte er Stefan zweifelsohne vor allen Augen mit seiner Krawatte stranguliert.

Was mich gedanklich wieder zu Harry führte. Harry war also tot. Dabei hatte er im nächsten Herbst für den Bundestag kandidieren wollen. Endlich raus aus dem Landtag, dahin, wo «richtige» Politik gemacht wird. Die passende Frau dafür hatte er auch schon gefunden: ein echtes Blaublut. Uralter Adel aus dem Bayerischen. Die Sommerhochzeit mit großem Promi-Anteil war schon geplant worden. Miss Hochwohlgeboren war an diesem Abend nicht dabei – sie war ja keine Freundin, nur seine Politikergattin in spe. Ach, armer Harry. Sein größter Traum würde sich nun nicht mehr erfüllen.

«Ich will noch einen Wodka Martini», grölte Liss Varagas, der neue Stern an Stuttgarts Musical-Himmel. Die *Stuttgarter Zeitung* schrieb, sie tanze schwebend wie ein Engel, und aus ihrem Mund sprudele wahre Sphärenmusik, aber für Harry wäre sie wohl zu einem Stolperstein und Klotz am Bein geworden. Heiße Affären mit Sängerinnen sind einer Karriere im Bundestag ebenso hinderlich wie Jugendsünden mit Jungköchen. Wenigstens besaß sie so viel Anstand, in Begleitung eines biederen Schnauzbartträgers zu erscheinen. Er trug einen Fischgrätmusteranzug und rauchte Pfeife. Very british. Aber offenbar hieß er Irgendwas Nägele und war ein urschwäbischer Knopffabrikant. In dem gleißenden Licht des Esszimmers – hier war es heller als in neun von zehn Operationssälen – kam besonders deutlich zur Geltung, dass Liss noch pfirsichweicher Babyspeck zierte, ihr Begleiter jedoch eine Altmännerfaltenlandschaft besaß, die selbst den Grand Canyon in den Schatten stellte. Erst vor kurzem hatte ich erfahren, dass dieser Nägele nicht ihr Sugardaddy, sondern ihr echter Vater war.

Unser bunter Haufen wurde durch drei weitere Gäste komplettiert: Rena Bessemer, eine abstrakte Malerin, Dolf Weingard, ihr koksender Lover, und Meinert Seibold, eine kugelrunde

Dirk-Bach-Kopie. Mit Ausnahme von Seibold also die üblichen Verdächtigen, die sich jeden Monat einmal zum Essen in Harrys schicker Penthousewohnung trafen.

Rena hatte vor kurzem damit begonnen, Harry in Öl zu bannen. Für die Nachwelt. Hoffentlich war das Gemälde schon fertig – ein Toter sitzt so unschön Modell.

Meinert Seibolds Anwesenheit war fast schon ein Affront. Seibold war Fraktionssprecher im Landtag und ließ grundsätzlich keine Gelegenheit aus, um Harry ans Bein zu pinkeln. Ich hatte gesehen, wie Harrys Gesichtszüge entgleist waren, als Seibold eintraf. Aber sein Erzfeind hatte eine Originaleinladung auf Bütten mit Harrys selbst entworfenem Familienwappen vorzuweisen, und Harry war zu perfekt konditioniert, um Seibold die Tür zu weisen. Wahrscheinlich ein Scherz von Harrys unterbezahlter Privatsekretärin. Als Rache für sein Lieblingshobby: Tippsenmobben.

Stefan gurgelte mit dem teuren Eiswein, dem Gastgeschenk des Knopffabrikanten, als wäre es Mundwasser. Liss Varagas fauchte.

«Ehrlich, Stefan, heute übertreibst du es schamlos», säuselte Dolf, dessen normalerweise übergroße Pupillen langsam wieder auf Normalgröße schrumpelten. Er brauchte bestimmt demnächst eine neue Ladung Koks. Ob er wohl wusste, dass er die Hausdurchsuchung, die ihm sechs Monate auf Bewährung einbrachte, Harry zu verdanken hatte?

«Hach, ich Böser», erwiderte Stefan tuntig, was wiederum Fernsehkoch Kurt empörte. «Ging das gegen mich?», verlangte er indigniert zu wissen. Kurt war äußerlich ein Klon von Karl Moik, und seine Sendung trug den Spitznamen *Kochstadl.* Dementsprechend gestaltete sich sein Publikum. Kurt gab sich männlicher als männlich. Die Öffentlichkeit traute Kurt alles zu, aber nicht, dass er schwul war. Privat ließ er dann zum Ausgleich Dame Edna heraushängen. Auch an diesem Abend trug er zu seinem pinkfarbenen Cordsamtanzug mehr Schmuck als der Rest der anwesenden Weiblichkeit zusammen.

«Reg dich ab, Kurti», lallte Stefan, schon nicht mehr ganz nüchtern. «Genieß lieber deinen letzten Abend hier. Wenn Harry erst mal im Bundestag sitzt, mutierst du ratzfatz zur Persona non grata, und deine Wohnung kündigt er dir zweifelsohne auch.»

Kurt schluckte. Chiara tätschelte ihm mitfühlend den Arm.

«Und sobald er seiner Blaublutschnepfe den Ring überstreift, verschwindet ihr auch ganz schnell von der Bildfläche, meine Süßen.» Stefan grinste Chiara und Liss hämisch an.

Liss stand auf und kippte ihm ihren Prosecco ins Gesicht. Das hätte recht dramatisch sein können, aber in ihrem Glas befand sich nur noch ein winziger Rest, der auf dem Weg zu Stefans Nase förmlich in der Luft verdampfte, was die theatralische Wirkung doch beträchtlich schmälerte. Liss stampfte mit dem Fuß auf, setzte sich wieder und schmollte.

Rena schüttelte den Kopf. «Stefan, mit Verlaub: Du bist ein Idiot!»

Stefan grinste sie blöde an. «Ach ja? Und was bist du? Harry wird für dein widerwärtiges Geschmiere keinen müden Cent lockermachen. Du bist ruiniert, meine Liebe. An deiner Stelle würde ich die Reste unseres Festschmauses in Plastiktüten verpacken und mitnehmen. Wir wissen doch alle, dass du pleite bist und ansonsten die nächsten Wochen hungern müsstest.»

Rena streckte ihm ihren wohl geformten, mit Farbklecksspuren versehenen Mittelfinger entgegen.

«Geht es hier immer so lustig zu?», wollte Meinert Seibold amüsiert wissen. Ich hätte ihm durchaus zugetraut, sich Notizen zu machen, die er tags darauf an das örtliche Revolverblatt verkaufte, aber er hielt sich zurück. Wiewohl ... vielleicht lief in seiner Jackentasche ja auch ein Aufnahmegerät?

Stefan kippte den Rest vom Eiswein, während seine graue Maus Marion eins mit ihrem Stuhl wurde. Wenn es je einem Menschen gelang, sich unsichtbar zu machen, dann ihr. Ernst-Eugen von Schmittwitz und Knopffabrikant Nägele saßen mit demonstrativ verschränkten Armen stumm am Tisch. Ich gönnte mir einen Kirschlikör. Mein Gigolo genehmigte sich seinen vierten Teller mit Mousse au chocolat. Wenn er so weiterspachtelte, würde er in Bälde seinen Beruf wechseln und sich als Schwergewichtsmodel für die Übergrößekollektion von Bruno Banani verdingen müssen.

Wir gaben eine formidable Schweigerunde ab. In jedem Trappistenorden ging es geschwätziger zu als an diesem Tisch. Wäre da nicht Harrys Lieblings-CD gewesen, die Chiara aufgelegt hatte, dann wäre der Dezibelpegel unter null gelegen. So aber belästigte moderne Klassik mein Ohr. Die Geigen klangen so dissonant wie wütende Moskitos.

Kurzum, da saßen wir nun. Wir zwölf Freunde an Harrys Esstisch und Harry mit einem Tranchiermesser im Herz auf dem Klo.

Ach, hatte ich vergessen, das zu erwähnen? Harry war als Leiche noch ganz frisch. Ich hatte ihn auf meinem Gang zum Klo entdeckt und überlegte noch, wie ich es den anderen beibringen sollte.

Aus Sicherheitsgründen hatte Harry die Alarmanlage eingeschaltet, nachdem wir alle eingetroffen waren: Kein Fremder hätte sich unbemerkt Zugang verschaffen können. Folglich musste einer der Anwesenden der Täter sein – oder die Täterin. Die Frage, die ich mir jetzt stellte, lautete natürlich: Wer war in der letzten halben Stunde pinkeln gegangen? Denn vor genau dreißig Minuten hatte sich Harry erhoben, hatte sich den Mund mit der Damastserviette abgewischt und leicht angetrunken gegrölt: «Wartet nicht auf mich, es kann länger dauern. Hat jemand ein Streichholz und die neueste *Playboy*-Ausgabe?»

Zum Abschied hatten ihm alle fröhlich hinterhergelacht. Aber jemand war ihm offenbar gefolgt und hatte ihm den Garaus bereitet. Mit heruntergelassener Hose ermordet zu werden – wie entwürdigend. Genau das hatte Harry zwar verdient, aber trotzdem: irgendwie pietätlos.

Mal überlegen ... nach dem Dessert war ein kleines Tohuwabohu ausgebrochen – alle liefen kreuz und quer durch Esszimmer und Küche, räumten ihre Teller weg und eilten hinaus in den Flur, wo auf einem Extratisch diverse Alkoholika bereitstanden, um ihre Aufgabe als Digestif zu erfüllen. Nur ich fühlte mich hausfraulich verpflichtet, mir Harrys Gummihandschuhe überzustreifen und die schmutzigen Teller in Harrys Spülmaschine zu stapeln. Wenn zwölf Leute wild durcheinander wuseln, kann man unmöglich den Überblick behalten. Jeder hätte sich am Messerblock in der Küche bedienen und anschließend aufs Klo schleichen können. Das sich, wie ich aus eigener Erfahrung wusste, übrigens nicht abschließen ließ, weshalb ich auch jederzeit Fernseh-Machokoch Kurt als Sitzpinkler outen konnte.

Die Polizei würde natürlich Seibold verdächtigen, Harrys politischen Konkurrenten. Die beiden hassten sich ja wie die Pest. Aber mordeten Politiker heutzutage wirklich noch selbst? Das ließen sie doch gedungene Waldschrate aus Europas Osten erledigen.

Harrys Exfrau Chiara hatte außer Eifersucht auf ihre adlige Nachfolgerin kein wirkliches Motiv: Ihre Szenekneipe lief zwar gut, aber ihren feudalen Lebensstil konnte sie sich nur dank Harrys großzügiger Alimente erlauben. Man bringt eine lebensspendende Quelle nicht messerstechend zum Versiegen. Das galt auch für Rena, die noch auf die Bezahlung ihres Ölgemäldes hoffte.

Da wir nicht im Orientexpress saßen, konnte es sich auch nicht um eine Verschwörung der versammelten Gästeschar handeln.

Ob der tropenholzmordende Holzschnitzer in Harry den Nebenbuhler erkannt und ihn othellogleich gemeuchelt hatte?

Ob der biedere Vater der Musicalnachtigall den Schänder seiner Tochter final entsorgt hatte?

Oder war Harry plötzlich seines Lebens überdrüssig geworden und hatte sich selbst entleibt? Ich goss mir noch etwas Kirschlikör ein.

So gut wie jede dieser Schickimicki-Pappnasen hatte ein Motiv. Wer solche Freunde hat …

Na, an dem Messer würde man jedenfalls nur Faserspuren von Stefans Wollhandschuhen finden, die ich für die Tat über Harrys Gummihandschuhe gestreift hatte. Mal sehen, wie sich Fiesling Stefan aus dieser Bredouille winden würde.

Der Polizei wünschte ich für ihre Ermittlungen viel Glück: Ein Motiv war bei allen Anwesenden zu finden. Nur bei mir nicht. Harry und ich waren seelenverwandte Schurken und immer blendend miteinander ausgekommen. Aber ganz ehrlich: Harry war ein Kotzbrocken gewesen, und ich hatte einfach mal Lust gehabt, was Neues auszuprobieren. Möge unser guter, alter Harry in der Hölle schmoren!

Ich trank noch einen Kirschlikör. In zwei Minuten würde ich öffentlich Druck auf der Blase verkünden und in Richtung Klo schlappen. Am besten erlitt ich dann einen lautstarken Nervenzusammenbruch.

Was für ein absolut schräger Ausklang unseres üblichen Fressgelages. Kein Zweifel, Harry hätte es geliebt!

Außer Atem

Robert Lynn

I

Wenn Jean zu mir kommt, spiele ich die Ahnungslose, und er spielt mit. Wir tun so, als überließe ich ihm, wohin er mich ausführt, das gibt mir ein kribbelndes Gefühl von Unsicherheit, obwohl ich genau weiß, was kommt. Ich mag nur geplante Überraschungen.

Am Abend zuvor gebe ich dem Begleitservice meine Kreditkartennnummer durch, was eigentlich überflüssig ist, denn ich bin seit drei Jahren Kundin, dann den Vornamen des Mannes, den ich im Katalog ausgesucht habe, und die Inszenierung, die ich mir wünsche. In der Zentrale kennt man meine Vorlieben, trotzdem sprechen wir sie jedes Mal durch. Keine Blumen, nur eine Flasche Wein als Versprechen für die Nacht. Mein Begleiter trägt legere Kleidung, schwarz und weiß, keine Farben. Ich nenne den Namen der Bar, die Drinks, die er bestellen soll, die Art der Annäherung und den Zeitplan. Wenn ich am nächsten Tag arbeite, ist halb drei das Limit, danach will ich mein Bett für mich allein.

Jean begleitet mich zum vierten Mal. Er stammt von der Insel Martinique, seine Haut ist golden, und sein französischer Akzent passt zu meiner Stimmung, als er an der Bar des *Indochine* die Cocktails bestellt, Tequila Sunrise für mich, einen White Russian für sich. Er plaudert über die Früchte seiner Insel, ihre samtige Schale, die Farben und Formen, die er mit Gesten in die verrauchte Luft zeichnet, jede eine virtuelle Liebkosung. Dafür ist es noch zu früh, aber ich beginne mir vorzustellen, wie sie sich anfühlen werden. Sanftes Licht streicht über schwarzen Marmor, eisgrünes Glas und weiche Ledersitze, auf denen sich einander noch unbekannte Pärchen emotional für den One-Night-Stand warm laufen. So distanziert betrachte ich sie inzwischen. Es fühlt sich hart an, aber mittlerweile glaube ich, es ist die Wahrheit. Carola winkt mir verstohlen zu, bevor sie ihre Sternenaugen wieder auf den Jaguar richtet, einen dicklichen Mittvierziger, mit dem sie seit ein paar Wochen herumläuft. Er verkauft englische Luxuskarossen und geht nie ohne Krawattennadel aus. Carola nimmt ihn als Zwischenlösung, bis die große Liebe kommt, aber ihre Zwischenlösungen kann sie schon gar nicht mehr zählen. Sie ist meine beste Freundin, und trotzdem kennen wir uns nicht, wenn wir in Männerbegleitung auf der Piste sind. Jean beschreibt gerade mit samtener Stimme das Paarungsritual von Salamandern, als mich jemand von hinten umarmt. Ich mag das überhaupt nicht, und als ich mich umdrehe, noch weniger. Es ist mein Ex, Rüdiger Hoffmann, genannt Roddy.

Roddy strahlt. Er tut, als hätte er mich nie sitzen lassen, als hätte er die Wohnung nicht leer geräumt, bevor er bei Nacht und Nebel verschwand, als liebte er mich immer noch. Jean raucht und hört zu, er fühlt sich nicht zuständig, als Schutzengel wird er nicht bezahlt. Roddy ignoriert ihn, er streichelt meine Wange, wird zudringlich. Ich werde deutlich, und als ihn das nicht stört, bekommt er eine Ohrfeige. Der Kerl hat mich zu viel gekostet. Er versucht, mich zu küssen.

«Entschuldigung.» Der Mann auf dem Hocker neben mir nimmt Roddy ins Visier. Bis jetzt habe ich ihn nur wahrgenommen, als sein Asthmaspray zischte. «Was halten Sie davon, die Frau in Ruhe zu lassen?»

Roddy plustert sich auf und fragt ihn, was er davon hielte, sich nicht einzumischen. Der Mann lächelt und murmelt etwas in Roddys Ohr, dabei deutet er auf drei Kerle, die zu uns herüberstarren. Roddys Grinsen verwittert, er kaut an der Unterlippe, zuckt mit den Schultern und geht.

Meine Stimme zittert, als ich mich bedanke. Keine Ursache, sagt der Mann, ich kann solche Typen nicht leiden. Im Übrigen will er nicht weiter stören. Ich erhole mich im Schatten seines Lächelns und frage ihn, was er Roddy gesagt hat. Er grinst. Die drei

Kerle kennt er gar nicht, aber Roddy glaubt, es seien Freunde aus Russland, die ihn auf einen Wink in seine Einzelteile zerlegen würden, sobald er in meiner Nähe noch einmal den Mund aufmacht. Ich muss lachen, stelle mich vor und frage nach seinem Namen. Thomas Korn, sagt er. Würde er zum Dank für die Rettung eine Einladung zum Essen annehmen? Wenn er in Hamburg ist, gerne, antwortet er. Ich gebe ihm meine Karte, er verabschiedet sich höflich.

Der Abend mit Jean gestaltet sich zäh, wir gehen früh, und ich entlasse ihn an der Haustür. Vor dem Schlafen trinke ich ein Glas Bordeaux aus der Flasche, die Jean mitgebracht hat. Dreihundert Euro sind ein stolzer Preis für einen unvollendeten Abend und einen Schluck Wein. Aber Thomas Korn ist zwei, drei Gedanken und später einen Traum wert.

II

Drei Wochen später habe ich Ringe unter den Augen und schminke sie nie ganz weg, damit ich wenigstens meinem Spiegelbild glaube, was mit mir geschieht. Ich trage sie wie Trophäen. Im Café Paris begrüßt mich die Kellnerin mit einem wissenden Lächeln, ich stelle die Tüten ab und umarme Carola. Dass sie hier ist, wusste ich nicht, ich habe jeden zweiten Tag mit ihr telefoniert, aber seit dem bewussten Abend sehen wir uns zum ersten Mal. Erst jetzt wird mir siedend heiß bewusst, dass ich immer nur von mir gesprochen habe, von Thomas und mir, aber gar nicht weiß, wie es ihr geht. Mag sein, dass sie es erzählt hat, aber entweder habe ich nicht zugehört oder alles vergessen. Ich schäme mich, aber anfangs nur ein bisschen, bis ich ihr in die Augen sehe. Auch sie hat Ringe darunter, aber andere als ich. Ich beschließe, mich für sie zu interessieren, das bin ich ihr schuldig, und schnell stellt sich heraus, dass sie es braucht.

Zu meinem Entsetzen hat sie sich doch in den Jaguar verliebt, aber die Chemie stimmt nicht. Carola ist Biochemikerin, obwohl man es ihr nicht ansieht, und neigt dazu, ihre Beziehungen wie Versuchsprotokolle zu beschreiben, Reaktionsgleichung inbegriffen. Der Jaguar, sagt sie, ist ein reaktionsträges Gemenge, wenn es gerade mal nicht um Sex geht. Sobald sie Emotionen ins Spiel bringt, bleibt er passiv, egal, wie viel Hitze sie ausstrahlt. Sie weint ein bisschen, ich reiche ihr Taschentücher und tröste sie, so gut ich kann. Ratschläge verkneife ich mir, denn dann müsste ich den Jaguar mit Thomas vergleichen, und das wäre nicht fair. Sie geht für kleine Mädchen, als sie zurückkommt, lächelt sie tapfer. Sie sieht bezaubernd aus, und das sage ich ihr auch.

«Danke, du.» Sie nimmt mich in den Arm. «Und mit Thomas, immer noch das reine Glück?»

«Hm, ich finde schon.» Ich muss ein Leuchten unterdrücken, das mich immer befällt, wenn ich nur seinen Namen höre. «He, hab ich dir schon erzählt, dass er wie eine gewisse Carola Cors auch aus Düsseldorf ist?»

«Ja, da kommen nette Menschen her.» Sie lacht, aber ich merke, dass sie nicht weiter darüber reden will. Stattdessen fragt sie nach seinem Asthma und macht schmale Augen dazu. «Ist das nicht ziemlich gemein, wenn ihr gerade miteinander zugange seid?»

Zugange sind wir oft, das weiß sie, und einmal hatte er wirklich einen Anfall, als ich gerade auf Wolke neun schwebte. Er krümmte sich, und ich musste ihm ganz schnell sein Spray bringen, das zum Glück wunderbar wirkt. Schon zehn Minuten später hat er die Himmelspforte wieder aufgestoßen, und wir sind triumphal hindurchgeschwebt.

«Ja», sage ich, «aber Gott sei Dank selten. Sag mal, soll ich dich nicht mit ihm bekannt machen? Er hat tolle Freunde, die alle gerade auf der Suche nach einer schönen Biochemikerin sind.»

Sie lacht ein bisschen gequält und küsst mich auf die Wange. «Lieber nicht. So viel Glück halt ich im Moment nicht aus.»

Carola war meine Tränendeponie, mein Valium und meine Restauratorin, als Roddy entschwand. Sie ist mir wichtig, und mein Gewissen schlägt, weil ich sie so lange vernachlässigt habe. Wir kaufen Chips, Schokolade, Becks und Rotwein, holen *Pretty Woman* aus der Videothek und machen uns einen schönen Abend. Einige Szenen lassen wir fünfmal durchlaufen, und jedes Mal sind sie wunderbarer als vorher. Carola fragt, ob Thomas anrufen wird.

«Glaub schon.» Wieder dieses Leuchten, das ich unterdrücken muss. «Aber ich mach es kurz, versprochen.»

«Ach was, red keinen Stuss. Aber sag nicht, dass ich hier bin. Eigentlich möchte ich gar nicht, dass du ihm von mir erzählst. Versprich mir das!»

Ich frage warum, verstehe es nicht. Sie versteht es selber nicht und kann nur sagen, dass sich etwas in ihr sträubt, wenn sie sich vorstellt, dass ich mit ihm über sie rede. Da sitzt sie klein und blass, alle Heiterkeit wie weggeblasen, Tränen in den Augen. Ich verspreche es und spule zurück auf die Szene mit Julia Roberts im Schaumbad. Das muntert sie auf. Als Thomas anruft, nicke ich ihr zu und fasse mich wirklich kurz, so schwer es mir fällt. Mein Versprechen halte ich natürlich, jetzt und auch später.

Von da an veranstalten Carola und ich alle zwei Wochen eine «Girls Night».

Allmählich kommt sie über den Jaguar weg, und von Mal zu Mal wird es lustiger.

III

Mit Thomas schwebe ich, und er fängt mich auf, wenn ich falle. Seine Liebe empfange ich jedes Mal wie ein unmögliches Geschenk, meine Liebe zu ihm öffnet die Grenzen, die ich nach Roddy um mich gezogen habe. Selbst seine Asthmaanfälle sind kostbar, weil er mir dann erlaubt, für ihn zu sorgen. Er deponiert eine Ersatzkartusche im Nachttisch, falls er einmal sein Mittel in Düsseldorf vergisst. Er kommt, so oft er kann, und bringt immer ein Geschenk mit, Parfüm, ein Seidentuch, ein Notizbuch. Nur einmal müssen wir eine angespannte Viertelstunde überstehen.

Aus seinem Flightcase holt er zwei Flaschen Bordeaux und schwärmt mir davon vor, bis er merkt, dass ich die Arme vor der Brust verschränke und ernster bin, als mir lieb ist. Er fragt, was ich habe. Ich will den Wein nicht, sage ich, und er ist enttäuscht und verwirrt, weil mir keine Gründe einfallen, die ihm einleuchten, denn er weiß, dass ich guten Rotwein sehr mag. Ich bleibe bockig, bis er mit den Schultern zuckt und die Flaschen wieder einpackt. Es ist die gleiche Marke, die Jean immer mitgebracht hat. Wir brauchen eine Weile, bis die Wellenlänge wieder passt, dann wird es wundervoll. Was hätte ich gefühlt, wenn mir klar gewesen wäre, dass es unser letztes Wochenende ist? Ich glaube, ich wäre mit ihm gestorben. Unser Abschied am Sonntagnachmittag brennt mir noch jetzt unter der Haut, so schön war er. Kein Vorgefühl, keine schwarze Ahnung, nur reines Glück und Vorfreude auf den nächsten Freitag.

Am Montag ruft er an und flüstert mit mir, bis ich auflegen muss, sonst bin ich am nächsten Tag in der Firma zu nichts zu gebrauchen. Am Dienstag warte ich, aber es kommt nichts, am Mittwoch auch nicht. Irgendwie schaffe ich die Arbeit, aber am Donnerstag gehe ich nach drei Stunden nach Hause und starre auf das Telefon. Ich halte es nicht mehr aus. Seine Handynummer hat er mir gegeben, aber ich musste ihm versprechen, sie nur bei Notfällen zu benutzen. Das ist einer. Mit zitternden Händen wähle ich. Wenn er mir etwas zu sagen hat, dann jetzt. Ich weiß nicht, ob ich es überlebe, wenn er sagt, es ist aus, aber eine Minute länger warten hieße, verrückt zu werden. Summ, summ, summ. Eine Männerstimme, nicht die von Thomas.

«Apparat von Thomas Korn. Mit wem spreche ich?»

Ich spüre, wie mir das Blut zu Kopf steigt. Ein Fremder! Wieso gibt Thomas sein Handy einem Fremden, obwohl er sich ausrechnen kann, dass ich anrufe, wenn er sich tagelang nicht meldet!

«Ragna Petzold. Und mit wem spreche ich, bitte?»

«Amann, Kripo Düsseldorf. Guten Tag, Frau Petzold. Ihr Name steht auf dem Display, aber ich wollte sichergehen, dass Sie es sind.»

«Was sagen Sie, Kripo?»

«Hm. Tut mir Leid, Herrn Korn ist etwas passiert. Ein Hamburger Kollege wird Sie demnächst aufsuchen. Geben Sie mir bitte Ihre Adresse?»

IV

Der Mann von der Kripo Hamburg kommt, als ich längst keine Tränen mehr habe. Ein Blick in mein Gesicht reicht ihm. Er nimmt meinen Arm und führt mich zur Couch. Auf dem Teppich liegen verknüllte Taschentücher wie riesige Hagelkörner. Seine Stimme nehme ich erst wahr, als er erzählt, was passiert ist. Thomas hatte einen Anfall. Er nahm die Kartusche, inhalierte und erstickte. Das Kripolabor in Düsseldorf stellte fest, dass sie nicht mit Asthmamittel gefüllt war, sondern einem Atemgift, dessen Name ich höre und sofort vergesse. Ich fühle mich, als sei ich mit Thomas gestorben. Der Kripomann fragt, ob er depressiv war. Mein Entsetzen ist vollkommen, trotzdem habe ich die Kraft für eine fürchterliche Wut. Thomas war glücklich, schreie ich, wir waren glücklich. Er hätte sich nicht umgebracht, niemals! Kaum schließe ich den Mund, wird mir klar, was ich gesagt habe. Wenn nicht er selbst, muss ihn jemand anderes zu Tode gebracht haben. Der Kripomann sieht mir an, was ich denke. Seine Fragen prasseln auf mich nieder. In welchem Verhältnis stand ich zu Herrn Korn? Wie lange waren wir schon ein Paar? Glücklich? Wunderbar, aber gab es Streit in letzter Zeit? Wann war er zuletzt bei mir? Wie hat er hier sein Asthma behandelt? Ah, er hat eine Kartusche bei mir deponiert? Der Kripomann bittet mich höflich, sie ihm zu zeigen. Wir gehen ins Schlafzimmer, ich öffne die Nachttischschublade. Die Kartusche ist verschwunden. Panik erfasst mich, ich suche überall, verfolgt vom kühlen Blick des Besuchers, vergeblich. Ich fahre mit in die Polizeidirektion West. Wenn ich mich weigere, gibt er mir mit freundlichem Nachdruck zu verstehen, lädt er mich vor. Zusammen mit einer Kollegin vernimmt er mich drei Stunden lang und kommt immer wieder auf denselben Punkt.

«Frau Petzold, Sie sind sich also sicher, dass Sie die Kartusche selbst in den Nachttisch gelegt haben?»

«Ja, zum hundertsten Mal.»

«Und Sie haben keine Handschuhe getragen oder die Kartusche später abgewischt?»

«Nein, zum tausendsten Mal.»

«Wieso sind dann nur die Fingerabdrücke von Herrn Korn darauf?»

Fragen Sie ihn doch, wäre mir fast herausgerutscht. Weiß ich nicht, sage ich. Nach drei Stunden lassen sie mich gehen. Zum Abschied bitten Sie mich freundlich, die Stadt nicht zu verlassen. Es kann sein, dass sie noch Fragen haben.

V

Nach einer Woche haben sie sich noch nicht gemeldet. Der Schmerz ist so lebendig wie zuvor, aber ich spüre, dass ich mein Schneckenhaus verlassen muss. Ich stöpsele das Telefon ein und rufe Carola an. Die Nachricht von Thomas' Tod schockiert sie, meine Stimme und die Stimmung, die sie heraushört, noch mehr. Ich verschweige ihr den Verdacht der Polizei gegen mich, aber sie ahnt etwas.

«Auf die Art kann er sich nicht umgebracht haben», sagt sie nachdenklich, «das tut kein Mensch, glaube ich. Das muss Mord gewesen sein. Aber wer hatte denn Zugang zu dem Spray? Außer dir, meine ich.»

Eine Weile atme ich flach, dann fange ich an zu weinen. Besorgt fragt sie, ob sie zu mir kommen soll. Danke, schluchze ich, aber lieber nicht. Später vielleicht, in einer Woche oder zwei. Ihre Stimme ist ganz warm, sie möchte mich so gerne trösten, aber sie versteht meinen Wunsch, allein zu sein. Ich lege auf und atme tief durch. Ihre Frage spukt mir im Kopf herum und eine Antwort, die ich verabscheue, aber nicht verscheuchen kann, je länger ich nachdenke. Wer außer mir hatte Zugang zu der Spraykartusche in meinem Nachttisch? Meine einzige Besucherin, meine beste Freundin.

Du, Carola.

VI

Ich gehe ins Netz, rufe Google auf, tippe *Düsseldorf Thomas Korn Carola Cors* und drücke Return. Blitzschnell färbt sich das Balkenfenster blau, sechs Treffer werden angezeigt. In meinen Ohren rauscht es, meine Hände zittern. Beim Lesen stockt mir der Atem, es ist ein Gefühl, als würde ich ersticken. Danach ist mir kalt, und das ist gut so. Ich kann wieder denken.

Thomas und Carola waren das Prinzenpaar der Karnevalssaison '98. Auf den Fotos strahlen sie, werfen Kamellen in die Menge, schunkeln, tanzen, küssen, herrschen. Carolas Augen sind Sterne, immer auf Thomas gerichtet. Ein Boulevardblatt deutet eine private Beziehung der beiden an, nennt sie wenig später eine Tatsache und schreibt am Rosenmontag, dass es zu Spannungen zwischen ihnen gekommen sei, die den Höhepunkt der Saison hoffentlich nicht stören werden. «Wir sind gute Freunde», antwortet der Prinz dem Reporter. «Wir lieben uns», sagt die Prinzessin auf die gleiche Frage. Im April '98 erscheint eine Kurzmeldung im Lokalteil des Blattes. Per Gerichtsentscheid wird der diesjährigen Karnevalsprinzessin Carola Cors jegliche Kontaktaufnahme mit dem Architekten Thomas Korn untersagt.

VII

Carola, du hast von der Kartusche im Nachttisch gewusst. Du arbeitest im Labor der Firma, die das Asthmamittel herstellt. Einen beschrifteten Rohling beschaffen, mit dem Atemgift füllen, beim nächsten Besuch die Kartuschen tauschen, alles ein Kinderspiel für dich. Vielleicht trägst du Latexhandschuhe oder wischst den Behälter mit dem tödlichen Spray einfach ab, damit deine Fingerabdrücke nicht erscheinen. Irgendwann wird Thomas sein Spray vergessen und die Ersatzkartusche aus meiner Wohnung mit nach Hause nehmen, um dort zu sterben. Wenn auf irgendjemanden ein Verdacht fallen sollte, dann nicht auf dich, sondern mich, deine beste Freundin und Thomas' Geliebte. Ich bin dein Werkzeug und dein Alibi, und wenn es mich trifft, ist deine Rache vollkommen. Der Mann, der dich nicht gewollt hat, stirbt, und die Frau, die er geliebt hat, wird wegen Mordes angeklagt.

Ich bin der wichtigste Mensch in deinem Leben, hast du bei deinem letzten Besuch gesagt. Jetzt weiß ich, wie du es gemeint hast, und auch, warum ich Thomas nichts von dir erzählen sollte. Die Gewissheit ist furchtbar.

Aber ist es denn eine? Was, wenn Thomas hier bei mir den Anfall gehabt, wenn er das Spray nicht alleine in Düsseldorf, sondern in meinem Bett inhaliert hätte? Ich wäre bei ihm gewesen, hätte den Notarzt gerufen, er hätte eine Chance gehabt. Dann hätten wir nachgedacht, und irgendwann wäre dein Name gefallen, der das Puzzle zu einem Bild fügt. Hast du nicht an diese Möglichkeit gedacht, klug wie du bist? Seltsam. Vielleicht warst du es doch nicht. Vielleicht bist du wirklich meine beste Freundin, und ich bilde mir das alles nur ein.

Ich werde es herausfinden, Carola. Wir werden weiter unsere «Girls Night» zelebrieren, uns die Köpfe über die Männer zerbrechen und zusammen lachen, wenn ich wieder lachen kann. Aber wenn ich sicher bin, dass du es warst, wirst du sterben.

Das erste Mal

Uta-Maria Heim

Idiotisch. Der Spiegel hing so hoch, dass sie sich auf die Zehenspitzen stellen musste, um ihr Gesicht zu sehen: die glatte Stirn, die kurze, schmale Nase, die geschwungenen Lippen und das Grübchen am Kinn. Das Grübchen hatte sie von ihrem Papa. Auch der schwarze Leberfleck am Hals war von ihm. Wenn sie älter war, würde sie ihn vielleicht wegmachen lassen. Dieter hatte ihn angeschaut und gesagt, er sei harmlos.

Sabrina strich sich die Haare hinters Ohr. Sie waren schulterlang und dunkelblond. Das Ohr war in Ordnung. Es hatte eine perfekte Muschel. Keine angewachsenen Ohrläppchen wie bei Christa. Sie war froh, dass sie Christas Ohrläppchen nicht geerbt hatte. Obwohl man auch das operieren konnte. Aber Christa wollte ihre Ohrläppchen nicht operieren. Sie hatte gelacht, als Sabrina sie aufgefordert hatte, sich die Ohrläppchen operieren zu lassen. Sie hatte gelacht und gesagt: «Aber ich mag meine Ohrläppchen!» Christa war so dumm.

Sabrina hatte sich eine halbe Stunde lang gekämmt. Hundert Bürstenstriche. Tausend Bürstenstriche. Die Haare waren frisch gewaschen und glänzten. Sabrina hob eine Strähne hoch und rieb sie im Licht. Sie untersuchte jedes einzelne Haar genau und stellte fest, dass keines davon gespalten war. Dann griff sie nach einer Locke und hielt sie sich unter die Nase. Sie roch nach Pfirsich-Shampoo. Mit beiden Händen raffte Sabrina die Haare zusammen, schob sie nach hinten und drehte sie hoch zu einer Schnecke, die sie mit Christas Haarnadeln am Hinterkopf feststeckte. Erneut prüfte Sabrina ihr Gesicht. Jetzt sah sie streng aus, streng und sehr viel älter.

Sabrina grinste sich an und schnitt eine scheußliche Grimasse.

Sie entblößte das Zahnfleisch, fletschte die Zähne und zog dabei die Nase nach oben. Ihre Augen verengten sich zu schmalen Schlitzen. So blieb sie, bis das Gesicht zu flackern anfing. Es zuckte in unregelmäßigen Abständen. Sabrina hörte erst auf damit, als es wehtat. Dann kletterte sie vom Schemel und ging zum Regal. Sie griff nach der schwarzen Wimperntusche und wählte den kirschroten Lippenstift, den Christa trug, wenn sie zum Tanzen ging. Christas Kriegsbemalung, aber seit Dieter in die Wohnung kam, brauchte Christa den Lippenstift nicht mehr. Jetzt benutzte sie einen Fettstift aus dem Sportgeschäft, damit sie Dieter nicht schmutzig machte. Mit den Sachen kehrte Sabrina zurück zum Spiegel. Sie legte beides in die Seifenschale. Bevor sie anfing, sich zu schminken, sah sie sich lange in die Augen. Sie hatte dunkelblaue Augen. Ihr Blick war so tief wie ein Bergsee. Sie kniff die Lider zusammen und versuchte, gefährlich auszusehen. Drohend. Die Lider durften nicht flattern, der Ausdruck hatte starr und reglos zu sein, fast wie tot. Es gelang ihr, sie verzog keine Miene, während sich die Wimpern beinahe berührten. Sabrina hielt die Luft an, und sie musste lachen, wie Christa lachte. Idiotisch.

Zehn Sekunden später kam Sabrina aus dem Bad. «Meine kleine Prinzessin», sagte Dieter. Er sah sie nicht an, weil er damit beschäftigt war, einen Kaffee zu kochen. Gleich wird er sich die Finger verbrennen, dachte Sabrina. Er ist doch viel zu blöd, um mit der Espressokanne umzugehen. Bestimmt trinkt er zu Hause Leitungswasser, und er war noch nie in Italien, wo es Bergseen gibt und die Adria und Cappuccino. Sabrina mochte Cappuccino, sie hatte ihn schon als Baby gemocht, es gab Bilder, da saß sie auf dem Schoß von ihrem Papa, den Cappuccino-Löffel im Mund, und hinter ihnen glitzerte ein Bergsee oder die Adria oder auf jeden Fall Wasser.

Sabrina ging vorsichtig, denn sie hatte Christas Tanzschuhe an. Damit machte sie kleine, tapsende Schritte. Es waren «zauberhafte» Schuhe. Christa hatte sie eben in Mailand gekauft, und sie hatten sie «ein Vermögen gekostet». Christa war so dumm. Sie hätte sich fünfzig Paar solcher Schuhe leisten können, rote Kalbslederpumps mit schwarzen Ziernähten, zarten Spangen und hohem Absatz, und ihre Kreditkarte wäre immer noch nicht leer gewesen. Trotzdem durfte Sabrina mit den neuen Spangenpumps nicht spielen. Jetzt war Christa nicht da, und Dieter würde Sabrina nicht verbieten, die Tanzschuhe anzuziehen. Das konnte er gar nicht. Außerdem hatte er keine Ahnung davon, dass sie die Schuhe in Ruhe lassen sollte.

Christa hatte Schuhgröße 36, Sabrina erst 33/34, aber die Spangenpumps passten fast. Nach ein paar Runden durch Küche und Flur gelang es Sabrina, beim Gehen einen gewissen Schwung zu entwickeln. Das war wichtig, denn sie wollte nicht lächerlich wirken. Sie hatte zu oft mit peinlichen Leuten zu tun. Die meisten von Christas Freunden waren oberpeinlich. Und Dieter war ein Idiot. Aber es war typisch für Christa, dass sie sich mit so einem anfreundete. Und nun war Sabrina mit ihm allein in der Wohnung. Das erste Mal.

Das war ein Fehler gewesen von Christa, dass sie Dieter gebeten hatte, auf Sabrina aufzupassen. Sie brauchte keinen Aufpasser, und schon gar nicht so einen Deppen wie Dieter. Er war der hässlichste Mann, den Sabrina je gesehen hatte. Und er war schon alt, er hatte graue Haare an den Seiten, und er trug ein lächerliches hellblaues T-Shirt mit einem Aufdruck, der für Ahoi-Brause warb. Außerdem hatte er einen Bauch, keinen besonders dicken, aber er hatte einen. Anstatt ihn zu verstecken, zwängte er ihn in eine Opa-Jeans, die oben und unten zu eng war. Sabrina mochte lieber Schlaghosen, aber es war klar, dass so einer keine Schlaghose tragen konnte. Vorhin hatte Sabrina ein schwarzes Minikleid über Schlaghose und T-Shirt gezogen, es war das Kleid, das Christa im Theater trug. Doch seit es Dieter gab, ging Christa ja nicht mal mehr ins Theater. Seither stand sie am Herd und starrte in ihr Kochbuch, und auf dem Tisch lagen lauter ekelhafte Dinge, die kein Mensch essen konnte: Zwiebeln, Knoblauch, stinkende tote Fische mit aufgerissenen Mäulern, die wie irr in Richtung Küchenuhr schielten, als könnten sie die Zeit zurückdrehen.

«Autsch!» Dieter ließ am Herd die Espressokanne fallen und rieb sich die verbrannten Finger. Na also. Er war zu dämlich, um sich einen Kaffee zu kochen. Sabrina schwang locker im Flur um die Ecke, knallte die Küchentür zu und baute sich grinsend vor ihm auf. Er strich ihr mit der linken Hand übers Haar. Gleich würde er sich an den Haarnadeln stechen. Zwei Finger der rechten Hand hatte er im Mund und saugte daran.

«Du musst sie unter kaltes Wasser halten», sagte Sabrina. Er wusste wirklich gar nichts. Sie fragte sich, wie er so alt geworden war, ohne bei irgendeinem Unfall ums Leben zu kommen. Keine Ahnung von erster Hilfe. Und so einer war Arzt. Nie würde sie sich von dem untersuchen lassen. Sie wunderte sich, dass er gar nichts fragte. Es schien ihn nicht zu stören, wie sie aussah. Offenbar hatte er überhaupt keine Ahnung von nichts. Vielleicht merkte er nicht mal, dass sie Christas Sachen trug. Und dass sie sich geschminkt hatte.

Sie würde ihren Plan durchziehen, den sie sich beim Fernsehen überlegt hatte. Es war ein einfacher Plan, und außerdem hatte sie sich bei ihrer Lehrerin erkundigt: «Frau Daiber, stimmt es wirklich, dass man tot ist, wenn man in der Badewanne liegt und ein Föhn ins Wasser fällt?»

Frau Daiber war schockiert gewesen, die Kuh. «Ja, das ist gefährlich, mach das nie!» Wie im Fieber hatte sie mit dem Kopf gewackelt, und ihre faulen Apfelbäckchen hatten gezittert. Kein schöner Anblick, aber Sabrina war zufrieden.

Sie musste Dieter dazu bringen, dass er sich auszog und mit ihr in die Badewanne stieg, für den Rest hatte sie gesorgt. Sie hatte den Föhn an ein Verlängerungskabel angeschlossen, und das war lang genug, um es ihm in der Wanne um den Hals zu wickeln. Doch das würde Sabrina natürlich nicht tun. Ihr Plan war viel einfacher. Und während Dieter sich die Finger unters kalte Wasser hielt, überlegte sich Sabrina, wie sie es am besten anstellte. Er hatte noch nie bei ihnen gebadet. Er hatte noch nicht einmal geduscht. Er wusch sich offenbar nie und putzte sich auch nicht die Zähne. Dabei verbrachte er jede zweite Nacht bei Christa, und Sabrina wusste auch, was sie dann taten. Einmal war Sabrina hineingerannt und in Christas Bett geklettert, sie hatte die Decke gelüftet, und darunter roch es nach totem Fisch. Ein paar Nächte später hatte Sabrina gesehen, was Christa mit dem toten Fisch gemacht hatte, sie hatte das Ding im Mund gehabt, Dieters Ding, und Sabrina schwor, Christa nie wieder auf den Mund zu küssen.

Sabrina hatte gehört, dass Blicke töten konnten. Und dass es manchmal reichte, jemandem den Tod zu wünschen, und der starb dann wirklich. Sie hatte es über Wochen hinweg versucht. Sie hatte Dieter lauter schlimme Tode gewünscht. Sie hatte ihm gewünscht, dass er mit dem Auto gegen einen Baum fuhr. Dass er die Treppe hinabfiel. Dass ein Einbrecher kam und ihn erwürgte. Dass er an einer riesigen Gräte von Christas Fischen erstickte. Oder dass ihn einfach der Schlag traf. In seinem Alter war das gar nicht so selten. Aber so sehr sie sich auch anstrengte, er blieb am Leben.

«Guck mal, wie böse ich gucken kann!» Sabrina zog die Lider zusammen. Dieter warf ihr einen Blick zu und nickte. Er war immer noch mit seinem Espresso beschäftigt. Sabrina stellte sich vor, dass er auf der Stelle tot umfiel, aber er führte nur die Tasse zum Mund und verbrannte sich die Lippen.

Vielleicht, dachte Sabrina, bin ich wenigstens Schuld daran, dass ihm dauernd was Blödes passiert. Vor drei Tagen hat er sich in den Finger geschnitten, vorgestern ist er über meine Schultasche gestolpert, gestern hat ihn ein Hund angefallen und nun hat er sich verbrannt.

«Was sollen wir jetzt machen?» Dieter stand neben der Spüle und rührte in seinem Espresso. Dabei war da gar kein Zucker drin. Wie idiotisch, dachte Sabrina.

«Möchtest du in den Zoo gehen?», fragte Dieter.

Sabrina stellte sich vor, wie Dieter von einem Löwen gefressen wurde. Oder von einem Krokodil. Aber das war natürlich Blödsinn. Im Zoo passten sie auf wie verrückt. Die Tiere waren alle hinter Gittern. Oder sonst wie eingesperrt. «Nein», antwortete Sabrina. «In den Zoo gehe ich nicht.» Sie setzte sich verkehrt herum auf einen Küchenstuhl und wackelte mit den Beinen.

«Gut.» Dieter seufzte. «Ich mag den Zoo eh nicht. Es ist mir zu traurig dort.» Er lutschte am Löffel, legte ihn weg und kippte seinen Espresso hinunter. Anschließend sah er aus dem Fenster. Wahrscheinlich wartete er darauf, dass Christa nach Hause kam. Aber sie hatte eine Präsentation, und da kam sie immer erst kurz nach halb drei. «Was machen wir dann?»

«Nichts», sagte Sabrina.

«Aber wir sind doch Freunde.» Dieter setzte sich ihr gegenüber und sah sie fest an. «Willst du vielleicht ins Kino?»

Sabrina liebte das Kino, sie sah gern Filme, sie hatte schon ein paar Dutzend superstarker Erwachsenenfilme gesehen, und sie fühlte, wie sie schwach wurde. Wahrscheinlich hatte Christa ihm verraten, dass er alles von ihr kriegen konnte, wenn er nur mit ihr ins Kino ging, alles, sogar einen Kuss. Jedenfalls spürte Sabrina plötzlich zu ihrem eigenen Entsetzen, dass sie aufsprang, Dieter um den Hals fiel und ihn küsste. Der Kuss traf ihn an der Wange, die hart war und stopplig, und sie roch gar nicht nach Rasierwasser wie die glatte Wange von Papa. Vielleicht roch die Wange sogar nach totem Fisch, und Sabrina musste würgen, wenn sie an Christa dachte. Christa hatte sich nackt auf Dieters Gesicht gesetzt.

«Ich will lieber mit dir in die Badewanne.» Sabrina hockte sich Dieter auf den Schoß und fing an, mit ihren Schenkeln auf seinen herumzurutschen. Sie legte den Kopf schief und sah ihn schräg an.

Er lachte. «Prima Idee, Prinzessin, dann gehen wir eben ins Hallenbad.»

O nein. Es war eklig im Hallenbad. Dort waren um diese Zeit lauter tapsige alte Männer. Und wasserscheue alte Frauen. Sie trugen gepanzertes Badezeug und genoppte, geblümte Plastikhelme. Bis zur Brust standen sie im lauwarmen Wasser und fuchtelten mit den faltigen, welken Armen. Das nannten sie Wassergymnastik. Damit beherrschten sie den ganzen Nichtschwimmerbereich. Und Sabrina hatte keine Lust, mit Dieter stundenlang im Tiefen um die Wette zu schwimmen. Sie ruckte mit den Beinen und legte beide Arme um Dieters Schultern. Er sah sie an mit seinen staubigen grauen Augen, und sie versuchte, ihm nochmals einen Kuss zu geben, auf den Mund diesmal und mit voller Absicht, doch er wich zurück. Er schob ihr die Hände unter die Achseln und stand mit ihr auf. Sanft setzte er sie auf ihren Stuhl.

«Ich will nicht mit dir ins Hallenbad», sagte Sabrina. Sie sah auf die Uhr. Zehn vor halb drei. «Ich will, dass du jetzt abhaust. Ich will, dass du nie wiederkommst.»

«Aber wir sind doch Freunde.» Lahm stand Dieter vor ihr und sah auf sie hinunter. Sabrina streckte ein Bein aus. Der Schuh. Der Tanzschuh an ihrem Fuß mit diesem hohen Absatz. Sie könnte ihn nehmen und Dieter auf den Kopf hauen. Doch Dieter war zu groß, er war viel größer als sie. Um ihm den Schuh auf den Kopf zu hauen, hätte sie auf den Küchentisch steigen müssen. Unvermittelt fing Sabrina an zu weinen. Dicke Tränen liefen über ihre Wangen. Sie schluchzte.

«Von mir aus, dann gehen wir eben in die Badewanne.» Dieter zuckte die Schultern. Er machte einen Schritt auf Sabrina zu, drückte sie an sich und strich ihr übers Haar. «Aua!»

Jetzt hatte er sich gestochen. An einer Haarnadel! Wie idiotisch, dachte Sabrina.

Dieter seufzte. «Für meine kleine Prinzessin tu ich doch alles.»

Sabrina rieb ihre Wange an seinem Bauch. Sie hielt die Luft an. Er stank bestimmt nach totem Fisch. Sie würde es nicht überleben, wenn er tatsächlich zu ihr ins Wasser stieg. Wie würde sie es nur schaffen, das zu vermeiden? Ganz einfach: Sie ging zuerst hinein und wartete, bis er sich ausgezogen hatte. Sobald er auch nur einen Fuß ins Wasser streckte, hüpfte sie aus der Wanne, zog sich den Bademantel an und setzte sich aufs Klo. Aber so weit durfte es nicht kommen. Sie hatte nur noch zehn Minuten Zeit. Sie musste sich beeilen.

Dieter ging ins Bad und ließ Wasser ein. Aus dem Schränkchen holte er Rosmarinöl. Er schien sich auszukennen. Offenbar hatte er das Bad doch schon einmal benutzt. Sabrina stand neben ihm und sah zu, wie sich immer neue Schaumkronen bildeten, während das Wasser plätscherte und langsam anstieg. Sie konnte ihn ganz deutlich riechen. Eklig. «Zieh dich aus», sagte er.

Sabrina zog die Spangenpumps aus. Dann streifte sie das Kleid über den Kopf und öffnete den Reißverschluss ihrer Schlaghose. Dieter hockte auf dem geschlossenen Klodeckel und sah ihr dabei zu. «Du musst dich auch ausziehen», sagte sie. Sie war nackt. Ihr Körper war glatt wie die Wange von ihrem Papa. Wie wild starrte sie hinüber zum Föhn, der neben dem Spiegel hing.

«Gleich», meinte Dieter. Er stand auf und machte den Wasserhahn zu. «So, das reicht. Ist es zu heiß?»

Sabrina stieg in die Wanne. Das Wasser hatte genau die richtige Temperatur. Es war überhaupt nicht heiß. Die Oberfläche dampfte, und die Schaumberge schillerten. Sabrina schob sie mit den Händen hin und her. Es war angenehm, nur so dazuliegen.

Am besten wäre gewesen, wenn Dieter jetzt einfach verschwunden wäre. Es fiel ihr schwer, sich vorzustellen, dass sie jetzt gleich was tun musste. Das Richtige tun musste. Sie durfte keinen Fehler machen, denn wenn nicht alles nach Plan lief, würde er Christa seine Version der Geschichte erzählen, und sie würde ihm glauben. «Ich will, dass alles wieder so ist wie früher», sagte Sabrina. «Ich will, dass Christa und ich wieder allein sind.»

«Aber wir sind doch Freunde.»

«Dann komm endlich ins Wasser.»

Dieter stand auf und sah sie an. Er seufzte, knöpfte die Jeans auf und zog sie herunter. Ihr Herz klopfte schneller, als sie seine behaarten Beine sah. Und seine großen Füße. Und seinen nackten, behaarten Rücken. Dann zog er die Unterhose aus, und auch sein Po war behaart. Dieter drehte sich um, und Sabrina sah, was er zwischen den Beinen hatte. Sie hatte das Ding schon öfter gesehen, da war es fett und prall und fischig gewesen, und jetzt war es schlapp und runzlig und umgeben von etwas, das aussah wie ein Hühnerarsch. Eklig. Sabrina lächelte ihr Prinzessinnenlächeln. Sie strich sich über die Wange, die sich flaumig wie eine Aprikose anfühlte. «Findest du mich schön?»

Dieter runzelte die Stirn. «Was soll das? Natürlich bist du schön.»

«Und wenn ich Pickel kriege?» Sie zeigte auf den Föhn. «Wetten, dass du dich nicht traust?»

«Wie meinst du das, Prinzessin?»

«Wetten, dass du dich nicht traust, den Föhn ins Wasser zu werfen?»

«Wieso sollte ich das tun?»

«Weil du die ganze Zeit versuchst, mich umzubringen. Du willst, dass ich tot bin.»

«Spinnst du?» Dieter kam auf sie zu. Er wirkte erschrocken.

Idiotisch, dachte Sabrina. «Oder traust du dich doch? Dann tu es endlich. Hol den Föhn!»

Dieter lief zum Spiegel, griff mit der rechten Hand nach dem Föhn und richtete ihn auf Sabrina. Sie kreischte. Sie wollte aufspringen, doch Dieter baute sich vor der Wanne auf, und sie musste sein Ding sehen, und sie wich vor ihm zurück. «Du willst mich kriegen, nicht wahr?» Dieter packte sie mit der linken

Hand an der Schulter. «Du bist total verknallt in mich. Nur deshalb machst du dieses Theater.»

«Du blödes Schwein!» Sabrina riss den Mund auf und stierte ihn an. «Du sollst mich nicht anfassen!»

«Was ist denn hier los?» Christa stand in der Badezimmertür. Sie ging auf Strümpfen und trug ein schickes schwarzes Kostüm. Sie kam herein und bückte sich. In der Hand hielt sie den Stecker des Verlängerungskabels. Damit zeigte sie auf Dieter. «Hau ab! Los, raus hier!» Sie trat an die Wanne. «Hab ich's mir doch gedacht. Ich sollte die Polizei rufen.»

Christa beugte sich hinunter und legte schützend die Arme um ihre Tochter. Sabrina grinste.

Wer solche Freunde hat,
braucht keine Feinde.

Kein Verbrechen?

Hahnrei Wolf Käfer

Das ist kein Verbrechen.

Schön, dass Sie so denken. Vor allem schön für Sie.

Was erwarten Sie sich? Ich lasse mir doch keine Schuldgefühle anhängen.

Da sind Sie auch völlig im Recht. Und in bester Gesellschaft.

Na, und ist das vielleicht ein Verbrechen?

Ist Ihnen noch nicht aufgefallen, wie gern sich Menschen, vor allem Mütter, über ihre Schuldgefühle beklagen? Schuldgefühle, das legt nahe, dass es sich ausschließlich um Gefühle handelt. Und für Gefühle kann man doch nichts.

Hören Sie, bin ich da beim Psychiater, oder ...?

Kein abwegiger Gedanke. Was ich sagen wollte: Schuldeinsicht oder Schuldbewusstsein meidet der Untäter wie der Verbrecher das Geständnis. Da sind die Schuldgefühle eine willkommene Ausflucht. Der Mensch beschäftigt sich dabei nicht mit seinen Taten oder Untaten, sondern beschuldigt sein Überich und dessen Verursacher wegen seiner Schuldgefühle. Ich stelle mir, absurde Idee, auf die Sie mich da gebracht haben, Hitler, Himmler, Goebbels, Göring, Eichmann auf der Psychiatercouch vor. «Das hätten Sie nicht machen sollen», sagt der Analytiker ernst und bestimmt, jedoch nicht ohne berufsbedingte Einfühlsamkeit. «Und nun erzählen Sie mir einmal etwas über Ihre Kindheit, damit wir herauskriegen, woher diese Schuldgefühle kommen.» Das Absurde daran ist nicht das Verhalten des Analytikers. Das Absurde ist die Vorstellung, dass wirkliche Verbrecher Schuldgefühle hätten.

Wollen Sie mich mit denen vergleichen? Was werfen Sie mir vor? Ich habe nichts getan. Ich sitze da an meinem Schreibtisch ...

Ihr Schreibtisch. Ein perfektes Alibi. Jeder weiß, jeder kann bezeugen, dass Sie fast rund um die Uhr an Ihrem Schreibtisch anzutreffen waren und bloß Ihre Arbeit gemacht haben. Wer käme da auf die Idee, dass Ihr Schreibtisch der Tatort sein könnte.

Ich habe mit dieser ganzen Sache nichts zu tun. Ich begreife nicht, weshalb ich so einem Verhör unterzogen werde.

Verhör? Es ist eine Unterhaltung. Alles ist bloß Unterhaltung. Zumindest, wenn es nach Ihnen geht. Sie drehen den Fernseher auf und unterhalten sich. Sie schlagen die Zeitung auf und unterhalten sich. Sie gehen unter Leute und unterhalten sich. Von Verhör ist keine Rede. Wir unterhalten uns. Sie können sich frei bewegen. Sie werden von keiner Vernehmungslampe angestrahlt. Es liegen keine Folterwerkzeuge herum. Nirgends sind Blutspritzer, keine Schreie dringen aus anderen Räumen herein. Ich trete nicht einschüchternd auf, ich drohe nicht, ich habe nichts in der Hand.

Dann lassen Sie mich doch. Und halten mich nicht bei der Arbeit auf.

Da nähert sich ein nicht mehr ganz neuer Truck der Grenze. Es ist früh am Morgen, Nebel hängt zwischen den Bergen, die Wälder entlang der Autobahn schwimmen milchig grün in einer bodenlosen Landschaft. Der Fahrer kennt Schlimmeres. Er ist ungefähr im Plan, in seinem Plan, und das heißt, wenn nichts dazwischen kommt, kann er zur Pauschale den Zeitbonus erreichen. Falls man Pech hat mit Wetter, Staus, Kontrollen, womöglich noch mit einer Panne, verdient man einen Dreck bei diesem Job. Nichts als Schikanen. Von wegen «Könige der Landstraße». Wer nicht schlau genug ist, es sich ein bisschen aufzubessern, ist ein Bettler der Landstraße. Und dazu die Billigkonkurrenz, gerade noch vier einheimische Kollegen fahren für die Firma.

Der Fahrer verlangsamt das Tempo, ordnet sich ein. Wie er den Wagenschlag öffnet, macht ihn die Morgenluft frösteln. Feuchtigkeit kriecht ihm unters Hemd. Hoffentlich geht es schnell. Die Papiere zumindest sind in Ordnung. Uniformierte ist er gewohnt, aber diesmal haben sie einen Hund dabei. Er wird mit seinem Truck herausgewunken, eskortiert. Er weiß, dass er von nichts etwas wissen darf. Oder soll er doch besser türmen?

Wie sie das Versteck endlich offen haben, liegt dort ein Menschenknäuel. Vierzehn erstickte Tamilen. Man hat sie in der vagen Hoffnung, einer könnte noch Lebenszeichen von sich geben, schnell herausgezogen. Es gibt keine Fotos *in situ,* niemand wird ihre letzten Minuten rekonstruieren können.

Ja und? Habe ich den Truck gelenkt? Habe ich die Flüchtlinge in das Versteck gepfercht? Habe ich sie dort eigenhändig erstickt?

Eigenhändig? Lassen wir das. Der Rechtsexperte der Konservativen hat einst mit diesem Wort Kurt Waldheim verteidigt. Solang nicht der Beweis erbracht würde, dass Waldheim eigenhändig sechs Juden erwürgt habe, sei gegen seine Kandidatur zum Bundespräsidenten nichts einzuwenden. Sechs! Fünf Juden hätten dem nicht genügt. Und eigenhändig.

Jetzt kommen Sie schon wieder mit diesen Vergleichen. Ich verbitte mir das.

Zu Recht. Das größte Verbrechen aller Zeiten, dem steht die Unvergleichbarkeit eingeschrieben. Dagegen sind alle heutigen Diktatoren und Massenmörder vernachlässigbare kleine Fische. Und in Mitteleuropa lebt heute überhaupt eine ganz andere Rasse. Ethisch geläutert. Es ist ja nicht so, dass jeder so viel rafft und so viel mordet, wie er nur kann und darf, sondern dass die Leute das heute überhaupt nicht mehr tun würden. Wer ist in Ihren Augen eigentlich ein Auftragsmörder? Der, der den Auftrag ausführt? Oder der, der ihn gibt?

Ich habe niemanden beauftragt, jemanden umzubringen.

Manche Aufträge braucht man gar nicht auszusprechen. Sie liegen in der Struktur eines anderen, harmlosen Auftrags. Es ist auch ein Unterschied, ob ich einem Schoßhündchen oder einem Bluthund den Auftrag erteile, mein Hab und Gut zu schützen. Oder die Landesgrenzen. Und überdies erhebt sich die Frage, wer Nutznießer ist.

Was soll ich davon haben? Was soll ich davon haben, dass vierzehn arme Teufel in einem schlecht gebauten Versteck erstickt sind?

Das, was Sie immer davon haben. Einen Profit, den üblichen Mehrwert, den Sie immer einstreifen.

Das war ein Unglücksfall. Ein lausiger Unfall, wie er immer

und überall vorkommen kann. Wenn Sie schon unbedingt eine Kriminalgeschichte daraus machen wollen, müssen Sie sich an die Hintermänner halten. An die Schlepper, an die Organisation. Fragen Sie die zwielichtigen kleinen Grenzschieber, vielleicht ist einem etwas aufgefallen. Und obschon das sein eigenes Geschäft gefährdet, obschon ihn das auffällig werden lassen kann, beginnt vielleicht einer heimlich Nachforschungen anzustellen. Weil er es nicht erträgt. Weil er die vierzehn Toten nicht aushält. Da hätten Sie einen verstehbaren Ablauf und dazu den Konflikt zwischen Moral und Geschäft, auf den Sie so stehen.

Konflikt? Das Moralische ist immer eine Geschäftsstörung.

Ein brauchbarer Satz.

Brauchbar. Für Sie ist alles brauchbar. Sie überlegen nur, wie man aus der Sache Gewinn ziehen kann. Da denken Sie übrigens nicht anders als die Menschenhändler. Da denken Sie so, wie es verlangt wird: gewinnorientiert. In dem Versteck stehen sieben Männer, drei Frauen, vier Kinder. Sie haben teuer bezahlt für diese Fahrt. Ungewissheit lastet auf ihnen, Hoffnung hält sie aufrecht. So etwas macht man nicht aus Spaß. Es ist so eng, dass von der Kälte draußen trotz der unzureichenden Kleidung nichts zu spüren ist. Die Frauen und die Kinder in einer Ecke, von den Vätern gegen die anderen abgeschirmt. Die Luft wird immer schlechter, die Luft wird schließlich knapp. Vier Stunden, hat man ihnen gesagt, vier Stunden Fahrt durch irgendeinen Staat, bis sie ins gelobte Deutschland kommen. Aber wer hat hier schon eine Uhr? In der Dunkelheit würde man sie auch nicht ablesen können. Die Kinder werden als erste schlaff. Unruhe kommt auf.

Und? Es hat keiner Abgase in das Versteck geleitet. Oder haben Sie andere Informationen?

Aber das wäre doch eine Idee. Eine Ihrer berühmten Ideen. Wer schert sich schon um ein paar namenlose Flüchtlinge ohne Papiere? Das ist doch eine Goldgrube. Sie werden doch einen so brauchbaren Einfall nicht ungenutzt verfliegen lassen!

Hören Sie mir auf mit Ihrem «Brauchbar». Sie stellen mich als Mörder hin. Tatsächlich war es ein Unfall. Wer hat die Leute angeheuert? Wie sind sie von Sri Lanka bis zu dieser Todesgrenze gekommen? Woher kriegen die Schlepper die Fahrzeuge und die

Fahrer? Wie kommt man an die großen Kassierer heran? Das sind die Fragen.

Alles wichtige Fragen. Wichtiger als die, warum die Tamilen überhaupt flüchten mussten. Oder warum sie nun sterben müssen. Nicht einmal eine heiße Welle der Scham überkommt Sie da mehr. Man wird ziemlich abgebrüht, wenn man unentwegt neue Coups ausknobelt. Ich stelle Sie nicht als Mörder hin, Sie sind einer. Wenn man letztlich von Morden so gut lebt wie Sie, ist man anderes gewöhnt. Und man hat nie etwas getan.

Meine Güte. Ich kann nicht einmal Blut sehen.

Die vierzehn haben nicht geblutet. Die Gesichter sind blau, falls man das bei der Hautfarbe so sagen kann. Besonders die Gesichter der Kinder, die noch eine dünnere Haut haben. Und verzerrt. Haben Sie schon einen Erstickten gesehen?

Woher denn?

Aber das muss man doch, wenn man genaue Kenntnis haben will. Und Sie leben doch davon, dass Sie genau Bescheid wissen, wenn es um Morde geht. Der Mords-Fachmann, den man nie belangen kann. Der große, superschlaue Drahtzieher, der seinem Personal die Morde zuteilt und oktroyiert, wie es ihm gefällt. Es muss ein großartiges Allmachtsgefühl sein, hier an Ihrem Schreibtisch zu sitzen, nach Willkür zu schalten und zu wissen, dass man Ihnen nichts anhängen kann. Big Boss. Und niemand ist so willfährig wie Ihre lächerlichen Figuren.

Das stellen Sie sich aber völlig falsch vor. Ich handel ja nicht abgehoben im luftleeren Raum! Schon einmal gehört, dass es so etwas wie Konkurrenz gibt? Oder dass ich das gesamte Risiko trage? Oder dass ich auch nur das machen kann, was verlangt wird. Dass ich mir, damit man mir nicht sofort auf die Schliche kommt, ununterbrochen etwas Neues einfallen lassen muss, und dabei von tausenderlei Sachzwängen eingeengt bin?

Gewiss unterliegen auch Sie so genannten Sachzwängen. Und man kann das mit den Aufträgen auch so oder so sehen. In gewissem Sinn könnte man Sie sogar als Auftragnehmer betrachten, der einfach liefert, was die ehrenwerte Gesellschaft von Ihnen erwartet. Aber selbst bei dieser Sichtweise, wo Sie den Auftrag nur an Ihre Figuren delegieren: Mordwerkzeug, Todesart, Todeszeitpunkt, das alles bleibt doch Ihnen überlassen. Damit können Sie punkten, damit können Sie überraschen, darauf können Sie Ihre Genialität verwenden. Es steht Ihnen das unendliche Feld des Möglichen offen, da können Sie Fantasie und Scharfsinn beweisen, auch wenn Sie die Wirklichkeit an Bestialität nie übertreffen werden. Aber gemordet muss werden, diesbezüglich haben Sie keine Wahl. Das ist ein Sachzwang, das ist der Auftrag. Die Leserschaft, der Verleger, Ihr Konto warten. Bevor Sie sich den Polizei-Habit anziehen und den Fall mehr oder minder elegant lösen, müssen Sie sich also eine Scheußlichkeit ausdenken. Warum nicht die Tamilen als Anstoß nehmen, wenn einem dazu so was Schlaues einfällt wie die Abgase?

Hören Sie, ich verstehe, dass einem so eine Sache nahe gehen kann. Aber es war ein Unglücksfall. Und die vierzehn Tamilen sind nicht mehr und nicht weniger tot, ob ich sie jetzt zum Anlass für eine Geschichte nehme oder nicht. Wir leben nun einmal vom Verbrechen, und wenn ich aus dem Unglück ein spannendes Verbrechen machen kann, werde ich es tun. Es kann doch nur in Ihrem Sinne sein, wenn ich dabei den Finger in eine Wunde lege …

Ja, nebenbei kann man auch den Finger in Wunden legen. Wie verantwortungsvoll! Aber Hauptsache, das Geschäft floriert. Für Sie und Ihresgleichen ist doch alles Unterhaltung. Leichenfledderei? Warum nicht? Befriedigung der Mords-Lust? Warum nicht? Noch besser sind Kinder als Opfer. Das wühlt auf. Es zählt doch nur, ob die Sache interessant ist, ob sie Chancen hat auf dem Markt und ob sie was abwirft. Aus dem Ersticken der vierzehn Tamilen muss man ja erst ein Verbrechen machen …

Sicher. Die könnte man nicht einfach so hernehmen. Der Job ist ein Strategiespiel des Scharfsinns. Wie Schach. Es tut niemandem weh. Und Sie mit Ihrer Moral sind dabei nichts anderes als ein lausiger Spielverderber.

Nein, ich bin eine Geschäftsstörung. Was ist das denn für ein Spiel? Sogar der unnötigste Mord wird von Ihnen und Ihrem Verleger akzeptiert, wenn nicht gar hochgejubelt, so er sich nur positiv auf Auflage und Verkauf auswirkt. Nur nicht zu ernst und tiefsinnig werden. Ohne Blut geht es nicht, das ist klar, aber es muss locker und flockig aufgeschäumt sein. Die Sache muss Witz haben. Unterhaltend sein. Eine wahre Scherz-Philosophie.

Wie diese drei Frauen letztens ohne rechten Anlass Urlaub für Urlaub einen Kellner massakrierten, das war doch eine Mordsgaudi! Ich habe Sie bei der Erzählung lachen gehört. «Prämienwürdig», haben Sie dem Vernehmen nach ausgerufen bei dieser Geschichte, die dann auch mit einem Preis ausgezeichnet wurde. Sie haben überlegt, ob man sich da was abkupfern kann. Auch ich habe lang über diese Geschichte nachgedacht. War es die literarische Gestaltung, bei der die drei Frauen an die klassische Dreizahl der Hexen oder bösen Feen erinnerten? Die Irrealität des Mordmotivs, weil die Frauen doch die letzten Worte ihrer Opfer auf Band dokumentierten und sammelten? Was machte die Geschichte preiswürdig? Und genügt die Tatsache, dass ein Kellner ältere Frauen nicht so spritzig bedient, den Mord als Rache an ihm zu akzeptieren? Wie hätte die Geschichte umgekehrt funktioniert, wenn also drei etwas ältere, nicht mehr ganz konkurrenzfähige Männer sich Jahr für Jahr im Urlaub fröhlich zusammengetan hätten, eine junge attraktive Kellnerin wegen servicemäßiger Vernachlässigung zu massakrieren? Ist ja nichts grundsätzlich Neues. Schon in den antiken Satyrspielen, schon in den mittelalterlichen Bauernliedern kommt Heiterkeit auf, sobald Gewalt von Frauen auf Männer ausgeübt wird.

Das sind Lieder, Geschichten. Das ist Fantasie. Niemandem wird dabei ein Härchen gekrümmt.

Gekrümmt nicht. Aber aufgerichtet! Es ist haarsträubend, dass Morde als lustig hingestellt und hingenommen werden, bloß weil sie angeblich fiktional sind. Ohne Zweifel wird sehr viel und ganz real gemordet in dieser Welt. Wird ein tatsächlicher Mord fiktional, bloß weil ich statt angeblichem Unfall-Ersticken Ersticken durch Abgase als Todesursache angebe? Oder weil ich aus einem Durchschnittsopfer einen Schlossbesitzer mache, damit es besser ins Boulevardklima passt? Ist alles fiktional, wenn ich eine Täterin zu deren dreien vervielfältige oder sechs Millionen Opfer auf vierzehn reduziere? Oder wenn ich eine Tat vom 11. September auf den 3. Februar, von Hildesheim nach Birkenwald verlege?

Sie machen da unentwegt Anspielungen, gegen die ich mich aber wirklich verwahre.

Warum glauben Sie, etwas erfinden zu müssen, wo doch schon

alles stattgefunden hat. Zehnmal grausamer stattgefunden hat, als Sie es erdenken können. Sie schreiben «Krimi» drüber oder «Roman», und schon ist das «aufgefundene Fiktion» und «legitime Unterhaltung». Umgekehrt geben sich neuerdings Autoren als KZ-Überlebende aus, und schon ist ihre Fiktion Zeitzeugnis. Und alle naschen am großen Kuchen des Grauens mit.

Ich versichere Ihnen in aller Freundschaft ...

Aber hören Sie mir auf mit Ihrer verdächtigen Freundschaft. Der entgehe ich ohnedies nicht. Wie viel Gulag-Blut hat denn der Gruß «Freundschaft» übertüncht? Wie viele Tote hat der Gruß «Freundschaft» geleugnet? Da halte ich es eher mit der Ingeborg Bachmann, die auf Abstand drängt. Und ich halte es mit ihr, obschon auch sie die Drohung hinzugesetzt hat: Abstand oder ich morde. Das ist eben der Alltag, das Morden. Entweder zur Selbstverteidigung oder schlicht zur Belustigung. Dabei sind wir selbst Mörder. Wir haben Menschen erstickt, zerquetscht, ersäuft, exekutiert, haben Menschen dem Erfrierungstod ausgesetzt. Wenn das kein Verbrechen ist, was ist dann eines?

Sie vermengen und vermanschen da Fiktion und Realität! Wir haben niemanden tatsächlich umgebracht.

Wir haben es nicht eigenhändig getan. Aber die Tamilen sind auch nicht bloß literarisch gestorben. Wir haben die strukturellen Aufträge gegeben. Und wir haben den Auftrag, unsere Grenzen zu schützen, keineswegs bloß Schoßhündchen erteilt. Das sollten wir wissen. Einmal, vor sehr langer Zeit, wurden wir unwillentlich Zeuge einer heftigen Auseinandersetzung eines Altbauern und seines Sohnes. Erinnern Sie sich? Der Vater wurde von seinem Sohn «Mörder» genannt. Es ging um einen Juden, der sich in seinem Stadel im Heu verkrochen hatte und anscheinend von der suchenden SS gleich auf dem Hof erschlagen worden war. Irgendwie muss das nach dem Krieg dem Sohn zu Ohren gekommen sein. «Was glaubst du», schrie der Alte, «ich hätte mein Leben riskiert, wenn ich nichts gesagt hätte!» Der Sohn gab sich damit nicht zufrieden.

«Du hättest doch einfach nur nicht bemerkt haben müssen, dass er sich bei uns versteckt hat. Du wusstest doch, dass er nichts getan hat.»

Der Alte umklammerte mit seinen knochigen Händen die

Heugabel und wendete ihre zitternde Spitze in Richtung des Sohnes, als wollte er damit auf ihn losgehen. «Was weißt denn du von damals?», brüllte er wütend.

Wir waren jung und mit dem Rucksack unterwegs und hatten uns am Vorabend oben bei einer Dachluke im Heu verkrochen. Für ein Zimmer hätte es nicht jedes Mal gereicht. Von dort hatten wir einen guten Blick auf die beiden. Verständlicherweise kam ich mir in diesem Augenblick wie der gesuchte Jude vor. Sie hielten mir entgegen, dass es, stöberte man uns auf, lang nicht die Folgen hätte, die es für den Juden gehabt hat. Ich sollte also keinen dramatischen Mehrwert aus der Situation schlagen. Es war ein eigenartiger Blick von da oben. Sie hielten sich mit Ihrem Hass mehr an die SS. Ich hielt es eher mit dem Sohn, mir war eher der Bauer der Mörder, der von seinem Verrat doch kaum etwas hatte. Der wollte sich nur Unannehmlichkeiten ersparen. Und jetzt bei den vierzehn Tamilen ...

Vergessen Sie es, da wird nichts mehr daraus.

Warum nicht? Wenn ein Krimi nicht die Geschichte des Verbrechens ist, sondern die der Aufklärung, wäre schon etwas zu machen. Man dürfte halt nicht bloß nach den Hintermännern suchen, sondern müsste die Schuldigen ausfindig machen, die Schuldigen, die sich die Unannehmlichkeiten mit all diesen Flüchtlingen ersparen wollen. Da ich mich vorhin, als unser Sohn mit der Zeitung vor uns stand, an das Erlebnis mit dem Bauern erinnert habe, haben Sie das bestimmt auch getan. Er hat uns nicht gerade Mörder genannt. Aber es fehlte nicht viel. Und er hatte Recht.

Also – ich weiß nicht. Ich habe nichts getan. Ich sitze da an meinem Schreibtisch und mache meine Arbeit und bin nicht für das Weltganze verantwortlich.

Ja, Sie haben nichts getan. Ganz richtig. Niemand hat etwas getan. Und das ist es. Wir sind so abgebrüht, dass es uns auf ein paar Tote mehr oder weniger nicht ankommt. Deshalb habe ich auch immer nur von Untaten gesprochen. Von einer Untätigkeit. Nach unserem Asylgesetz mit der Drittländerregel kann gar kein Flüchtling mehr legal zu uns ins Land. Das ist kein Schussbefehl, eher eine Selbstschussanlage. Man braucht manche Aufträge nicht auszusprechen, weil sie in der Struktur eines anderen, harmlos scheinenden Auftrags liegen. Die Flüchtlinge sollen doch bloß aufgegriffen und ins sichere Drittland zurückgeschickt werden. Erwürgt euch mit denen, sagen wir, oder erwürgt sie gleich selbst, das ist uns egal. Wir wollen uns Unannehmlichkeiten und Kosten ersparen. Wir sind Nutznießer. Das ist kein Verbrechen. Sagen zumindest Sie. Da braucht es keine Schuldgefühle, sondern nur ein wenig Schuldeinsicht.

Der Bub war eben erschüttert. Es ist kein schlechtes Zeichen, wenn ihn so ein Flüchtlingsdrama nicht kalt lässt. In seiner Ohnmacht und seiner Verzweiflung sucht er einen Schuldigen. Schau, dass dich als Vater die doch sehr pubertäre Anklage des Buben hernimmt, verstehe ich ja.

Sie verstehen einen Dreck, Sie verstehen gar nichts, wenn Sie mich jetzt auch noch duzen.

Aber du kannst dir doch nicht selbst so Feind sein.

Neinneinnein, ich bin mir schon der beste Freund. Dieser bequemen Freundschaft entgehe ich nicht, das hab ich schon einmal gesagt. Aber ich lasse mir das Denken dabei nicht abgewöhnen. Gerhard Roth hat seinen Untersuchungsrichter zu Recht definieren lassen: Denken ist Ermitteln gegen sich selbst. Ich bin mir schon der beste Freund, aber wenn es ernst wird, bleibe ich beim Denken und bleibe ich mit mir beim Sie. Nur keine warme Stallnähe mit sich selbst! Sie und ich, wir müssen einander verdächtig bleiben, auch wenn wir in denselben Hautsack eingeschweißt sind. All das Einlullen mit dem Ikea-Du oder dem McDonalds-Du, dieses anschmeißerische Du der Käuflichkeit hat da nichts zu suchen. Dieses Du heißt doch: Bloß weil du den Billigtisch importierst, also Nutznießer der Armut bist, brauchst du nicht den Billigtischler ins Land lassen, dazu bist du nicht verpflichtet. Für Sie ist der normale Weltenlauf, für den wir mitverantwortlich sind, kein Verbrechen. Auch kein Verbrechen, wenn er Tote zeitigt. Zum Beispiel vierzehn erstickte Tamilen. Für mich ist das etwas anderes. Mein Denken ist eben nicht das verlangte gewinnorientierte. Und dann kommen Sie mir noch mit diesem Du, als wären wir auf einen gemeinsamen Nenner zu bringen. Da schreie auch ich «Abstand», auch wenn ich mir nicht sogleich mit Mord drohe. Woraus übrigens auch eine Geschichte zu machen wäre ...

Cargo Cult

Nessa Altura

Frankreich; es ist Sommer und sehr, sehr heiß. Ein tropischer Tag, so nennen das die Meteorologen. Draußen vor dem Waggonfenster zieht erst Tours vorbei. Dann Bourges.

«Warst du schon mal in Tanna?»

«Nein, wo ist das?»

Jon ist vor kurzem aus Tanna zurückgekehrt. Jon ist Amerikas Neuer. Partner. Lebensabschnittsgefährte. Liebhaber. Amerika heißt in Wirklichkeit Erika Amm, aber so klingt ihr Name besser. Margot ist mit Martin verheiratet. Seit Jahren. Dass Margot jetzt mit Jon im Zug sitzt, hat mit dem Losverfahren zu tun.

«Tanna ist eine Insel im Pazifik, Vanuatu heißt der Staat, zu dem sie gehört. Früher halb französisch, halb englisch verwaltet. Die Eingeborenen nennen sie die ‹Heilige Insel›. Dort gibt es wilde Pferde. Weiße Sandstrände, Palmen, riesige Muscheln, Vulkane, schwarze Schweine, die ganze Südseepalette. Dort gibt es den Cargo Cult.»

«Cargo? Cult? Vanu ... vanu ... atu? Nie gehört.»

Jon ist braun gebrannt, trägt ein offenes Hemd. Hat ein scharfes intelligentes Gesicht. Amerika hat ihn erst vor einigen Monaten im Flieger auf einer Dienstreise nach Irgendwo kennen gelernt.

«Ein Weißer namens John Frum hat den Cargo Cult Anfang des letzten Jahrhunderts auf diese gottverlassene Insel im Pazifik gebracht. Er besagt nichts weiter, als dass man ein Totem aufstellt, betet, und dann erscheint irgendwann Cargo.»

«Und was ist ein Totem?»

Jon ist attraktiv. Margot weiß nicht, wie ihre Freundin Amerika es immer schafft ... immerhin hat sie zwei Kinder – so wie sie und Martin auch. Sie ist irgendwie skrupellos. Hat Jons Ehefrau, eine Japanerin, einfach abserviert.

«Das weiß niemand. Von außen betrachtet, sieht es aus wie ein Pfahl oder ein Kreuz aus Holzlatten, könnte aber auch etwas ganz anderes sein. Es ist einfach ein Ort, an dem die Hoffnung zu etwas Handfestem gerinnt.»

Schön hat er das gesagt. Er kann es eben. Um Jons muskulösen Hals baumelt ein kleines silbernes Kreuz. Ein Totem? Manchmal hakt es sich zwischen seinen gekräuselten und hier und da schon silbernen Brusthaaren fest, wenn er spricht.

«Cargo sind Güter, Dinge, Objekte. Eben das, was der Mensch, als er sich vom Affen weg entwickelte, erfand – zunächst Werkzeuge, dann andere Sachen. Cargo ist alles, was der Mensch besitzen könnte, wenn er es beschaffen könnte. In Tanna sind das solche Dinge wie Eisschränke, Fernseher, Thunfischdosen. Die Insulaner, die Anfang des letzten Jahrhunderts die weißen Missionare mit all ihren Gegenständen sahen, aber nie Zeuge wurden, wie diese arbeiteten, glaubten, dass die Dinge von einem Gott gebracht worden waren. Sie gaben diesem Gott den Namen America und John Frum war sein Prophet.»

«Warum erzählst du mir das?»

Sie sitzen im heißen französischen Zug, weil sie die beiden kürzeren Streichhölzer gezogen haben und Amerika und Martin die langen. Die können sich einen Strandtag auf Noirmoutier machen, mit den Kindern Ball spielen, Muscheln zum Abendessen ausgraben, lesen. Jon und Margot müssen die Autos holen.

«Dafür gibt es viele Gründe. Zum einen: Ich war in Tanna; ich habe es gesehen. Zum zweiten: Den Cargo Cult gibt es auch bei uns in Europa. Ich selbst bin eines seines Opfer.»

«Ich auch», sagt Margot und grinst, «ein Eisschrank zum Drinwohnen, das wäre jetzt wirklich herrlich! Aber warum du?»

«Davon später. Sieh hinaus. Ist die Landschaft der Loire nicht fantastisch?»

«Ja?»

Dieser Mann ist seltsam. Erzählt ihr von wilden Kulturen im völlig Fremden und nennt die altvertraute europäische Kulturlandschaft der Loire fantastisch. Martin und sie, Amerika, dieser Mann und die vier Kinder waren die Loire entlanggefahren, mit den Rädern, von Montluçon im Zentralmassiv bis hin zur Atlantikküste. Schön war das gewesen. Aber fantastisch? Fantastisch war das nicht.

«Da! Montluçon, der Bahnhof – aussteigen! Wir sind am Ziel! Mal sehen, was unsere Autos machen. Hoffentlich hat sie keiner geklaut. Auf den Pazifikinseln klauen sie wie Raben, wenn man nicht aufpasst. Ich habe immer Angst um meine Fotoausrüstung.»

«Ist sie sehr wertvoll?»

Was für eine alberne Frage. Natürlich ist sie das. Jon ist Fotograf. Für Geo, für National Geographic, für Art. Ein Profi. Ein *Crack.* Und ein Abenteurer. Martin ist Bankangestellter, Filialleiter, zuverlässig und loyal. Sie fahren einen schwarzen Audi Quattro. Sie macht sich nichts aus Autos, wohl aber Martin. Deshalb der Vierradantrieb. Jon fährt einen schwarzen Porsche, die frankophile Amerika einen roten Renault, aber der ist zu Hause im kühlen Berlin.

«Wollen wir tauschen? Ich wollte schon immer mal einen Audi Quattro fahren. Hier sind die Porsche-Schlüssel, fang!

Achthundert Kilometer? Das schaffen wir in ... 'na, legen wir uns nicht fest. Wir haben ja die Handys. Wenn wir irgendwo Kaffee trinken wollen, telefonieren wir uns zusammen, alles *roger?*»

«Alles *roger.*»

Alles *roger.* Der Mann ist Zucker. Margot beneidet Amerika.

In Jons Auto riechen die Ledersitze. Nach Leder. Nach Jon. Nach Mann. Nach fremden Sommern, fremden Leidenschaften, fremden Inseln, auf denen für sie kein Platz war. Draußen rauscht die Landschaft vorbei, jetzt in umgekehrter Richtung. *La France profonde.* In göttlicher, abendlicher Ruhe. In letzter Zeit fühlt sie deutlich, wie ihr Leben ebenso dahinfliegt. Warum? Vielleicht, weil die Kinder so schnell wachsen. Und weil trotzdem immer alles gleich bleibt.

Cargo hat er gesagt.

Cargo braucht sie nicht. Sie hat kein Auto, sammelt keine Güter, kennt die Lust des Besitzens nicht. Am liebsten liefe sie nackt herum wie die Wilden von Tanna in Übersee. Sie hat kein silbernes Kreuzchen zwischen den Brüsten. Kein Totem. Keinen Jon.

Es wird dämmrig auf den französischen Autobahnen – unbeschreibliche, unbegreifliche lange graue Bänder, die der untergehenden Sonne nachjagen. Immer geradeaus nach Westen. Sie messen einander. Jon und sie. Treten die elastischen Gaspedale durch bis auf den Grund. Die Motoren gehorchen wie domestizierte Raubtiere. Schwarze Pferde; *Black Beauties, beautés noires.* Die Sonne ist weg. Es ist Nacht. Es riecht nach Tier, draußen und drinnen. Nach Tierhäuten. Die schwarzen Insulaner häuten die Schweine, bevor sie das Fleisch rösten, hat Jon gesagt. Vor nicht allzu langer Zeit waren sie noch Kannibalen, hat Jon gesagt. Der Gedanke erregt Margot, unerklärlicherweise.

«Die Eingeborenen von Tanna fürchten sich vor dem Dunkel», ruft Jon ins Handy, «sie glauben an die bösen Geister der Nacht. Auch deshalb wünschen sie sich elektrisches Licht.»

Elektrisches Licht – hier und da eine Perlenschnur gelber Sterne, Gaslampen. Sie verliert sich an die Geschwindigkeit. Die französichen Autobahnen sind unbeschreiblich und unbegreiflich leer. Sie bewegen sich lautlos und schnell. Die *Péage*-Stationen, in denen übermüdete weibliche Eingeborene wachen, gleichen Inseln, die einzigen Verbindungen zur festen Erde. Jon in Martins schwarzem Audi, sie in seinem schwarzen Porsche – sie sind die Ringgeister dieser Nacht; die fliegenden Holländer des französischen Festlandes. Zum Meer, zum Meer! Dem Wasser entgegen. Nach Noirmoutier ... Sie rollen nicht länger, sie fliegen. Hundertachtzig, zweihundert, zweihundertzwanzig Stundenkilometer, zusammen über tausend Pferdehufe, eine gewaltige Herde ... es ist ein eigenartiger Zustand, eine Flucht zwischen Himmel und Erde, die Flugbahn eines Pfeils. Eine Adrenalinorgie. Es macht sinnlich.

«In Tanna trinken sie *Kava*», sagt John über das Handy, «ein berauschendes halluzinogenes Getränk, das sie aus den gestampften Wurzeln eines Pfefferstrauchs gewinnen. Wollen wir einen Kaffee trinken?»

«Nein», sagt sie, weil sie ihr schwarzes Schiff nicht verlassen will. Weil sie spürt, dass sie ins Verhängnis fällt, wenn sie anhält.

«Doch», sagt Jon und in seiner Stimme liegt Verheißung. Und eine amüsierte Drohung.

Schwarzer Kaffee in einer nächtlichen Raststätte, die so neonleer aussieht, als habe Hopper sie gemalt.

«So ein Auto – ist es nicht alles, was zählt? Das Cargo für Tanna, das war Schrott, der den Menschen versklavt. Aber für uns in Europa – für uns ist es das Auto. Das Auto macht frei», sagt Jon.

Tut es das wirklich?

In manchen Nächten möchte man es glauben.

Sie nickt. Noch vor wenigen Stunden hätte sie niemals genickt. Sie kennt diesen Mann erst seit einigen Wochen, aber er hat sie verhext. Sie hat sich nie ein teures Auto gewünscht.

Männerspielzeug, hat sie gedacht. Halluzinogen. Schwarze Tanna-Magie. Die teuflische Mixtur aus französischer Provinz und französischem *Outre-Mer.* Aus Mann und Frau.

«Wollen wir wieder?»

Er nickt.

Die nächsten zwei Stunden katapultieren sie nach Nantes. Sie ist wie ein Frischling in den Palmenwäldern, folgt dem schwarzen Wagen, ihrem Alpha-Tier, wohin es sie führt. Er verlässt die Autobahn; sie zahlen nacheinander. Sie beobachtet seine Augen durch die Heckscheibe in ihrem Spiegel. Sie glitzern mutwillig wie die von Alain Delon auf seinen Raubzügen.

Es ist nach Mitternacht. Sie rauschen Baumalleen entlang, ohne dass irgendein Gefährt ihren Weg wechselt. Wie Raubtiere schmiegen sie sich in die Schatten der Wiesenraine und schnurren. Ihnen ist wohl. Unter den Schenkeln haben sie das einzige Cargo, das zählt. Wie zum Beweis wachsen Reklametafeln von Automarken aus dem schwärzesten Schwarz der tiefsten Provinz und tauchen wieder ab.

Da! Ein Schatten, eine Bewegung, ein dumpfer Laut. Jons Rücklichter machen einen Satz zur Straßenmitte hin. Aber er hält nicht an. Auch Margot hält nicht an. Jon weiß, was richtig ist. Jon ist auf der ganzen Welt zu Haus.

Ein Kreisel. Sie jagen rundherum. Und noch einmal und noch einmal. Die Reifen quietschen in der Tropennacht. Sie sind ganz allein auf der Welt. Sie haben sich verfranzt. Wissen nicht wohin. Steigen aus. Sie haben vergessen, die Straßenkarte mitzunehmen. Vermutlich liegt sie brav bei Amerika im Zimmer auf dem Nachttisch.

«Auf der Nachbarinsel von Tanna, auf Pentecôte, bauen sie

riesige Holztürme. In der Jahreszeit, in der die Lianen geschmeidig sind, binden sich die jungen Männer die Lianenenden um die Fußknöchel. Und dann springen sie. Wenn die Lianen nicht halten, sind sie tot.»

«Warum tun sie das?»

«Frag nicht so viel. Sie wagen es. Das ist alles, was zählt.»

Ganz selbstverständlich streift er ihr die dünnen Träger von den Schultern, hebt ihre Brüste ins milchige Mondlicht; legt ihre Hand auf die pochende Beule in seinen Jeans.

Etwas wagen, das ist alles, was zählt, denkt sie.

Er sieht sie an; im Mitternachtswind rascheln Ähren. Sie lehnt mit dem nackten Rücken an der glänzenden warmen Haut seines Cargo-Tiers. Sie sind auf einer Südseeinsel mitten in französischen Kornfeldern, sind wortlos und frei. Sie opfern dem Cargo-Gott in Europa, so wie John Frum es befiehlt.

Danach holt er den alten eisernen Wagenheber aus dem Kofferraum von Martins Audi. Befiehlt Margot, ihn zu halten. Rammt ihn mit einem Feldstein in den Boden. Wie ein Andreaskreuz.

«Unser Totem», sagt er. In seiner Stimme ist Grimm. Sie erschrickt, über sich, über ihn. An Martin hat sie keinen einzigen Augenblick gedacht, auch an ihre Kinder nicht.

Am nächsten Tag in Noirmoutier – alles ist wie immer, denkt sie, aber das stimmt nicht. Abends fängt es zu regnen an. Der Morgen danach ist eisgrau. In der Zeitung liest sie, dass auf der Landstraße zwischen Noirmoutier und Nantes ein junger Mann zu Tode gekommen ist. Überfahren. Liegen gelassen. Und verblutet.

Fahrerflucht.

Entsetzt öffnet sie ihren Mund.

Ein Blick in Jons Delon-Augen bringt sie zum Schweigen. Sie wird nie über das reden, was sie getan hat. Und nicht über das, was sie nicht getan hat. Martin reicht ihr ein frisches Croissant. Jon gibt Amerika einen feurigen Kuss; Amerika lacht, die Kinder verdrehen die Augen.

Mein Verdacht

Walter Landin

Ich halte die Luft an. Es fällt mir schwer, dem Gespräch weiter zu folgen. Er raucht Braniff-Zigarillos. Ich starre auf seine Hand, die den Zigarillo hält. Mein Freund raucht Braniff- Zigarillos. Es geht nicht, ich kann meinen Blick nicht abwenden von seiner Hand, von diesem Zigarillo. Wer raucht schon diese Marke? Ein kalter Schauer läuft mir über den Rücken. Mein Freund raucht schon ewig Zigarillos. Wenn ich gestern gefragt worden wäre, welche Marke er rauche, ich hätte passen müssen.

Braniff-Zigarillos sollen eine äußerst seltene Marke sein. In Mannheim gebe es nur zwei Geschäfte, die diese Marke im Sortiment hätten.

Er dankt der Kellnerin. Er bestellt noch eine Flasche Sekt.

«Du bist eingeladen, weißt du doch», meint er.

Und ich wundere mich. Ich kann mich nicht erinnern, dass er mich jemals eingeladen hat. Wenn wir einen trinken gingen, war meist ich es, der die Zeche zahlte. Mein Freund war schließlich immer abgebrannt.

Braniff-Zigarillos. Sachdienliche Hinweise nimmt jede Polizeidienststelle entgegen.

Des Öfteren hat er sich von mir Geld geliehen. Unser letztes Treffen lag ein halbes Jahr zurück. Wir hatten längere Zeit nichts voneinander gehört. Sein Anruf war überraschend gekommen. Wir trafen uns auf der Gartenterrasse vom Schlösschen, der Blick auf den Neckar ist einzigartig. Er kam gleich zur Sache. Er sei blank, brauche dringend Geld. Zweihundert Euro, so viel wollte er. Wir einigten uns auf hundert. Als er das Geld eingesteckt hatte, verschwand er ziemlich schnell. Die Rechnung übernahm natürlich ich. Ich hatte mir damals geschworen, ihn nicht mehr zu treffen. Ich hatte die Nase gestrichen voll. Gestern, als er anrief, machte ich mir noch keine Gedanken über Zigarillomarken. Ich war kurz angebunden, hatte keine Lust darauf, ihn zu sehen.

«Ich schulde dir noch was. Zier dich nicht so, ich lade dich ein, morgen um sieben im Onyx, du kommst doch?»

«In Ordnung», sagte ich und ärgerte mich über mich selbst.

Jetzt sitze ich ihm gegenüber und er raucht diese Zigarillos.

Er kannte die Örtlichkeiten genau. Im Herbst war er ziellos in der Gegend herumgefahren. Dabei hatte er den Vorort kennen gelernt. Anfang Dezember war er zwei Mal mit der Straßenbahn über die Brücke gefahren. Er hatte kein Auto. Wovon sollte er das bezahlen. Mit der Bahn von Mannheim nach Ludwigshafen, dann mit dem Bus weiter in den Vorort. Für die Apotheke hatte er sich mehr zufällig entschieden. Sie lag ganz in der Nähe der Haltestelle. Nur ein paar Meter zu Fuß. Seine Beine taten ihm weh, die Knöchel waren geschwollen. Vor fünf Jahren hatte er achtzig Kilo gewogen. Jetzt war er auf hundertvierzig. Er ging keinen Meter mehr als nötig. Er schaute auf die Uhr, zwanzig nach sechs. Es wurde früh dunkel. Es waren viele Menschen unterwegs. Doch der Strom der Menschen lief an dem Haus vorbei, in dem sich die Apotheke befand. Sie lag in einer Seitenstraße, etwas abgelegen. Für seinen Plan die optimale Lage, fand er. Vor drei Wochen hatte er Handschellen gekauft, das blaue Nylonband und den breiten Klebestreifen. Die Gaspistole hatte er seinem Sohn abgenommen. Es war der 23. Dezember, kurz vor halb sieben. In der Apotheke war nicht viel los. Punkt 19 Uhr würde die Apothekenhelferin die Tür abschließen. Der letzte Kunde würde bestimmt schon einige Minuten früher das Geschäft verlassen haben. So war es gewesen, als er Anfang Dezember beschlossen hatte, die Sache hier durchzuziehen. Die letzten Weihnachtseinkäufe. Die Menschen wirkten gehetzt. Vorhin in der Bahn war er aufgeregt gewesen, hatte alle paar Sekunden die Wodkaflasche angesetzt. Schon am Ludwigsplatz war sie leer gewesen. Einem ersten Impuls folgend, wollte er sie in den Papierkorb an der Haltestelle werfen. Er hatte es nicht getan. Er würde keine Spuren hinterlassen, clever wie er war. Dieses Jahr würde er feiern. Dieses Jahr würde er Geld haben. Dieses Jahr würde an Weihnachten alles anders sein. So hatte er es geplant. Er steckte sich einen Zigarillo an. Es war der 23. Dezember, 18:42 Uhr.

«Und, was machst du so?»

Er wartet die Antwort nicht ab. Ich kenne das Ritual, also versuche ich erst gar nicht, auf seine Frage zu antworten. Und wirklich legt er los, erzählt von sich, Durststrecke, ab und zu sogar Sozialhilfe als letzter Rettungsanker, endlich gehe es wieder aufwärts, ein Deal, zwei Bilder, eine Skulptur verkauft, 1500 Euro. 1500 Euro, mein Herzschlag beschleunigt sich. Alles werde anders, alles werde besser. Ich höre zu, nicke ab und zu. Er hat kein Auto, fällt mir ein.

Die Polizei vermutet, dass der Täter mit dem Bus unterwegs war. Braniff-Zigarillos, 1500 Euro. 1500! Mit den EC-Karten der drei Opfer war das Geld noch in der Tatnacht abgehoben worden. In der Bankfiliale am Wasserturm. Wenige Stunden nach der Tat.

Hat mein Freund etwas mit der Sache zu tun? Ich versuche, den Gedanken zu verscheuchen. Aber er lässt mich nicht mehr los, beißt sich fest, gräbt sich ein. Sachdienliche Hinweise. Vertrauliche Nummer bei der Polizei. Und mein Freund redet und redet, erzählt von seinen Bildern, von den Skulpturen, erzählt von Rückschlägen, erzählt von früher. Von der Mathearbeit, die wir unserem Lehrer einen Tag vorher aus der Tasche gezogen hatten. Am Nachmittag die Aufgaben durchgerechnet, am nächsten Morgen die Lösungen verteilt, einige Fehler eingebaut für die schwächeren Schüler, damit der Schwindel nicht zu offensichtlich war. Das strahlende Gesicht unseres Lehrers bei der Rückgabe, Traumschnitt von 2,6. Die Skepsis, als mein Freund eine Aufgabe an der Tafel vorrechnen sollte und nichts auf die Reihe brachte. Er erzählt ohne Punkt und Komma, lediglich unterbrochen von der Kellnerin, die die zweite Flasche Sekt bringt. Schon bei seinem Anruf gestern hätte ich Verdacht schöpfen sollen. Schulden zurückzahlen! Das war noch nie vorgekommen. Mit gemischten Gefühlen zum Treffpunkt. Der Anruf nur ein Trick, da war ich mir sicher. Bestimmt würde er mich wieder um Geld anhauen. Wir umarmten uns. Er hatte wieder zugelegt. Jedes Mal, wenn wir uns trafen, hatte er einige Kilo zugelegt. Sicher, er war schon immer gut beieinander gewesen, aber allmählich ... Noch bevor wir uns setzten, drückte er mir das Geld in die Hand. Er bezahlte tatsächlich seine Schulden. Spätestens jetzt hätte ich stutzig werden müssen. Aber erst die Zigarillos hatten bei mir die Alarmglocken schrillen lassen.

Um fünf vor sieben verließ die letzte Kundin die Apotheke. Er schaute sich um. Die Straße war menschenleer. Sollte er den Moment abpassen, bis sie die Tür zuschloss? Es kommt niemand mehr, entschied er. Er trat aus der Einfahrt, überquerte den Bürgersteig. Die Apothekenhelferin lächelte ihn an. Ihr Lächeln erstarb. Ihr Mund öffnete sich. Bevor sie einen Laut herausbrachte, drückte er ihr die Pistole an die Schläfe. Er zerrte sie zur nächsten Heizung, das Klicken der Handschellen. Das Geräusch beim Abreißen des Klebestreifens, den er auf ihren Mund drückte. Ihre Augen, die ihn anstarrten.

«Die Schlüssel», sagte er.

Sie deutete mit dem Kopf auf die Tasche ihres weißen Kittels. Er sperrte die Tür der Apotheke zu, bewegte sich schnell, trotz seines Gewichtes. Er hörte den Apotheker, der nach seiner Mitarbeiterin rief und den Verkaufsraum betrat. Es ging blitzschnell. Der Apotheker lag auf dem Boden, der kleine Blutfleck am Hinterkopf, das Geräusch, als er den Mann zur Heizung schleifte, und wieder die Handschellen. Er wischte sich den Schweiß von der Stirn. Er steckte sich einen Zigarillo an. Es war der 23. Dezember, 19:08 Uhr.

Warum sitze ich hier? Warum tue ich mir das an? Warum höre ich mir das an? Jetzt ist er inzwischen bei Heiderose angelangt. In der Zwölften waren wir beide in sie verknallt gewesen. Natürlich stach er mich aus. Warum stehe ich nicht einfach auf und gehe? Warum rufe ich nicht einfach die Polizei an?

Stiefeletten. Der Täter trug Stiefeletten. Mein Freund trägt von jeher Cowboystiefel. Ich versuche, einen Blick auf seine Schuhe zu werfen. Natürlich Cowboystiefel, abartig spitz. Mir gegenüber sitzt ein Fettkloß mit spitzen Cowboystiefeln. Wie kann ein

Mensch nur in solchen Schuhen herumlaufen? Wie viele Zufälle verträgt der Mensch?

«Sag mal, hörst du mir überhaupt zu?»

Er reißt mich aus meinen Gedanken.

Für einen Moment verlor er tatsächlich die Kontrolle. Er öffnete die Kasse, glaubte seinen Augen nicht zu trauen. Ein paar erbärmliche Scheine nur. Höchstens 400, eher weniger. Er fluchte, hieb mit der Faust auf die Kasse. Doch schnell hatte er sich wieder in der Gewalt. Er baute sich vor den beiden auf. Der Apotheker war bestimmt über sechzig, er hing zusammengekauert an der Heizung. Die Wunde am Kopf, kein Problem, eine kleine Schürfwunde, eine Beule, die Kopfschmerzen würden bald vergangen sein. Aber die Augen des Apothekers. Diese Augen. Keine Spur von Angst. Er glaubte, Verachtung in ihnen lesen zu können. Und irgendeine Art von Überlegenheit, die ihn aggressiv werden ließ. Am liebsten hätte er zugeschlagen. Er beherrschte sich. Die Frau war noch jung, vielleicht Mitte zwanzig. Sie wimmerte vor sich hin. In ihren Augen sah er den Abgrund der Angst.

«Die Scheckkarten.»

Bereitwillig deutete die Frau mit dem Kopf in Richtung Nebenzimmer. Er riss ihr plötzlich und unerwartet den Klebestreifen ab. Sie stöhnte auf.

«Los, die Scheckkarte!»

«In meiner Handtasche im Nebenzimmer.»

«Keinen Ton, sonst ...»

Er fand die Karte, im Verkaufsraum war es ruhig.

«Die Geheimnummer», sagte er.

«4711», lautete die Antwort.

Er schlug mit der flachen Hand zu. Sie blutete aus der Nase.

«Soll das ein Witz sein?»

Sie schüttelte den Kopf. An ihren Augen sah er, dass sie die Wahrheit sagte. Die Nummer schrieb er sich nicht auf, die konnte er sich merken. Er klebte ihr den Mund wieder zu. Die Karte des Apothekers bekam er schnell, doch der weigerte sich, die PIN preiszugeben. Zwei Faustschläge ins Gesicht zeigten keine Wirkung. Er holte sein Messer aus der Tasche, packte die rechte Hand des Apothekers, ein tiefer Schnitt in den Handballen, dann noch einer. Noch immer schwieg er. Erst als er die Nylonschnur um den Hals der jungen Frau legte und langsam zuzog, nickte der Apotheker kaum merklich. Die Frau hing apathisch an der Heizung. Ihr Kopf schlug in unregelmäßigem Rhythmus leicht an die Heizrippen. Sie weinte leise. Die Nummer schrieb er sich auf den Unterarm. Es war der 23. Dezember, 19:26 Uhr.

Okay, ganz ruhig bleiben. Nicht die Nerven verlieren. Bestandsaufnahme. Ich sitze hier mit meinem alten Kumpel, der hat gerade seine Schulden bei mir bezahlt, der hat mich eingeladen, Sekt, die zweite Flasche ist fast leer, wir erzählen von früheren Zeiten, besser gesagt, er erzählt, seine Augen sind schon ganz glasig. So weit also alles in Butter. Wäre da nicht dieses viehische Verbrechen. Wären da nicht die vielen Hinweise, die vielen Übereinstimmungen. Zufälle? Mein Freund, der zufällig Braniff-Zigarillos raucht. Mein Freund, der zufällig gerade 1500 Euro verdient hat, mein Freund, der zufällig kein Auto hat, mein Freund, der zufällig Cowboystiefel trägt. Alles passt zusammen. Warum sage ich nicht einfach: «Hör mal, du hast doch auch von diesem Verbrechen gehört da bei Ludwigshafen.» Warum warte ich nicht seine Reaktion ab? Natürlich würde er sich dumm stellen. Und dann? Warum sage ich nicht einfach: «Wie hast du das angestellt?» Warum gehe ich nicht unauffällig zur Toilette und rufe die Polizei an? Meinen Freund verraten? Waren wir jemals Freunde, so richtig, meine ich? Ich sitze ihm gegenüber, unfähig, einen klaren Gedanken zu denken, unfähig, mich zu bewegen, unfähig, einen Entschluss zu fassen, unfähig, in irgendeiner Form die Initiative zu ergreifen. Ich bin das Kaninchen vor der Schlange. Abgedroschen, ich weiß, aber auf den Punkt gebracht.

Er hatte sich mehr erhofft. Ein paar lumpige Scheine, zwei Scheckkarten. Er ging vor dem Apotheker in die Knie. Es fiel ihm schwer. Sein Gewicht.

«Hör gut zu, du rufst jetzt zu Hause bei deiner Familie an. Deine Frau soll herkommen und alles Bargeld, das sie hat, mitbringen. Auch die Scheckkarte mitbringen. Und versuch bloß nicht, sie zu warnen, sonst geht es der Kleinen schlecht.»

Er wedelte mit dem Messer, fühlte sich verdammt professionell. Er wunderte sich, wie reibungslos alles ging. Der Apotheker hatte brav das Telefongespräch geführt. Nur am Ende war er etwas lauter geworden.

«Mach, was ich sage, Schluss jetzt!»

Und dann legte er auf. Nicht einmal eine Viertelstunde später stand die Frau des Apothekers vor der Tür. Er schloss auf. Ehe sie merkte, was vorging, hing sie mit den Handschellen an der Heizung, den Mund verklebt. Auf seinem Unterarm standen zwei Nummern, die 4711 konnte er sich merken. Auf der Rückfahrt würde er das Geld abheben. Dazu die knapp vierhundert aus der Kasse und 160 von der Frau des Apothekers. Er hatte sich mehr erhofft, aber immerhin. Er steckte sich einen Zigarillo an. Er schaute auf die Uhr. Um 20:24 Uhr fuhr der Bus. Den wollte er nicht verpassen. Und schließlich war er hier noch nicht fertig. Es war der 23. Dezember, 19:59 Uhr.

«Was hältst du eigentlich von diesem Verbrechen in Ludwigshafen? Derbe Sache. Und dann noch ausgerechnet in diesem Vorort.» Er grinst. «Das Grauen lauert hinter der unscheinbarsten Fassade!»

Ich glaube, mich verhört zu haben. Jetzt fängt er doch tatsächlich selbst von dem Thema an, das mich seit Beginn unseres Gespräches nicht mehr losgelassen hat. Und das Schlimmste daran: der Zynismus in seinen Worten, die Bewunderung in seiner Stimme.

«Schrecklich», entgegne ich.

«Klar», meint mein Freund, «aber trotzdem irgendwie genial, konsequent durchgezogen, nur eben viel zu wenig rausgesprungen, im Grunde Peanuts.»

«Ja», sage ich, «wie bei deinen Verkäufen.»

Er schaut mich an, ist einen Moment irritiert, geht aber nicht darauf ein. Für einige Augenblicke herrscht Schweigen zwischen uns. Dann vergisst er, dass er beleidigt ist.

«Auf jeden Fall muss der Kerl durch und durch abgebrüht sein.»

Über welche Informationen verfügt er? Infos aus erster Hand?

«Das Bekennerschreiben ist schon ein starkes Stück.»

Ich weiß nichts von einem Bekennerschreiben.

«Du hast heute noch nicht die Zeitung gelesen?»

Habe ich nicht.

«Ein handschriftliches Schreiben. Ungelenke Schrift, schlechtes Deutsch, Rechtschreibfehler, die Polizei soll in die Irre geführt werden.»

Ich frage nach dem Inhalt.

Wie aus der Pistole geschossen kommt die Antwort.

«Herr Socko, wirklich mit ck, in Ludwigshafen war Polizei vor Bank deshalb mit Taxi nach Mannheim zurück. Pseudo-Ausländerdeutsch. Müssen uns nicht suchen wir fliegen Wochenende in Heimat zurück. Witzig, nicht wahr.»

Wieso kennt er den Text auswendig? Hätte ich den Artikel in der Zeitung gelesen, ich könnte mich sinngemäß an den Inhalt erinnern, aber ihn Wort für Wort mit allen Fehlern wiedergeben, unmöglich. Es sei denn, ich hätte mir den Text ausgedacht. Dann wäre es kein Problem.

«Die Polizei soll glauben, dass es mehrere Täter sind, soll glauben, dass es sich um Ausländer handelt, Irreführung, darum geht es. Ich bin mir sicher, es ist ein Einzeltäter, ein cleverer Bursche, der irgendwo hier in Mannheim in Sicherheit hockt und sich ins Fäustchen lacht.»

Warum gerät er richtig ins Schwärmen, wenn er von diesem Psychopathen spricht? Oder bewundert er nur sich selbst? Eitel war er schon immer. Hielt sich für den Tollsten, den Größten, den Schönsten, typischer Fall von Profilneurose. «Warum eigentlich Mannheim?», frage ich.

«Ist doch klar. Das Geld wurde in Mannheim in den Planken abgehoben, die Zigarillos sind vom Tabakshop im Kaufhaus. Die Handschellen, das blaue Plastikseil, alles stammt aus Mannheim.»

Er ist verdammt gut informiert. Insiderwissen? Oder einfach Infos aus der Zeitung, aus dem Radio? Infos für jeden zugänglich. Zum ersten Mal hat er die Zigarillos erwähnt. Er geht nicht weiter darauf ein. Merkt er nicht, dass er einen Zigarillo nach dem anderen raucht. Braniff-Zigarillos.

Seine Kinder werden Augen machen. Die Tochter, die an ihrem 18. Geburtstag auszog, mit der er kaum Kontakt mehr hatte, seit die Mutter gestorben war. Die wird Augen machen, die Tochter. 250 Euro wird er ihr geben zu Weihnachten. Und sein Sohn, der morgens zur Arbeit geht oder in die Berufsschule. Der am Nachmittag zurückkommt, in seinem Zimmer verschwindet, kaum ein Wort mit ihm redet. Auch ihm wird er 250 Euro schenken. Morgen ist Weihnachten. Noch einmal schlafen, dann ist Bescherung. Für die drei hier in der Apotheke wird die Bescherung vorverlegt. Er konnte sich über die Reihenfolge nicht entscheiden. Der Alte kommt zum Schluss dran. Das war ihm von Anfang an klar gewesen. Der sollte alles mitbekommen, sollte sehen, was ihn erwartete. Aber mit wem anfangen? Er schaute auf die Uhr. Den Bus um 20:24 würde er verpassen. Er würde mit der Kleinen anfangen. Die tat ihm am ehesten Leid. Ihre erschreckten, weit aufgerissenen Augen. Die sollte nicht länger als nötig leiden müssen. Dann die Frau des Apothekers. Vollkommen teilnahmslos hing sie an der Heizung. Keinerlei Gefühlsregung. Mit ihr würde er weitermachen. Er war gespannt, ob sie eine Regung zeigen würde, wenn er auf sie zuging, das Seil anlegte, langsam anfing zuzuziehen. Er würde ihr in die Augen sehen in diesem Augenblick. Er warf den Zigarillo auf den Boden und zertrat ihn mit der Hacke. Er holte die Nylonschnur aus der Jackentasche. Es war der 23. Dezember, 20:13 Uhr.

Ich muss wohl definitiv im falschen Film sein. Ich sitze hier mit meinem Freund, wir unterhalten uns über den Dreifachmord in der Nähe von Ludwigshafen. Es könnte ein ganz normales Gespräch sein. Ein Gespräch unter Freunden, die sich ein wenig aus den Augen verloren haben, die von alten Zeiten gefaselt haben, die ein Glas nach dem anderen getrunken haben. Früher war alles besser gewesen, was ist das für eine Welt, in der wir da leben, und so weiter und so fort. Die alte Leier. Und dann sind die beiden auf ein Ereignis gekommen, das in diesen Tagen hier in aller Munde ist. Das Stadtgespräch sozusagen. Ein durch und durch normales Gespräch. Warum nur habe ich das Gefühl, auf heißen Kohlen zu sitzen? Mein Freund ist gut informiert über den Mord am Apothekerehepaar und der Mitarbeiterin. Die Braniff-Zigarillos. Die hat er nur kurz erwähnt.

«Den werden die Bullen nicht kriegen», sagt er.

Der Satz steht wie ein Fels zwischen uns. Unumstößlich. Woher kommt seine Gewissheit? Ist er so abgebrüht? Kennt er meine Befürchtungen? Hat er mich längst durchschaut? Spielt er mit mir? Hat er keine Angst, dass ich die Polizei rufe? Wenn er diese drei Menschen getötet hat, fühlt er irgendeinen Skrupel? Empfindet er Schuld? Ich wundere mich – ich sitze jemandem gegenüber, der vielleicht drei Leben auf dem Gewissen hat, und ich bin völlig ruhig. Urplötzlich sind Unruhe und Angst verflogen. Ich habe das Gefühl, neben mir zu sitzen, mich aus großer Distanz zu beobachten.

«Das Nylonseil hat er am 11. Dezember um elf Uhr in Mannheim gekauft.»

Mein Freund muss jedes Wort aus den Zeitungen förmlich verschlingen. Früher hat er nie Zeitung gelesen. Warum sollte er es jetzt plötzlich? Hat er die Informationen aus einer anderen Quelle?

Er schob die Karte in den Schlitz, 4711, Auszahlung, 500 Euro, es funktionierte, die Apothekenhelferin hatte nicht gelogen. Auch die Karte der Frau funktionierte. Bei der Geheimnummer des Apothekers gab es eine Fehlermeldung. Der Alte hatte ihn ausgetrickst. Ich hätte das Seil noch langsamer zuziehen sollen, dachte er. Den Augenblick intensiver auskosten sollen, bis er unter meinen Händen wegglitt. Eigentlich hatte er am Rathausplatz das Geld abheben wollen. Im letzten Moment entdeckte er den Streifenwagen in der Nähe. Er stieg in die Straßenbahn nach Mannheim. Mit der 4711 zog er nochmals 500 Euro aus dem Automaten. Gerade als er die Karte der Apothekerfrau ein zweites Mal einführen wollte, näherte sich eine Gruppe Jugendlicher dem Bankautomaten.

Zu Hause steckte er jeweils 250 Euro in einen Briefumschlag und schrieb den Namen seiner Tochter und seines Sohnes darauf. Morgen war Weihnachten. Er dachte an seine Frau. Vor fünf Jahren war sie gestorben. Alkohol. Er hatte sie beschworen, hatte sie gewarnt, insgeheim verachtet. Es hatte nichts genutzt. Ihr Tod war dennoch ein Schlag gewesen, den er nicht verwinden konnte, den er schließlich zum Anlass nahm, selbst mit dem Trinken anzufangen. Zuerst kontrolliert, dann immer ausufernder, maßloser. Er schaute auf die Uhr. Mitternacht war vorbei. Es war der 24. Dezember. Weihnachten.

Er steht auf, setzt sich neben mich, schlägt mir auf die Schulter, drückt mich an sich, winkt der Kellnerin, bestellt noch eine Flasche. Ist es die dritte oder schon die vierte? Ich winke ab, will nichts mehr trinken, bin abgefüllt, er drückt mir das Glas in die Hand, prostet mir zu. Ich proste zurück, trinke einen tiefen Schluck, der Sekt prickelt.

«Du hast damals zugeschlagen», bricht es aus mir heraus. «Als ich dich wegen Heiderose zur Rede stellte, du hast mir einfach in die Fresse geschlagen. Ich habe geblutet. Du hast ein zweites Mal zugeschlagen. Ein drittes Mal.»

«Du hättest ja zurückschlagen können», sagt er und drückt mich fester.

Ich sehe sein verzerrtes Gesicht vor mir, als wäre es erst gestern passiert. Ich hatte den Schmerz seiner Schläge nicht gespürt, mit den Handrücken hatte ich das Blut weggewischt. Die Tränen waren mir über die Backen gelaufen. Keine Tränen des Schmerzes. Tränen der Wut. Tränen der Trauer. Ich hatte geweint, weil er so skrupellos gewesen war, hatte geweint, weil er fähig gewesen war, einfach zuzuschlagen, hatte geweint über meine Unfähigkeit, zurückzuschlagen. Jetzt, da er meine Schultern umklammert hält, traue ich ihm alles zu, auch diese grässliche Geschichte. Gerade noch hat mir der Sekt den Kopf vernebelt, jetzt fühle ich mich mit einem Male wieder klar im Kopf. Er winkt schon wieder der Kellnerin.

Er saß am Küchentisch. Vor ihm ein Stapel Papier, eng beschrieben in seiner krakeligen Schrift. Er hatte alles aufgeschrieben, was an diesem Abend in der Nähe von Ludwigshafen passiert war. Weihnachten war enttäuschend verlaufen. Seine Tochter hatte das Geld eingesteckt, ohne ein Wort zu sagen. Nach einer Stunde war sie verschwunden. Sein Sohn hatte ihn überrascht angeschaut, als er den Umschlag mit dem Geld öffnete. Aber er war auch schnell in sein Zimmer abgehauen. Er saß allein im Wohnzimmer und trank ein Glas nach dem anderen. Als die Flasche leer war, holte er aus der Küche die nächste. Und jetzt saß er in der Küche, vor sich die Blätter mit der Überschrift «Geständnis». Er saß in der Küche. Er wartete.

Wie bin ich nach Hause gekommen? Ich kann mich nur dunkel erinnern. Ich liege auf dem Sofa, mir brummt der Schädel. Draußen ist es bereits hell. Ich muss mehrere Stunden geschlafen haben. Auch wenn ich mich an das Ende meines Treffens nur schemenhaft erinnere, mein Verdacht ist allgegenwärtig, beherrscht jede Faser meines Gehirns. Ich richte mich auf, schaue aus dem Fenster. Mein Auto ist nicht vor dem Haus geparkt. Langsam kommt die Erinnerung zurück. Ich muss die Kellnerin gebeten haben, mir ein Taxi zu rufen. Nein, ich habe meinen Freund nicht mit meinem Verdacht konfrontiert, da bin ich mir sicher, ich habe ihm im Lokal keine Szene gemacht. Ich habe mich freundlich, aber bestimmt, aus seinem Griff befreit, bin einfach aufgestanden, habe gesagt, dass ich jetzt gehen müsse, dass ich noch eine Verabredung habe, und bin auch tatsächlich gegangen, obwohl er protestierte. Im Nachhinein ist es mir schleierhaft, wie ich mich so beherrschen konnte.

Mein Schmerz pocht hinter dem linken Auge, ich kann keinen klaren Gedanken fassen. Ich greife nach der Fernbedienung, schalte den Fernseher ein, zappe im Schnelldurchgang durch die Kanäle und bleibe beim Regionalsender hängen. «Der Dreifachmord ist aufgeklärt. Der überraschende Fahndungserfolg kam über die Spur der Braniff-Zigarillos zustande.»

Nach und nach setze ich die Fetzen zusammen. Der Dreifachmörder ist gefasst, ein in den Quadraten wohnhafter Sozialhilfeempfänger. Es soll ein schriftliches Geständnis existieren, die Zigarillos sollen ihm das Genick gebrochen haben. Eine Verkäuferin habe Verdacht geschöpft und sich an die Polizei gewandt. Der Spuk sei vorbei. Der Moderator kündigt eine Pressekonferenz zur Festnahme an. Ich lasse mehrere Werbespots über mich ergehen. Dann taucht endlich der Sprecher der Sonderkommission vor der Kamera auf.

«Der Tatverdächtige ließ sich widerstandslos festnehmen. Bei seiner Verhaftung stand er zweifelsfrei unter Alkoholeinfluss. Die Fingerabdrücke am Tatort stimmen mit denen des Verhafteten überein.»

Ein Detail fällt mir ein, ein Detail aus dem Treffen mit meinem Freund. Kurz bevor ich gegangen bin. Er hält mich im Schraubstockgriff, prostet mir zu. Zum wievielten Mal? Vielleicht überschätzten alle den Mörder auch, vielleicht sei alles viel profaner gewesen, einfach eine Sicherung durchgeknallt, nichts von wegen cooler Planung und so.

Auf die Reporterfrage, wie der Festgenommene auf die Apothekerfamilie gekommen sei, antwortet der Sprecher, die Polizei habe dafür bislang keine Erklärung. Mit an Sicherheit grenzender Wahrscheinlichkeit könne der Fall jedoch als geklärt gelten. Dann verscheucht der Werbeblock den Polizeisprecher. Mit dem Slogan «Mann. Ist das ein Bier» wirbt die örtliche Brauerei für ihr Produkt. Friedhofswasser, denke ich. Ich gehe zum Kühlschrank. Gähnende Leere blickt mir entgegen. Der Wochenendeinkauf fällt mir ein.

Art de charcuterie

Josefine Rosalski

Für Franz begann ich mich zu interessieren, als ich zum ersten Mal in einer Radiosendung während einer Autofahrt in Frankreich von ihm hörte. Franz wurde liebenswürdig ausgefragt. Er antwortete in geziertem Pariser Dialekt, knapp und präzise. Ein Schöngeist sprach über die Metaphysik der Blutwurst.

Franz war Schlachter. Aus Fleisch, Blut und Gedärm machte er Wurst. «Art de charcuterie» nannte er seine Schöpfungen. Ich steuerte meine siebenundsechziger Citroën-Limousine gerade durch die südfranzösische Landschaft. Draußen rauschte ein dunkler Spätsommerregen über verblühte Lavendelfelder. Ich lauschte aufmerksam. Franz' Stimme erinnerte mich an jemanden. Er sprach mit einer Kastratenstimme, sehr hell und klar; draußen im Regen sah ich die italienischen Entmannten des achtzehnten Jahrhunderts hüpfen und mitten unter ihnen den großartigen Farinelli. Franz betrieb sein Fleisch-Kunst-Geschäft im Elsass, meiner alten Heimat.

Viele Wochen später, ich war schon wieder in Berlin, klingelte mein Handy. Broschke aus Hamburg. «Teresa, für eine kurze Fernsehreportage brauche ich noch jemanden, der den ganzen Papierkram für mich erledigt, die Reservierungen und Termine, und du kennst dich aus im Elsass, willst du den Job haben?»

Ich wusste, dass er schon länger an einer Serie über verlassene Ehemänner arbeitete, und jetzt wollte er ins Elsass zu einem Wurstkünstler, dem die junge Gattin davongelaufen war. Ich wollte unbedingt dabei sein, denn der Wurstkünstler war eben jener Franz, dessen helle Stimme ich kürzlich im Radio gehört hatte. Diese Stimme, die mich schmerzlich an jemanden erinnerte, der mich verlassen hatte. Noch am selben Tag fuhr ich nach Hamburg.

Am nächsten Morgen gabelte ich Broschke um sechs Uhr früh an der Außenalster vor dem Amerikanischen Konsulat auf. Es war ein kalter Herbstmorgen, und er trippelte schon mit den Füßen. Er gab mir einen saftigen Kuss und lud seine Kamera, die Kabel und das andere technische Gerät in den Kofferraum meines Autos. «Ich fahr selbst», sagte ich zu ihm, «und lass während der Fahrt die Finger von mir.»

Damit er schnell auf andere Gedanken kam, lenkte ich unser Gespräch auf Franz. Ich wollte mehr über dessen Frau wissen.

«Was soll schon sein», sagte Broschke. «Sie wird sich die Sache anders überlegt haben und ist Zigaretten holen gegangen.»

«Diese Inderin ist Vegetarierin. Die rauchen nicht.»

«Woher weißt du das?»

«Dass sie Vegetarierin ist? Aus einer Radiosendung.»

«Aber du weißt wahrscheinlich nicht, dass die Inderin bereits seine fünfte Frau ist. Die anderen vier haben's länger mit ihm ausgehalten, aber irgendwann sind sie alle auf und davon, er ist ein ewig Verlassener», Broschke hüstelte trocken. «Ich will wissen, weshalb ihn bisher jede Frau verlassen hat.»

«Weißt du eigentlich», fügte ich mit einem träumerischen Blick hinzu, «wer der große Farinelli war?»

Nachts um drei Uhr kamen wir in Steinlichsee an. Der winzige Ort schmiegte sich an die Grenze zu Frankreich. Es war stockdunkel. Feucht war's auch, denn der Nebel vom See war in die Straßen geflossen. Wir suchten die familiäre Pension, in der ich unsere Zimmer reserviert hatte. Man hatte partout den ganzen Papierkram auf Französisch abwickeln wollen. Man war hier stolz auf die Nähe zu Frankreich, man fühlte sich kultiviert, und im Briefkopf nannten sie ihren Ort «Pierre du Lac».

Die verschlossenen Fensterläden der Pension schimmerten weiß durch den Nebel. Broschke betätigte mehrmals den mächtigen Messingtürklopfer am Hauseingang. Nach einer Weile erschien eine dickliche Frau um die sechzig und rieb sich ausgiebig die müden Augen. Das musste die Wirtin sein.

«Ah, Madame und Monsieur kommen auch noch. Werden es noch mehr?»

«Heute nicht», sagte ich, «morgen bestimmt.»

«Ihr Zimmer ist im ersten Stock, nach hinten raus, schön ruhig», sagte sie und zwinkerte Broschke konspirativ an.

«Ich hatte Einzelzimmer bestellt!» Ich stemmte energisch die Hände in die Hüften, um meinen Platzanspruch zu bekräftigen.

«Da kann man nichts machen, Sie müssen sich arrangieren, ich habe jetzt nur dieses eine Zimmer.»

Broschke grinste albern. Mir blieb nichts anderes übrig, als das französische Bett mit ihm zu teilen. Natürlich konnte er die Finger nicht von mir lassen.

Aber ich blieb unnachgiebig.

Zum Frühstück saßen wir als einzige Gäste in dicken Jacken vor dem Dorfbistro in der herbstlichen Sonne, tunkten Croissants mit Konfitüre in unsere Milchkaffees und warteten auf Heidi aus Saarbrücken, die Broschke für den Auftrag engagiert hatte. Sie war für den Ton zuständig. Wir sahen in der Ferne einen Herrn auf uns zueilen, zögerlich mit einer Hand winkend.

«Hallo, Sie müssen Herr Broschke sein! Ich habe den Citroën gesehen, die sind selbst hier selten geworden. Darf ich mich vorstellen? Franz Legrand.» Mit theatralischen Bewegungen zog er einen Stuhl heran und setzte sich. «Eigentlich François», hauchte er über den Tisch, «aber ich mag das Französische nicht besonders.»

Ich beobachtete den großen Mund, aus dem diese unglaublich helle, quietschende Stimme kam.

Ich schätzte Franz auf Ende vierzig. Er war salopp gekleidet und hatte dunkel glühende Augen. So manches Mädchen mochte darin schon verglüht sein. Ich war auch nicht ganz ungefährdet, bemerkte ich überrascht.

Vor dem Café hielt ein roter Kleinwagen. Ihm entstieg Heidi. Was ihr Name nicht unbedingt vermuten ließ: Sie war schwarz. Schlank wie eine Gazelle. Außerdem zehn Jahre jünger als ich. Broschke begrüßte sie väterlich. Franz strahlte sie begeistert an, als sei ihm nicht kürzlich eine Ehefrau abhanden gekommen. Schön, dachte ich, kann ich wenigstens in Ruhe arbeiten.

Das Wurstatelier von Franz befand sich unweit der Pension. Hinter der mächtigen Holztheke wartete die Pensionswirtin auf uns. Franz stellte sie uns als seine Mutter vor, Madame Legrand. Während Heidi und Broschke nun damit begannen, ihre umfangreiche Technik zu installieren, hatte Franz nur Augen für Heidi. Ich brannte vor Neugier und fragte, ob er denn gar nicht wisse, wo seine Frau sein könnte und weshalb sie ihn verlassen habe.

Sein Gesicht verdunkelte sich. «Sie sind alle gleich. Kaum geht's los mit dem Alltag, dem Putzen und der Fleischerei, fangen sie an zu nörgeln.»

Madame Legrand horchte auf. Ihre Miene war finster, ein Verlies ohne Wiederkehr. «Er verwöhnt sie zu sehr. Beschenkt sie mit Schmuck und Pelzen.»

«Das geht dich nichts an, Mama, es ist mein Schmuck und es sind meine Pelze, denn ich habe alles bezahlt.» Und zu mir gewandt flüsterte er: «Dass die Frauen wegliefen, ging ihr sehr nahe. Jedes Mal wurde sie ein wenig gebrechlicher.»

Madame Legrand fuchtelte hinter der Ladentheke mit einem Wischlappen. «Und er hat nie eine Französin!» Sie warf einen aufmunternden Blick in meine Richtung. «Nicht mal eine Deutsche aus der Gegend. Sie sind immer aus dem Ausland – das hast du nun davon, Junge.»

Hier wurde Broschke hellhörig. Er verließ seine Kabel und gesellte sich zu uns, mit gezücktem Stift und Notizblock.

»Alle aus dem Ausland? Woher kamen sie denn so?» Broschke näherte sich Franz vertraulich wie ein Skatbruder.

«Ach, aus aller Herren Länder, eine isländische Ponyzüchterin war auch dabei. Und meine erste Frau war Chinesin.» Hier schnalzte er viel versprechend mit der Zunge. Er warf einen Blick auf Heidi, Broschke tat das Gleiche, wieder ein konspirativer Zusammenschluss, von dem ich ausgenommen war; Heidi allerdings auch, wie ich zur Kenntnis nahm, denn sie konzentrierte sich auf ihre Arbeit.

«Ihre Heidi versteht eine Menge von Technik, scheint mir», raunte Franz in Broschkes Ohr. «Ich leider nicht. Mein neuer Fernseher hat eine komplizierte Akustik, die fachkundig eingestellt werden müsste. Ob das Mädchen mir da wohl behilflich sein würde?»

«Versuchen Sie's!», war Broschkes aufmunternde Antwort. Sein siegesbewusster Augenaufschlag ging in meine Richtung.

Am Abend hatte Franz es irgendwie geschafft, die abweisende Heidi zum Essen einzuladen. Ins «Beau Canard», ein lauschiges Restaurant, das auch Spezialitäten aus Franz' Wurstatelier anbot und weit über die Dorfgrenzen hinaus bekannt war. Edle Automobile auf dem Parkplatz, unter ihnen der silberne Jaguar von Franz, bewiesen es. Broschke und ich aßen weniger mondän, mehr bäuerlich, in unserem Frühstücksbistro.

«Heidi ist so jung und unerfahren, machst du dir denn keine Sorgen? Du bist ihr Chef, du hast eine gewisse Verantwortung.»

«Sie ist bei weitem nicht so jung, wie sie aussieht. Und ich bin außerdem ihr Onkel, aber Sorgen mache ich mir nicht.»

«Sie ist deine Nichte? Dann erst recht, nachher im Auto ist er mit ihr allein.»

«Hoffentlich hat er eine ordentliche Standheizung und sie kann einige Informationen aus ihm herausholen. Ich habe ihr noch Ratschläge mit auf den Weg gegeben. Oder was glaubst du, weshalb sie sich doch mit ihm verabredet hat? Die Reportage kann mein Durchbruch werden. Mit diesem seltsamen Menschen.»

«Waaas? Er könnte hinter seiner Fassade brutal und gemein sein!»

Ich trank viel Rotwein in gierigen Schlucken.

«Heidi ist Fechterin, gut durchtrainiert, die hilft sich selbst.»

«Florett oder Degen?», fragte ich mit einer taumeligen Zunge.

«Säbel», antwortete Broschke.

Spät Nachts in unserem Zimmer verkündete ich, nicht noch eine weitere Nacht mit ihm im selben Bett verbringen zu wollen. Ich nahm Wolldecken und Kissen, verließ die Pension und stapfte durch die Dunkelheit in Richtung Parkplatz, der kaum fünfzig Meter vom Haus entfernt war. Die Rückbank des Citroëns war weich und groß genug. Broschke ließ ich das Französische Bett und die Minibar. Um mein Glück vollkommen zu machen, zog wieder Nebel vom See herauf, diesmal eine dicke Milchsuppe, und es begann zu nieseln. Irgendwann weckte mich ein Geräusch aus dem Schlaf. Es war der leise Motor eines sehr langsam fahrenden Autos vorne an der Straße. Ich blickte hinaus und sah im fahlen Licht einer Laterne, dass es der Jaguar von Franz war. Er war allein. Und er hatte nicht angehalten, und Heidi war nicht vor der Pension ausgestiegen, um in ihr Zimmer zu gehen.

Wegen der Kälte war ich warm angezogen, so brauchte ich nur noch meine Schuhe überzuziehen. Ich verließ geräuschlos mein Auto und verfolgte den langsam fahrenden Wagen in einem Abstand von ein paar Metern, indem ich geduckt an Büschen und Zäunen vorbeischlich. Dunkelheit und Nebel schützten mich. Der Jaguar hielt für Minuten vor der Fleischerei. Verborgen unter den herabhängenden Zweigen einer turmhohen Tanne beobachtete ich, wie Franz vom Auto aus zu seinem Fleischergeschäft starrte. Ich blickte mich um. Die Straßen waren leer, die Fensterläden aller Häuser geschlossen, ich war allein. Franz fuhr weiter. Da legte sich von hinten eine Pranke schwer auf meine rechte Schulter.

»Umbringen sollte man dich!», schnaubte ich in Broschkes Gesicht.

«Was machst du hier?»

Er hatte es ohne mich nicht ausgehalten, das war klar, behauptete aber, er hatte nur sehen wollen, ob ich auch nicht fröre.

«Ich hab dich grad noch um die Ecke biegen sehen und bin hinterher, war doch gut so, nicht?»

Blödmann. Mein Herz hatte aufgehört zu pumpen. Ich fror.

«Heidi ist weg, du Idiot.»

«Sie ist in ihrem Zimmer.»

»Nein, da ist sie nicht.»

«Ich habe im Flur unsere Wirtin getroffen, sie hat gesagt, dass Heidi schon im Bett ist. Du redest dir da was ein, sage ich.»

»Sie ist definitiv nicht aus dem Auto ausgestiegen. Ich habe einen leichten Schlaf, ich hätte sie bemerken müssen. Sie muss auf jeden Fall an dem Parkplatz vorbei, es gibt keinen anderen Weg.»

«Mach, was du willst, ich gehe wieder schlafen, du spinnst ja.» Er drehte sich um und marschierte den Weg zurück zur Pension. Das Knirschen seiner Schritte verhallte in der Nacht.

Ich schlich an dem Geschäft von Franz vorbei. Ich musste mich beeilen, um ihn einzuholen, denn ich hatte mit Broschke einige Zeit vergeudet. Franz hielt am äußersten Ende der Straße vor einem verfallenen Haus. Er stieg aus und schlenderte zur Gartentür. Er hatte alle Zeit der Welt. Ich folgte ihm vorsichtig. Plötzlich drehte er sich um.

«Bonsoir, schönes Kind, so spät noch auf den Beinen?»

Ich präsentierte einen gleichgültigen Gesichtsausdruck, alles in Ordnung. Seine Augen musterten mich und glühten sanft.

«Guten Abend, Monsieur Legrand, ich wollte nur noch auf ein Glas unter netten Menschen sein, irgendwo.» Direkter Blickkontakt war schlecht für mich.

«Da sind Sie hier richtig. Genehmigen Sie sich einen Cognac mit mir. Sie sehen aus, als hätten Sie den nötig.»

Er sah jedenfalls nicht danach aus. Franz wirkte entspannt. Er führte mich in sein hallenartiges Wohnzimmer vor den knisternden Kamin im Zentrum des Raumes. Wo war Heidi? Ich musste die Angelegenheit beschleunigen und kam zur Sache.

«Wissen Sie, was ich glaube?»

«Ah, Sie sind religiös?»

«Mich täuschen Sie nicht. Ich glaube, Sie haben Ihre Frauen umgebracht!»

Franz lachte laut auf. «Genau, meine Liebe! Ich habe Wurst aus ihnen gemacht!» Es amüsierte ihn tatsächlich.

«Wo ist Heidi?»

«Hier ist sie jedenfalls nicht.»

Um mich davon selbst zu überzeugen, sprang ich aus dem Lederfauteuil hoch. Er auch aus seinem, und beide eilten wir zu der einzigen Tür weit hinten im Raum.

«Das ist das Schlafzimmer meiner Mutter. Früher hat sie es manchmal benutzt, aber das ist Jahre her. Ich selbst schlafe dort hinten.» Er zeigte auf eine Ecke in entgegengesetzter Richtung. Eine grob geflochtene spanische Wand verbarg nur knapp ein ausladendes Bett. «Für mich reicht ein einziges Zimmer, wenn es nur groß genug ist.» Franz blinzelte mich an.

Ich klopfte nachdrücklich an die Tür. Keine Antwort. Nur mit Gewalt ließ sich die verrostete Klinke endlich herunterdrücken. Im Zimmer war niemand zu sehen.

«Ein behagliches altmodisches Bett», bemerkte ich und schaute darunter.

«Sie mögen Antiquitäten? Dann müssen Sie sich die alten Trachten meiner Mutter einmal ansehen. Was Ihnen gefällt, dürfen Sie behalten. Es müsste auch irgendwo noch alter Familienschmuck rumliegen.» Der Mann nahm mich gar nicht ernst.

Ich öffnete die Schranktüren. Mir wehte Zugluft entgegen. Kleider dagegen sah ich nicht. Franz stand da und riss die Augen auf. Ich auch, denn der Schrank hatte keine Rückwand. Da lag eine Treppe, die steil nach unten führte.

«Heidi!», rief ich in die muffige Dunkelheit. Keine Antwort.

Franz packte mich am Arm. Er war sehr kräftig, ich leider gar nicht. «Kommen Sie, wir gehen hinunter und suchen sie.»

Was sollte ich tun? Schreien? Das hätte nichts genützt. Je tiefer wir die Treppe hinabstiegen, desto kälter wurde es.

«Sie zittern ja! Fürchten Sie sich etwa? Vor mir?» Seine klare helle Stimme war schrill geworden.

Meine Stimme versagte. Meine Angst stieg wie eine Flut. Dann führte eine Treppe wieder hinauf. Franz stieß mit seinem kräftigen Körper gegen eine Tür. Das Schloss krachte, die Tür auch, und sie sprang auf.

Es war die blitzsaubere Küche der Pension, die Küche seiner Mutter. Auf dem hellen Steinfußboden lag Heidi, bewusstlos oder tot, das Gesicht blutüberströmt, daneben stand Madame Legrand mit einem Baseballschläger in der linken Hand.

«Sie hat sich so gewehrt, ich musste viel öfter zuschlagen als bei den andern», Madame Legrands linker Fuß stand in Heidis Blut.

«Mutter, was hast du getan?», rief Franz und stürzte auf sie zu. Er schüttelte sie an den Schultern.

«Sie haben dich alle nur ausgenutzt, das weißt du doch, jetzt liegen sie in ihren Pelzen hinten im Garten ... die hab ich ihnen gelassen ... den Schmuck nicht! Das wäre zu viel des Guten! Obwohl ...» Madame trat geistesabwesend von einem Fuß auf den anderen. In der Küchentür erschien Broschke. Er stürzte sofort auf Madame Legrand zu, entriss ihr den Schläger, was nicht schwer war, denn sie stand völlig kraftlos da und murmelte unverständliche Worte. Dann kniete er neben Heidi nieder.

«Schnell, ruft die Polizei und einen Rettungswagen, sie lebt noch!» Es war Franz, der zum Telefon raste.

Ende der Woche fuhren Broschke und Heidi ab. Das Mädchen war sehr zäh. Ich hatte zwar nichts mehr zu tun, blieb aber noch in dem kleinen Dorf am See und ließ es mir gut gehen. Franz hatte beschlossen, sich irgendwo ein neues Domizil zu suchen.

«Art de charcuterie – gibt es das eigentlich in Berlin?», fragte er mich eines Nachts im Auto. Und konnte die Finger nicht von mir lassen. Endlich.

Tatort.

Markus Thönniß

Aus den Radioboxen schepperte *Sweet Home Alabama*. Staubig lag die Altmarsch hinter Dieters Jettascheibe ausgebreitet, als säße er im Kino.

Seit vorgestern quälte ihn die Frage, was Paul mit dem Mord an Heimann zu tun hatte. Und warum sollte er behaupten, er sei am Tag zuvor im Breckstetter Forst spazieren gegangen? Um elf Uhr nachts!

Nun aber, nach vierundzwanzig Stunden Polizeigewahrsam, schwoll in ihm ein Freiheitsgefühl, neben dem selbst dringliche Fragen verblassten. Ein Traktor zerpflügte den Horizont zur schlierigen Wolke. Der Motor jauchzte auf.

Dann verwandelte sich das Kino in ein 3-D-Kino; und krachend brachte das verrostete Gesäß eines Kleintransporters zu Tage, was niemand zuvor zu vermuten gewagt hätte: Dieter hatte ein Hirn.

Dafür hett der Jung datt Herz auf'm rechten Fleck, hatte ihn der Vater vor etlichen Jahren beim Elternsprechtag verteidigt.

Aber Herr Brodersen, mit diesem Zeugnis wird Dieter niemals eine Lehrstelle finden, warf die Klassenlehrerin verzweifelt ein.

Datt wulln wa ja ma sehen! Der Vater stieß Dieter in die Seite: *Komm. Wir gehen.*

Dieter, der sich die schmerzenden Rippen rieb, folgte dem Vater aus dem Klassenzimmer. Seine Lehrerin blickte ratlos.

Datt wulln wa ja ma sehen, meinte auch Jens Joswig, nachdem der Vater und Dieter direkt vom Elternsprechtag zu ihm gefahren waren. Jens Joswigs Hand sauste schwer auf Dieters Schulter nieder, der die Zähne vor Schmerz zusammenbiss: *'türlich fängst du bei mir an.*

Und aus seinem *'türlich* sprach das norddeutsche Understatement einer Freundschaft, die keine Worte an sich verschwendete. Brodersens und Joswigs halfen einander. Selbstverständlich. Wortkarg. Erbarmunglos. Das war schon seit Generationen so. So wie in beiden Familien seit Generationen jeweils nur ein Sohn geboren wurde. Die brüderliche Zuneigung, die dieser für den Sohn der anderen Familie empfand, zeigte er durch stille Opferbereitschaft. Zumindest wurde das immer behauptet.

Belegt ist, dass Dieters Großvater dem gleichaltrigen Joswig-Sohn das Leben rettete, als beide Kradmelder bei der SS-Werferabteilung 480 waren und nordöstlich von Berlin in einen Hinterhalt gerieten. Jedes Frühjahr fuhren sie gemeinsam zu dem Buchenhain, in dem spätestens *sie* das unzertrennbare Band zwischen den Söhnen beider Familien geknüpft hatten.

Und auch Dieters Vater hatte Jens Joswig schon *seinen Lebensretter* genannt; obwohl in jenem Sommer nicht mal ein neunjähriger Nichtschwimmer im ausgetrockneten Bloomsee ertrunken wäre. Trotzdem zog Jens Joswig den gestolperten Vater aus dem knietiefen Wasser. Als sie am Ufer lagen, imitierte Jens Joswig mit kindlichem Heldenmut eine Herzmassage. Bei jedem Stoß in die Magenkuhle des Vaters sprudelte eine kleine Fontäne aus dessen Mund. Und wären sie keine Kinder gewesen, beide hätten sich gegen solch ungewohnte Theatralik, wie Jens Joswig *seinen Lebensretter* zu nennen, gewehrt. Denn mochten sich ihre Charaktere auch unterscheiden, sie trafen sich in ihrer Abneigung gegen Geschwätzigkeit.

Deshalb kniff Jens Joswig, dessen Hand noch immer auf Dieters Schulter lastete, nur aufmunternd in dessen Schulterblatt. Dann schlug er dem Vater, dem der Ablauf des Elternabends zugesetzt zu haben schien, einen Spaziergang zum Bloomsee vor. Die Klassenlehrerin hatte sich geirrt. Dieter hatte eine Lehrstelle gefunden. Er rieb sich die schmerzende Schulter.

Jens Joswig war ein guter Chef. Nicht nur, dass er die großväterliche *Klempnerei Joswig* ins chromfunkelnde *Sanitärparadies Joswig (die Nummer 1 in der Altmarsch)* verwandelte, er gab auch dem Vater Arbeit. Und ohne seine Nachhilfestunden hätte der begriffsstutzige Dieter die Gesellenprüfung zum Sanitärfachverkäufer wohl nie bestanden. Während dieser die folgenden Jahre Kunden beim Fliesen- oder Whirlpoolkauf beriet, wachte Jens Joswig darüber, dass Dieter keine allzu verlustreichen Missgeschicke widerfuhren.

Als Jens Joswig starb, schien es Dieter, als sei ihm ein Vater gestorben. Paul Joswig übernahm die Leitung des *Sanitärparadies'*.

Ein eisiger Novemberwind fegte den Trauergästen ins Gesicht, die in langem Defilee zu Jens Joswigs Begräbnis gekommen waren. Wer sich am offenen Grab persönlich von ihm verabschiedet hatte, floh in die warme Dorfwirtsstube zum Totenschmaus. Bis auf Dieter und Paul, die im Jetta zum Bloomsee fuhren. Als sie mit hochgeschlagenen Sakkokrägen schweigend am Ufer entlangliefen, musste Dieter unweigerlich daran denken, wie Paul vor langen Jahren versucht hatte, ihm hier das Leben zu retten.

Weil es dazu keinen Anlass gegeben hatte, tauchte Paul durch das trübe Wasser des Bloomsees und zog dem Nichtschwimmer Dieter kurz entschlossen die Füße weg. Dieter schlug panisch um sich. Dabei trieb er Richtung Seemitte, bis er nicht mehr stehen konnte. Bei seinem Rettungsmanöver wurde Paul von Dieters Ellbogen an der Schläfe getroffen. Und auch wenn das Erlebnis, von DLRG-Schwimmern in ein Schlauchboot gezerrt zu werden, nicht mit dem Heroismus einer Freundesrettung konkurrieren konnte, es schweißte die beiden nicht minder zusammen.

Ich weiß, woran du denkst, sagte Paul.

Ist ja nicht schwer, sagte Dieter.

Und weißt du, warum der Täter immer an den Tatort zurückkehrt?

Dieter wusste es nicht, und er verstand auch den Sinn der Frage nicht. Wie er übrigens auch die Antwort, die Paul sich selber gab, nicht verstanden hatte. Aber Dieter fragte nicht nach. Weil er fror und weil er den Freund sprechen lassen wollte, den nicht bloß der Tod des Vaters quälte. Einige Wochen zuvor hatte ihn auch noch Anna, seine Jugendliebe und langjährige Freundin, wegen Heimann verlassen, dem hochsonnengebräunten

Spross eines konkurrierenden Sanitärmarktes. Aber nachdem sich Paul zum Täter und dessen Zwang, zum Tatort zurückzukehren, selber geantwortet hatte, schwieg er wieder.

Ich weiß, woran du denkst, begann Dieter vorsichtig.

Ist ja auch nicht schwer. Paul trat einen Kieselstein vom Weg. Er wollte nicht reden. Nicht über den Tod seines Vaters und auch nicht über Anna, die er hier am Bloomsee zum ersten Mal geküsst hatte und an die er, wie Dieter erraten hatte, gerade dachte. Vor allem wollte er weg von diesem Ort.

Bisher waren ihm hier alle Erlebnisse von neuem gegenwärtig geworden. Nun wirkten sie blass und abgestorben. Als wäre dieser Ort bloß ein Mitbringsel aus limonadeseligen Kindheitstagen. Wie der Videotheksausweis, mit dem Dieter und er einen Pornofilm ausgeliehen hatten: Lange Jahre hatte Paul die Karte gerahmt in seinem Zimmer hängen. Irgendwann schwand dann der Triumph, den er zuvor immer bei ihrem Anblick empfunden hatte.

Damals war Dieter gerade sechzehn geworden. Stolz zeigte er Paul seinen neuen Personalausweis. Der hatte den Einfall. Er schnitt die *2* aus der Steuerbanderole einer Zigarettenschachtel und klebte sie über die *5* auf dem Ausweis, fixierte alles mit Haarspray, und Dieter war drei amtliche Jahre älter. Nach einem zweifelnd-prüfenden Blick bekam er seinen Videotheksausweis und den verlangten Film. Er handelte von einer Dreiecksbeziehung. Als die Wirren der Pubertät abklangen, hatte Paul die gerahmte Karte hinter dem Kleiderschrank deponiert.

Wir müssen zurück zur Trauergesellschaft, sagte er und ging zum Jetta, entschlossen, nie wieder an diesen Ort zurückzukehren.

Als die beiden in die heimelige Wärme der Wirtsstube traten, mischten sich, befeuert vom Klaren, der auf das Wohl des Verstorbenen ausgeschenkt wurde, erste derbere Anekdoten unter die sonst ehrerbietenden Berichte aus dem Leben Jens Joswigs.

Wie sehr dieser in Zukunft fehlen sollte, ahnte Dieter erstmals, als er kurz vor seinem fünfzehnjährigen Arbeitsjubiläum im *Sanitärparadies* entlassen wurde. Es war wohl Pauls großspuriger Lebensstil, der die *konjunkturbedingte Entscheidung* erzwang, *sich auf das traditionelle Kerngeschäft des Unternehmens,* kurz die Klempnerei, *zu besinnen.* Paul beteuerte gegenüber Dieter, dass dies die Entscheidung der Bank gewesen sei, er selbst hätte lieber die Klempnerei abgestoßen. Das volle Ausmaß der Lücke, die Jens Joswig hinterließ, erkannte Dieter aber erst, als der Vater dem Freund einige Monate später aus dem Leben folgte.

Nach dem Begräbnis von Dieters Vater fuhren Paul und Dieter wieder gemeinsam zum Bloomsee. Dieter hatte der Vorschlag Pauls überrascht. Hatte der ihm doch gesagt, dass er nie mehr hierher kommen wolle. Aber schon während der Beerdigung war Dieter Pauls gehetzter Blick aufgefallen. Er wirkte abwesend. Fast drängte er Dieter zum Auto.

Um den See lagen Badegäste auf bunten Decken. Paul zog Dieter zur Seite und begann auf ihn einzureden: *Hör zu, du musst mir helfen. Ich sitze in der Scheiße.*

Was ist . . .?

Hör einfach nur zu, unterbrach ihn Paul. *Die wollen mir einen Mord anhängen. Die behaupten, ich hätte Heimann umgebracht . . . Morgen wird die Polizei zu dir kommen und dich fragen, wo du gestern gewesen bist. Du antwortest dann: «Ich war gestern im Breckstetter Forst spazieren.» Und zwar irgendwann nachts. Um elf oder so. Du hast nichts gemacht. Du warst einfach nur spazieren, mehr nicht.*

Ich soll der Polizei erzählen, dass ich nachts spazieren gehe?

Nicht dass du nachts spazieren gehst. «Ich war gestern um 23 Uhr im Breckstetter Forst spazieren», sollst du denen sagen. Die müssen dich nach vierundzwanzig Stunden laufen lassen. Ich brauche die Zeit, um zu beweisen, dass ich nichts mit dem Mord an Heimann zu tun habe.

Welchem Mord an Heimann?

Heimann wurde umgebracht. Und das wollen die jetzt mir anhängen.

Wer die?

Das erklär ich dir später. Zuerst musst du mir helfen.

Indem ich ins Gefängnis gehe?

Nicht ins Gefängnis. Ich bitte dich bloß um eine Nacht auf dem Polizeirevier.

Dieter schaute Paul an, als hätte dieser den Verstand verloren. Dann kam Paul mit seinem Gesicht näher: *Kannst du dir vorstellen, was dein Großvater zu deinem Zögern sagen würde? Du weißt doch noch, dass mein Vater deinem Vater das Leben gerettet hat?* Paul deutete auf den See, in dem Kinder tobten: *Ich wollte dir hier das Leben retten, erinnerst du dich? Und ich bitte dich nur um eine einzige Nacht bei der Polizei.*

Dieter zog eine leidende Grimasse, dann eine andere, als hätte jeder der Gedanken, den er abwog, sein eigenes schmerzvolles Anlitz. Und seine Gedanken schienen es nicht allzu eilig zu haben. Irgendwann ächzte er auf: *In Ordnung. Aber dann erklärst du mir alles.*

Paul fiel ihm erleichtert um den Hals. *Und dann brauche ich noch das Geld von deinem Vater.*

Wie, das Geld vom Vater?

Das Erbe, ich brauche dein Erbe. Du kriegst es wieder, sobald du von der Polizei kommst. Ich schwöre dir: Donnerstag um zwölf Uhr mittags treffen wir uns wieder hier. Ich habe dein Geld dabei, den Beweis meiner Unschuld, und dann werde ich dir alles erklären.

Ich soll nicht nur ins Gefängnis, sondern du willst auch noch das Geld vom Vater? Das ist ja wohl ein bisschen viel verlangt! Dieter wurde zornig.

Es dämmerte bereits, als die beiden zu Dieter fuhren. Mit den Jahren hatte der Klempnerlohn des Vaters eine Keksdose gefüllt, die dieser unter einer losen Diele seines Schlafzimmer versteckt hatte. Er hatte es in dem Testament verraten, das Dieter unter dem Kopfkissen seines Vaters gefunden hatte, wie Paul von ihm wusste.

Paul nahm die Dose. Bevor er ging, fixierte er Dieter mit suggestivem Blick. *Wiederhole den Satz: «Ich war gestern um elf Uhr im Breckstetter Forst spazieren.»*

Dieter wiederholte den Satz.

Sag einfach nur diese Worte, wenn sie dich fragen. Übermorgen am Bloomsee! Um zwölf!

Woher weißt du, dass ich dann schon wieder raus bin?

Das erkläre ich dir übermorgen. Paul griff in die Dose und reichte Dieter einen Geldschein. *Fürs Taxi. Um nach Hause zu zu kommen.*

Dann lief er zu seinem Auto. Auf dem Rücksitz lag ein länglicher, in ein Handtuch gewickelter Gegenstand. Paul fuhr zum Breckstetter Forst, wo Heimann seine Jagdhütte hatte.

Paul wusste, dass Heimann dort allein sein würde. Er hatte ihn in letzter Zeit observiert. Zunächst ohne konkreten Hintergedanken. Dann benachrichtigte ihn Dieter vom Tod seines Vaters. Auf der Station, wo Anna als Krankenschwester arbeitete, fand er heraus, dass sie heute Nachtwache hatte und im Krankenhaus schlafen würde. Bevor er zum Begräbnis von Dieters Vater fuhr, nahm er die Axt, mit der er die letzten Tage einige Schlagkombinationen geprobt hatte, und wickelte sie, zusammen mit einem Paar gelber Abwaschhandschuhe, in ein Handtuch.

Paul schlich um die Jagdhütte. Zwar brannte Licht, aber Heimann konnte er nirgendwo entdecken. Er musste im Bad sein, wo die Fensterläden geschlossen waren. Paul zog sich die Handschuhe über und drückte die Türklinke. Auch diesen Abend hatte Heimann nicht abgeschlossen. Die Axt vor der Brust wiegend, trat Paul in den engen Flur. Er hielt den Atem an. Dann sprang er mit einem federnden Satz ins Bad.

Heimann lag unter einem Solarium, das in einer Nische des Badezimmers stand. Die Augen geschlossen und das Rauschen der Lüftung im Ohr, hatte er Paul nicht bemerkt. Paul kam ein Einfall: Er nahm den Schraubendreher, den er auf der Fensterbank entdeckt hatte, und schob ihn in das letzte Kettenglied vor dem Zahnrad, das die schwere Oberschale hochzog.

Heimann erschrak, als das Solarium unter einem Stoß erbebte. Er nahm die Bräunbrille ab, seine Finger tasteten nach dem Knopf, um die Oberschale hochzuziehen. Er drückte. Wieder nur das kurze Rucken. Die Oberschale bewegte sich nicht. Heimann drückte noch einmal den Knopf. Das Gleiche. Und wieder.

Heimann begann zu verstehen: Das erste Rucken hatte das Ende seiner Bräunzeit angezeigt. Jetzt blockierte aus irgendeinem Grund die Mechanik. Und weil die Oberschale nicht zu der Stelle hochfuhr, wo sich die UV-Röhren ausschalteten, drohte ihm das Schicksal eines Brathähnchens. Heimann versuchte, die

Oberschale hochzudrücken, aber in der Enge des Solariums bekam er nicht einmal die Hände vor die Brust. Er hämmerte gegen die Liegefläche und schlug sich an ihr die Fersen blau.

Paul hatte unterdessen seine Axt genommen und lief ein Stück in den nächtlichen Wald, wo er ein graues Kunstlederportemonnaie fallen ließ. In dem Portemonnaie steckten ein zerknitterter Schein, einige Münzen und ein alter Videotheksausweis, der auf Dieters Namen ausgestellt war. Als er wieder im Auto saß und die Abwaschhandschuhe auszog, wuchsen die Blasen, die sich auf Heimanns Haut gebildet hatten. Sie konfluierten zu einer einzigen, die durch sein Gestrampel aufriss und sich in langen Fetzen vom rohen Fleisch ablöste. Heimann schrie sich taub. Als er die Kontrolle über seinen Harndrang verlor, raubte ihm ein Brennen den Atem, das aus der Hölle zu stammen schien. Dann begann er zu frieren. Unter Schüttelkrämpfen japste er nach Luft, wie ein an Land geworfener Fisch ...

Heimann hatte keine Ahnung, wie lange seine Qualen andauerten. Aber irgendwann kehrte eine wohlige Wärme in seinen Körper zurück. Er glaubte sich auf einer Sommerwiese. Heimann wusste, er würde gerettet werden.

Die Fensterläden wurden geöffnet. Tageslicht strömte ins Bad. Anna ging zum Solarium. Mit fragendem Blick griff sie zwischen die Schalen. Was sie zu fassen bekam, fühlte sich wie eine faulige Gurke an. Es war kalt.

An diesem Morgen klingelte es an Dieters Haustür. Einer der Herren, die vor der Tür standen, stellte sich als Hauptkommissar Kenning vor und fragte Dieter, wo er letzte Nacht gewesen sei.

Mit einem Satz sprang Dieter die Stufen zum Polizeirevier hinunter und lief zum Taxistand. Es war halb elf. Er musste sich beeilen, um rechtzeitig zur Verabredung mit Paul zu kommen. Er nannte dem Fahrer seine Adresse.

Dieter war müde. Die ganze Nacht hatte Kommissar Kenning versucht, ihn zum Mordgeständnis an Heimann zu überreden. Dieter behauptete unentwegt, zwar um elf im Breckstetter Forst gewesen zu sein, nicht aber bei Heimann. Es war schon Morgen, als Kommissar Kenning von seinem Assistenten aus dem Büro gebeten wurde: *Wir haben keine Fingerabdrücke, nichts, keine Beweise. Wir müssen ihn gehen lassen.*

Und was ist mit dem Portemonnaie?

Aber er leugnet doch überhaupt nicht, spazieren gegangen zu sein.

In Kommissar Kennings Stimme lag etwas Drohendes, als er Dieter mit den Worten verabschiedete: *Wir werden uns bestimmt noch mal sprechen.*

Das Taxi hielt vor Dieters Haus. Dieter zahlte mit dem Schein, den ihm Paul gegeben hatte, und stieg in seinen Jetta. Was würde wohl Paul zu seinem dummen Fehler sagen, fragte er sich. Während des Verhörs war es ihm plötzlich aufgefallen. Am Dienstagnachmittag hatte Paul ihm gesagt, er solle behaupten, dass er *gestern* spazieren gegangen sei. Aber *gestern* konnte dann nur Montag heißen. Der Polizei aber hatte er am Mittwoch gesagt, dass er *gestern,* also Dienstag, im Breckstetter Forst gewesen wäre. Dieter staunte, dass niemandem sein Fehler aufgefallen war. Gleich war es zwölf. Er beschleunigte den Wagen. Ein Traktor zerpflügte den Horizont zur schlierigen Wolke. Der Motor jauchzte auf.

Als Hauptkommissar Kenning zur Unfallstelle kam, lief ihm sein Assistent entgegen: *Der Fahrer des Pkws war sofort tot. Der des Kleintransporters liegt im Krankenhaus. Es gibt keine Bremsspuren, und an den Bremsschläuchen hat, wie es bis jetzt aussieht, auch niemand rumgespielt. Und nun rate mal, wer im Jetta saß!* Der Assistent hob Dieters leicht angekokelten Personalausweis in einer Klarsichtfolie hoch. Kommissar Kenning deutete auf den Rücksitz des Autowracks: *Sieht aus wie ein Stück Hirn.* Angeekelt wandte er sich ab.

Und in diesem reflexartigen Abwenden der Menschen liegt der Grund dafür, dass dieser Fall nie gelöst werden wird. Für Kommissar Kenning ist mein Freund nach wie vor verdächtig, Heimann ermordet zu haben. Sein Unfall wird als Freitod aus Gewissensbissen gedeutet werden. Zugegeben, es ist die einfachste Lösung. Vielleicht gibt es eine bessere, die ungleich mühsamer zu finden wäre. Aber wie hatte ich mir auf die Frage, warum der Täter immer an den Tatort zurückkehrt, nach der Beerdigung selber geantwortet? – *Er möchte entdeckt werden. Dass man ihn dennoch nur selten findet, ist einem tiefen Unverständnis zwischen den Menschen verschuldet. Wie übrigens auch die Tat, mit der der Täter die Zuneigung der anderen erzwingen will, dem gleichen Unverständnis entspringt.* Vielleicht werde ich in nächster Zeit, wenn die Schulden bezahlt sind, an der Unfallstelle vorbeischauen.

Ein später Gast

Umberto Bellini

Ein lausiges kleines Nest im Friaul, unweit von Udine. Es dämmerte früh, ein kalter Wind machte sich auf und hetzte flachbäuchige Wolken übers Land. Regen setzte ein, er fiel dünn und strähnig. Das war kein guter Tag, dachte der Wirt, trat vor die Tür seiner Trattoria Da Alberto und spuckte einer Katze hinterher, die sich links am Haus vorbeiduckte.

Die Saison war schlecht angelaufen. Späte Nachtfröste, kein stabiles Wetter und der Euro. Kein Wunder! Und noch dazu die wenig attraktive Gegend, in der seine Familie seit Generationen ihr Brot verdienen musste. Sicherlich, ein paar kultursüchtige Deutsche würden wohl wiederkommen und sich vor zerfallenden Kirchen und morbiden, efeuumrankten Klostermauern fotografieren lassen. Auch Engländer natürlich, Österreicher und andere. Am wenigsten mochte er Niederländer. Die hatten immer alles dabei, verzehrten also kaum etwas, stürmten seine Toilette und hauten gleich wieder ab. Sogar Klopapier ließen sie rollenweise mitgehen.

Weil ihn fröstelte, wollte er gerade zurück ins Haus, als sich unten im Tal der Lichtkegel eines Autos durch die bucklige Landschaft tastete. Der Wagen hielt mehrmals an, so als suche sein Fahrer nach Orientierung. Ein Fremder, dachte der Wirt, vielleicht ein später Gast. Er sollte Recht behalten. Das Auto kam näher, hielt schließlich vor seinem Haus. Ein Kleinwagen mit Mailänder Kennzeichen, leidlich gepflegt, nichts Besonderes. Eine Frau mittleren Alters stieg aus, eher klein, kräftig gebaut, aber durchaus attraktiv, wie der Wirt fand. Sie reckte sich, blickte prüfend in die Runde, witternd, wie Rehe es tun, bevor sie aus dem Wald hinaus auf eine Lichtung treten. Langsam ging die Frau auf den Wirt zu, blieb schließlich vor ihm stehen, zunächst wortlos. Sie wirkte ruhig, entschlossen, wachsam, kalt. Ihre Augen flößten dem Wirt Respekt ein, mehr noch: Angst. Die Fremde, so schien es, verfügte über Augen mit Fangarmen. Tentakelaugen.

Der Wirt begrüßte sie unsicher. «Keine gute Gegend für eine allein reisende Signora, jedenfalls nicht spätabends. Immer wieder passiert etwas, zu viele Ausländer in dieser Gegend und so.» – «Ich bin Ausländerin», antwortete sie. «Entschuldigen Sie, das war nicht so gemeint», versicherte er hastig. «Sie scheinen mir von weit her zu kommen, oder?» – «Von sehr weit, Signore», sagte sie. «Von einer Beerdigung.» Ihre Stimme klang verbittert, hart. «Beerdigung? Schrecklich. Das tut mir wirklich sehr Leid für Sie», sagte der Wirt. «Haben Sie ein Zimmer für die Nacht?», fragte sie. «Es ist noch nicht ganz sicher, ob ich bleiben werde. Man wird sehen ...» – Eigentlich vermieten wir nicht», bedauerte er. «Sind schlecht darauf eingerichtet, aber ich würde es trotzdem möglich machen. Meine Frau ist mit dem Jungen für ein paar Tage bei Verwandten, da könnte ich Ihnen etwas herrichten. Zum Garten hin, sehr ruhig gelegen.» – «Sie sind also ganz allein im Haus?», fragte die Fremde. «Ja. Aber nun kommen Sie doch schon mit rein, Signora. Hier draußen holt man sich sonst noch den Tod.»

Sie gingen in die Gaststube. Der Wirt brachte eine Holzplatte mit kaltem Aufschnitt, dazu Oliven, Peperoni, marinierte Tomaten. Die Fremde aß wenig, schob bald alles beiseite und bat den Wirt zu einem Glas Rotwein an ihren Tisch. Lange saßen beide schweigend zusammen. Sie beobachtete ihn scharf, schien sich an etwas erinnern zu wollen. Nach einer Unendlichkeit fragte sie: «Sie sind doch ein gewisser Alberto Marani, der Bruder von Renzo Marani, nicht wahr?» – «Richtig», bestätigte der überraschte Wirt. «Wie kommen Sie darauf, Signora?» «Nur so», sagte sie. Danach herrschte wieder minutenlange Stille, abgesehen vom monotonen Summen einer fetten, bläulich schillernden Fliege, die im Lichtkegel der Tischlampe kreiste. Die Blicke der Fremden folgten ihrer Flugbahn mit wacher Aufmerksamkeit. Diese Augen!, dachte der Wirt. Sie wird die Fliege töten wollen. Zwanghaft. Eine wie sie kann gar nicht anders, schoss es ihm durch den Kopf. Aber es wird ihr nicht gelingen. Die Fliege ist schneller als sie, ich weiß es. Den ganzen Tag über war ich hinter ihr her, aber jedes Mal ist sie mir entwischt. Er hatte seine Gedanken noch nicht zu Ende gebracht, als die Fremde mit einer blitzschnellen Handbewegung, die etwas unbedingt Entschiedenes hatte, nach dem Insekt griff, es auf Anhieb einfing und dann mit großer Wucht auf den Tisch schlug, wo es einen Ekel erregenden feuchten Fleck hinterließ. «Auch Tiere sind Geschöpfe Gottes», sagte sie und lächelte, während sie den zerquetschten Kadaver mit ihrer Serviette sorgfältig von der Tischplatte wischte. Den Wirt grauste es. Spätestens jetzt bereute er, diese Frau nicht gleich an der Tür abgewiesen zu haben.

Sie bat um weiteren Wein. «Wieder den Roten, am besten gleich eine Flasche davon. Ich denke, dass er uns beiden gut tut», meinte sie. Während der Wirt verunsichert hinter der Theke hantierte – was hatte diese Person eigentlich mit ihm vor? –, kam ihm der Gedanke, unter einem Vorwand in die Küche zu gehen, um von dort durch eine Hintertür in die Nacht hinaus zu fliehen. Aber er spürte, dass er längst ihr Gefangener war. Einer, der von den Tentakelaugen dieser Signora, die für keine Sekunde von ihm abließen, wie gebannt schien. Zurück am Tisch fragte der Wirt betont leichthin: «Was machen Sie eigentlich beruflich?» – «Historikerin. Ich befasse mich mit Vergangenem», antwortete sie und fügte hinzu: «Kirchenhistorikerin, in gewisser Hinsicht jedenfalls. Kirchenraub war über Jahre mein Spezialgebiet.»

Heilige Mutter Gottes, dachte der Wirt beruhigt, welch ein Glück für mich! Kirchenhistorikerin, da kann die Signora kein schlechter Mensch sein. «Erzählen Sie doch ein wenig von ihrer Arbeit», bat er. «Später», antwortete sie. «Im Moment interessiert mich etwas anderes: Wie denken Sie über den Tod, Signore?» – «Über den Tod? Wie soll ich das verstehen?» – «Nehmen sie es wörtlich. Wie denken Sie über ihn? Haben Sie Angst? Glauben Sie an Gott? An den Teufel etwa? Was kommt nach dem Tod? Das Jüngste Gericht vielleicht? Das alles sind doch Fragen, über die jeder irgendwann einmal nachdenkt, oder?» – «Sie haben durchaus Recht, Signora», stammelte der aufs Neue völlig verunsicherte Wirt. «Aber warum sollte ich ausgerechnet heute, an diesem netten Abend mit Ihnen, an den Tod denken?»

Die Fremde griff nun nach ihrer Handtasche, entnahm ihr eine

Pistole und legte sie neben ihr Glas auf den Tisch. Stand auf, ging um den Tisch herum, beugte sich zu dem erstarrten Wirt hinunter und sagte leise zu ihm: «Weil Ihnen der Tod noch nie so nahe war wie an diesem netten Abend mit mir! Übrigens, ich gehe jetzt mal kurz zur Toilette. Wahrscheinlich rechts den Gang neben der Theke entlang, denke ich.» Der Wirt nickte. «Und damit wir uns nicht missverstehen», sagte sie und blickte dem Wirt dabei auf unnachahmliche Weise in die Augen, «Sie rühren das Ding da auf keinen Fall an, verstanden? Sie ist geladen und entsichert. Also keine Dummheiten. Machen Sie mir inzwischen die Rechnung, ich werde wohl gleich weiterfahren.»

Dem Herr sei Dank, flüsterte der Wirt vor sich hin, sie will weiterfahren! Also wendet sich doch noch alles zum Guten. Während ihrer kurzen Abwesenheit überlegte er, dass es eigentlich ein Leichtes sein müsste, die Waffe zu nehmen, aufzustehen und davonzurennen. Oder diese Kanaille einfach abzuknallen. Das wäre schließlich Notwehr. Aber über diese Vorstellung kam er nicht hinaus. Es war ihm unmöglich, nach der Pistole zu greifen. Er war einzig in der Lage, sich schwerfällig bis zur Theke zu schleppen, um Block und Stift für die geforderte Rechnung zu holen. Mit zitternder Hand addierte er die wenigen Posten.

Als die Fremde zurück war und wieder Platz genommen hatte, glich sie die Forderung des Wirts großzügig aus. «Damit wäre meine Schuld aus der Welt», sagte sie und zerknüllte den Zettel. «Reden wir abschließend über die Ihrige!» – «Über meine?», fragte der Wirt verwundert. «Ich schulde Ihnen nichts», behauptete er selbstbewusst. «Es muss hier ein Irrtum vorliegen, wir sind uns noch nie begegnet. Zweifellos ein Irrtum, Signora!»

In diesem Moment gelang es ihm, für Sekunden aus seinem Zustand körperlicher Schwere und Erstarrung auszubrechen und die Pistole mit einer blitzschnellen Bewegung an sich zu bringen. Seine Rechte umklammerte zitternd die Waffe, und ein Hauch von Triumph leuchtete nun in seinen verängstigten Augen auf. «Signora», befahl er unsicher, «Sie verlassen auf der Stelle mein Haus, sonst werde ich sie töten. Das ist Notwehr. Wir sind allein, es gibt keine Zeugen. Jeder Richter wird mir glauben.»

«Beruhigen Sie sich doch wieder», sagte die Fremde und lächelte. Sie zeigte keinerlei Anzeichen von Angst oder Nervosität. «Ich werde Ihnen nichts tun, wirklich nicht. Aber wir sind hier durchaus nicht nur zu zweit, wie Sie vielleicht annehmen. Denn ein dritter, unsichtbarer Gast sitzt bei uns am Tisch. Der ist Ihr eigentlicher Feind.» – «Ein unsichtbarer Dritter?» – «Ja, ich rede von Ihrem Gewissen! Es ist schon etwas Geheimnisvolles damit. Ein Leben lang kommt man nicht von ihm los, stets ist es anwesend. Selbst dann noch, wenn man meint, die erdrückende Last dieses Schattens für immer abgeschüttelt zu haben. Mit der Schuld ist das übrigens ähnlich. Beide sind Geschwister. Ohne Gewissen keine Schuld und umgekehrt.»

Sie ist tatsächlich verrückt, redet wirres Zeugs, durchfuhr es den Wirt. Ich muss sie abknallen, bevor etwas Schreckliches passiert. Mir bleibt keine andere Wahl. Entweder sie oder ich! Unter größten Anstrengungen gelang es ihm, die Waffe anzuheben. Er umklammerte sie mit beiden Händen und richtete sie bebend auf sein Opfer, das ihn emotionslos anstarrte. Er wollte gerade abdrücken, als ihn plötzlich jegliche Kraft wieder verließ. Die Pistole entglitt ihm, fiel polternd auf den Tisch.

Während der Wirt fassungslos vor sich hin starrte, stiegen erste Ahnungen und Bilder aus den Tiefen seines Unterbewusstseins empor. Anfangs schemenhaft, dann immer plastischer, bedrückender. Erfolglos versuchte er, diese Empfindungen zurückzudrängen. Er spürte, wie sich etwas um seine Brust legte, und er musste sich ans Herz fassen. «Was wollen Sie eigentlich von mir? Warum quälen Sie mich unnötig?» Dann wechselte er den Tonfall und meinte einschmeichelnd: «Wir sollten es uns hier lieber richtig gemütlich machen, finden Sie nicht auch? Ich habe einen erstklassigen alten Rotwein im Keller, sogar Champagner, und meine Frau kommt erst in zwei oder drei Tagen . . .»

«Vergessen Sie das», antwortete sie kalt. «Männer wie Sie möchten am liebsten immer mit einer gewissen Münze zahlen. Aber es gibt Rechnungen, die können so niemals ausgeglichen werden. Also kommen wir zur Sache! Das alles liegt lange zurück, fast zehn Jahre. Mein Freund und ich kamen damals von einer kleinen griechischen Insel in diese Gegend. Waren abgehauen, weil wir glaubten, hier gutes Geld verdienen zu können. Auf anständige Weise. Wir wollten heiraten, Kinder haben, ein

Haus vielleicht. Wie das so ist. Mein Freund hieß übrigens Jorgo. Sagt Ihnen der Name was?» – «Eigentlich nicht», versicherte der Wirt irritiert. «Macht nichts, das wird gleich besser gehen», meinte die Fremde und fuhr fort: «Einen vernünftigen Job zu kriegen, war viel schwieriger, als wir geglaubt hatten. Wir schlugen uns durch und landeten schließlich am Rand der Legalität. Wir bekamen Kontakt zu einer Bande, die sich darauf spezialisiert hatte, Kirchen und Klöster in Norditalien auszurauben. Das war ein leichtes Spiel in jenen Jahren, weil es an Geld für Sicherheitseinrichtungen fehlte. Vielerorts brauchte man eigentlich nur nachts vorzufahren und einzuladen. So einfach war das. Die Priester vertrauten wohl darauf, Gott würde seine schützende Hand über ihre Kirchen halten. Irrtum! So gingen wir immer dreister und leichtsinniger vor, bis zu jener Nacht, als wir im Dom von Pordenone das berühmte Gemälde *Madonna della Miseriocordia* von Giovanni Sacchiense mitnahmen. Die Polizei hatte damals wohl einen Tipp bekommen, jedenfalls gab es eine wilde Schießerei vor der Kirche. Zwei Polizisten starben, und unsere Bande flog auf. Kommen Ihre Erinnerungen inzwischen wieder?» – «Nein», antwortete der Wirt, «keinerlei Erinnerungen.» Er spürte Übelkeit und ätzendes Brennen in der Magengegend aufkommen.

«Warten wir mal ab», sagte sie. «Was nicht ist, wird gleich werden. Mein Freund, ich und einige andere Typen wurden verhaftet, darunter auch Ihr Bruder Renzo! Außer natürlich die Bosse im Hintergrund, die mit der Beute entkamen. Soviel ich weiß, soll sie nie wieder aufgetaucht sein. Ist auch egal. Später jedenfalls, im Prozess, wurde mein Freund wegen Mordes an den Polizisten zu lebenslanger Haft verurteilt. Lebenslänglich – ein schreckliches Wort für den damals Achtzehnjährigen, finden Sie nicht auch?» Der Wirt nickte. «Sagen Sie bitte einmal laut und deutlich *lebenslänglich*!», befahl sie ihm. «Lebenslänglich», brachte der Wirt mit zitternder Stimme hervor. «Sehr gut», lobte die Fremde. «Mein Freund bekam also *lebenslänglich*, obwohl er völlig unschuldig war», fuhr die inzwischen spürbar erregte Frau fort. «Wir standen nebeneinander, sollten nur Schmiere stehen, weit abseits vom eigentlichen Geschehen, was mehrere Zeugen glaubhaft bestätigten. Trotzdem kam alles anders. Ihr Bruder,

der die tödlichen Schüsse abgegeben hatte, wurde freigesprochen, meinen Freund verurteilten sie. Zu lebenslänglich! Ausschlaggebend für das Gericht war die mehrfach unter Eid gemachte Aussage eines jungen Mannes, der durch diese Lüge den wahren Täter, nämlich seinen Bruder, vor der Verurteilung retten wollte. Diesem Lügner sitze ich heute Abend gegenüber. Kommt die Erinnerung nun endlich wieder, Signore? Und wie steht es mit Ihrem Gewissen?» – «Ich erinnere mich allenfalls sehr dunkel», stotterte der Wirt. «Die ganze Familie setzte mich damals unter Druck, meinem Bruder zu helfen. Mir blieb gar keine andere Wahl. So wurde ich selbst zum Opfer», klagte er. «Gott möge mir diese Sünde vergeben!»

«Ob Gott Ihnen vergeben will, das mag er selbst entscheiden, wenn Sie in wenigen Minuten vor ihm stehen. Ich und mein Freund haben Ihnen jedenfalls nie verziehen. Letzte Woche, nach neun Jahren Haft, hat er aufgegeben, an die Gerechtigkeit zu glauben, und sich in seiner Zelle erhängt. Es ist seine Beerdigung, von der ich gerade komme.»

Die Frau stand auf und ging einige Male schweigend um den Tisch herum. Der Wirt spürte körperlich, wie er von den Tentakelaugen seiner Peinigerin mitleidlos gefesselt und gewürgt wurde. Sein Körper, der sich anfangs noch zitternd zu wehren versuchte, fiel in eine bleierne Starre. Kalter Schweiß trat ihm auf die Stirn. Er fühlte, wie sein Herz in eine nie zuvor gekannte Enge geriet, und er nahm entsetzt wahr, wie ihm nach und nach der Atem genommen und das Luftholen beinahe unmöglich gemacht wurde. Mit äußerster Kraft rang er nach Luft. Ungerührt verfolgten die Tentakelblicke der Fremden diesen Kampf.

Als Alberto endlich widerstrebend begriff, dass er gleich sterben würde, konzentrierte er sich auf die hart pulsierenden Schläge seines Herzens. Zählte in Gedanken jeden einzelnen von ihnen mit, bis hin zum letzten. Während der wenigen Augenblicke, die ihn danach noch vom endgültigen Verlust seines Bewusstseins und damit vom Leben trennten, lauschte Alberto diesem allerletzten Schlag seines Herzens hinterher, diesem endgültigsten aller seiner Herzschläge, dem Milliarden kaum von ihm wahrgenommene Schläge vorangegangen waren. Er lauschte ihm nach wie dem Klang einer Glocke, die weit in der

Ferne vertönte. Ein Stöhnen noch, dann fiel der Kopf des Wirts dumpf auf den Tisch.

Die Fremde ging zu ihm, tastete sorgfältig nach seinem Puls und nahm die Pistole wieder an sich. Sie war ungeladen gewesen. Danach verließ sie die Trattoria. Im nächsten Dorf, an einer Telefonzelle, machte sie Halt und rief die Polizei an. «In der Trattoria *Da Alberto* hat es den Wirt erwischt. Allem Anschein nach ein Herzinfarkt!» Dann legte sie auf und ging zurück zu ihrem Wagen.

Mit einem leise bebenden Gefühl von Genugtuung im Herzen fuhr sie in die Nacht hinaus.

Freundschaft ist die Komplizenschaft mit dem Bösen.
Georges Bataille

Grüße von Mister Pipp

Christian Schäl

Jean kam von weit draußen, wo der Stadtplan allmählich weiß wird.

Der kalte Wind, der vom Land heraufkam, fuhr schneidend durch die Straße, biss in sein Gesicht, drang in seine Knochen, aber es schien Jean nichts auszumachen. Jean hatte ein Problem, das nichts mit dem Wetter zu tun hatte. Es war ein Problem, das hohe Aufmerksamkeit erforderte, und während er die letzten Meter zu seinem Appartement zurücklegte, dachte Jean, dass er wieder zurückmusste, weit nach draußen, wo der Stadtplan allmählich weiß wird. Dort würde er Mister Pipp treffen.

Eine Regung des Unwillens ergriff Jean zu Hause, als er sich bemühte, die Ereignisse der letzten Tage zusammenzufassen, damit er sie besser begreifen konnte. Er fasste sie nicht zusammen und er begriff sie nicht. Er öffnete das Fenster und atmete tief ein. Kälte, das war kein Wetter. Es bedeutete Konzentration, und konzentrieren musste er sich. Er schloss das Fenster, ging mit den Augen sein Appartement ab und nahm dabei eine Fülle von Details wahr, die alle zusammen das Wort «Einzelgänger» buchstabierten: kahle weiße Wände, ein Tisch, ein Stuhl, ein Vogelkäfig ohne Vogel, ein Fernseher, Bücher, ein schwarzes Telefon. In diesem Raum gab es kein Möbelstück, das einen zweiten Blick verdient hätte. Er hatte in einem seiner Bücher gelesen, dass man drei Plätze im Leben braucht: einen für Einsamkeit, einen für Freundschaft, einen für Gesellschaft. Jean lebte wie ein Mönch. Das Problem war nur: Er war kein Mönch. Die Einsamkeit war schön, wenn sie gewählt wurde, und traurig, wenn sie aufgezwungen war. Woraus seine Einsamkeit resultierte, war ihm nicht klar.

Jean hatte immer den Gesetzen entsprechend gelebt, seine Rechnungen bezahlt, Glas getrennt in den Container geworfen, Altpapier gebündelt. Er ging nie ohne Hut aus dem Haus. Die Schwierigkeit war, dass es nicht genügte, den Gesetzen entsprechend zu leben. Freunde zu haben, erforderte jahrelanges Nichtstun, Zeitverschwenden, Rumlungern, Quatschen, sich langweilen. Jean hatte keine Freunde, jedenfalls fiel ihm im Augenblick niemand ein. Und genau das war das Problem, das hohe Aufmerksamkeit erforderte. Hier und heute Nacht, wenn überhaupt, wirst du einen Freund brauchen, dachte Jean, jemanden, der mit dir geht, weit nach draußen, wo der Stadtplan allmählich weiß wird. Jemand musste dabei sein, wenn er Mister Pipp traf. Aber wen sollte er anrufen? Jean hatte keine Ahnung. Es gab zwei Wege, aus dieser misslichen Lage herauszukommen, einen richtigen und einen falschen. Doch welcher war der richtige? Der Unterschied zwischen einem richtigen Freund und dem beinahe richtigen war der gleiche wie zwischen einem Blitz und einem Glühwürmchen. Aber wen oder was brauchte er? Brauchte er einen Blitz oder brauchte er ein Glühwürmchen? Er hätte vor allem Zeit gebraucht. Zwei Tage wären gut gewesen. Aber wer bekam heutzutage schon zwei Tage Zeit für etwas. Vielleicht sollte er die ganze Sache einfach vergessen, auf nichts anderes warten, als dass die Nacht kam. Früher, als er noch mutiger war, wäre er allein dorthin gegangen, weit nach draußen, wo der Stadtplan allmählich weiß wird, um Mister Pipp zu treffen, aber nun war er zu ängstlich für dieses Scheiß-auf-die-Verstärkung-ich-mach's-alleine-Verhalten. Heute hatte er Angst, und diese Angst stellte ihn gewissermaßen unter Hausarrest. Jean schaute wieder nach draußen. Er spürte, dass da irgendetwas war. Nichts Konkretes, kein Knirschen auf Kies, nur der vage Druck eines Blickes, der von weit draußen in sein Appartement zu dringen schien. Der Schreck war ein sanfter Schatten. Jean zog sich vom Fenster zurück und setzte sich auf den Stuhl, starrte auf das schwarze Telefon. Wen anrufen? Was erzählen? – lauter Bausteine seines Zögerns.

Dass ihm nicht sofort ein Name einfiel, war möglicherweise das Ergebnis seines Versuches, übersehen zu werden, seine Verfügbarkeit in der Welt zu unterbrechen. Aber dieser Versuch war gescheitert, schließlich war Mister Pipp auf ihn aufmerksam geworden. Nein, dass ihm kein Name eines Freundes einfiel, lag womöglich gar nicht an Jean. Womöglich war der Sinn von Freundschaft überhaupt abhanden gekommen, so wie der Sinn des Zebrastreifens, der Sinn des Frauen-und-Kinder-zuerst. Womöglich war all dies abhanden gekommen im 21. Jahrhundert. Vielleicht sollte er sich ein paar Hightech-Teile anschaffen? Jean spürte, dass seine Gedanken sich verflüchtigten. Er musste sich wieder konzentrieren, um diesen wichtigen Augenblick zu überstehen. Er musste kalt sein. Und ihm war klar, dass er sich beeilen musste. Er hatte keine Zeit für ein Casting: «Wer ist der beste Freund?» Er brauchte auch keinen Freund, mit dem er Sport schauen konnte, keinen Freund, mit dem er Tipp-Kick spielen konnte. Er brauchte auch keinen Kerl mit Sonnenbrille, der ständig mit seinem Handy asiatische Mädchen anrief und einem immer Tipps gab wie: «Du musst unbedingt diese Krabben im Cup & Cino probieren!», oder: «Du musst in Frankreich unbedingt bei Mister Bricolage einkaufen!» Nein, er brauchte nicht nur irgendeinen Freund, er brauchte einen richtigen, der bereit war, denn Bereitsein war alles in dieser Nacht. Er brauchte etwas Hartes, keine Milchschnitte für zwischendurch, jemand, der den vollen Einsatz nicht scheute. Er brauchte einen dieser hageren Männer mit Hut und Trenchcoat, die außer einer Manie nichts mehr interessiert, die keiner Zerstreuung nachgehen, die ein konzentriertes, aber unergründliches Gesicht haben, das keine Vergangenheit hat und keine Zukunft verspricht, in dem sich Gefühllosigkeit und Melancholie festgesetzt haben, einen, der sein Leben auf ein Minimum beschränkte und, was wichtig war, der keinen Freund hatte außer seinem Revolver. Er brauchte jemanden, der niemals ohne Revolver aus dem Haus ging. Niemals wirklich.

Hey, dachte Jean, ich habe hunderte von solchen Freunden. Ich könnte den Rest meines Lebens damit zubringen, sie aufzuzählen. Da waren ... da waren ... Mahoney und Santini, da waren ... Fischer und Spasski, da waren ... Wladimir und Estragon, da waren ... Pitz und Patz, da waren ... niemand und niemand und niemand ...

So sehr Jean auch versuchte, sein Erinnerungsplayback anzuwerfen, es stellte sich kein geeignetes Gesicht ein, sein Gehirnkino blieb leer, so leer wie der Bildschirm vor ihm. Kein hagerer Freund mit Revolver, nur Nacht und ein Schatten draußen, wo der Stadtplan allmählich weiß wird. Jean nahm sein schwarzes Notizbuch hervor, taxierte mit kühlen Augen seine Telefonliste und verpasste den meisten Namen das Prädikat «mangelhaft». Alles Müll. Alles nur geeignet für sonntägliche Sportplatzbesuche, Skatrunden, Kegeln, aber nicht für so einen Lebensmoment. Jeans Blick blieb bei dem Namen Sam hängen. Sam klang gut. Das klang nach: Ich habe Zeit und ich habe einen Weg. Und mit einem Gefühl, seine Hand sei dabei unermesslich weit von seinem Körper entfernt, nahm er das Telefon. Wenn man jemanden um diese Zeit anrief, sollte man nur wichtige Mitteilungen machen. Er hatte wichtige Dinge mitzuteilen. «Komm und komm sofort und komm mit Revolver.» Ein Telefon war geeignet für so einen Satz. Wenn man Derartiges loswerden will, kann man nicht viel Blickkontakt gebrauchen. Das war schließlich kein Wie-geht-es-dir-lange-nicht-gesehen-Gespräch. So ein Revolver war etwas anderes als ein Zweitschlüssel. «Komm und komm sofort und komm mit Revolver», das war kein belangloser Satz, auf dem man sich ausruhen konnte – danach war Action angesagt, Verfolgungsjagd, Polizeisirenen ... Jean tippte die Nummer ein.

«Ist Sam da?»

«Er ist niemals da.»

Und schon wieder waren wertvolle Minuten ins Leere gerutscht. Jean stöberte weiter durch die Liste: Eric.

Sie hatten sich vor Jahren beim Billard kennen gelernt, als Eric die schwarze Kugel irgendwie auf den Nachbartisch geschaufelt hatte. Man konnte sich nicht mit ihm unterhalten, ohne dass nach zwei Sätzen das Wort «cool» oder «geil» zu hören war. Aber Eric konnte zuhören, ohne dauernd geistreiche Bemerkungen zu machen. Jean war klar, das Eric zweite Besetzung war, jedenfalls, wenn der Streifen «Freundschaft» heißen sollte, aber was sollte er machen? Eric hatte wenigstens eine Waffe. Jean tippte die Nummer ein: Niemand hob ab. Natürlich. Niemand war da, wo er sein sollte. Jean sollte auch nicht hier sein in diesem Appartement. Er sollte bei einer Frau sein. Gab es eine Frau, die er anrufen konnte? Welche Frauen kannte er? Kannte er gar eine Frau, die eine Waffe besaß? – Deborah. War Debbie nicht Polizistin? Jean zögerte, der übliche Kreislauf aus Angst, Hoffnung und Müdigkeit setzte ein. Dann entschied er sich, nicht anzurufen. Er hatte keine Lust auf ein Gespräch, und darauf würde es hinauslaufen: ein Gespräch. Wenn man eine Frau anrief und dazu noch nachts, wird man in ein Gespräch verwickelt, in eine Geschichte verstrickt. Er brauchte keine weibliche Konversation, keinen Trost. Trost war ihm unerträglich, das würde ihn nur traurig stimmen, an früher erinnern. Er brauchte männliche Information, er brauchte ein: «Gut, ich komme», mehr nicht.

Jean ließ von der Liste ab und begann, Visitenkarten durchzuschnippen: Alex? Nein, den konnte er nicht anrufen, der war ein Karriere-Samurai geworden, kein Verbündeter über das Heute hinaus. Alex würde sich nur das Problem anhören, ohne etwas dagegen zu tun. Alex war nicht sein Freund. Er war der, der sein Freund hätte sein können. Jean schnippte weiter: Marcel? Nein, der hätte nur ein Fax geschickt: «Kommen unmöglich stopp Lüge folgt.» – Die letzte Visitenkarte war vom Pizzaservice. Vielleicht sollte er dort anrufen und eine scharfe Pizza mit viel Blei und ein paar freundlichen Gürkchen bestellen. Blieb also doch nur Debbie. Jean versuchte, sich an ihr Gesicht zu erinnern. Es war das Gesicht eines Engels. Allerdings von der gefallenen Sorte. Er erinnerte sich auch an ihr kleines Tattoo auf dem Po.

«Sie haben die richtige Nummer gewählt, nur leider den falschen Zeitpunkt ...» Jean hasste Anrufbeantworter, diese Sprachdiebe. «... nach dem Piep können Sie eine gute Nachricht hinterlassen ...»

«Hier ist Jean. Ich weiß, Debbie, dass du nicht da bist. Ich wollte nur mal mit der Maschine reden. Ansonsten, melde dich bitte, es könnte sehr dringend sein.» Das war's. Die alten Regengüsse schienen längst vertrocknet. Niemand da. Freunde? Haha, es gab keine. So war das Leben. *Manchmal verlierst du, und manchmal gewinnen die anderen.* Jean grinste. Von wem war nur dieser Spruch? Jean ahnte, dass es unbedingt erforderlich war, diesen Satz jemandem zuzuordnen. Er zog zweimal an der Zigarette und drückte sie aus. – Pierre. Wie konnte er den übersehen? Pierre. Pierre. Pierre. Jean wiederholte den Namen mehrmals. Es schien sein Sesam-öffne-dich-Wort. Er klappe das Notizbuch auf und hoffte, den Namen dort zu finden, denn er wusste die Telefonnummer nicht auswendig, nicht mal ungefähr. Er wusste nur noch, ihre Freundschaft hatte mit dem Satz begonnen: «Wir sind verschieden.»

Pierre schien genau der Richtige zu sein. Jean brauchte jemanden, zu dem er eine Beziehung ohne Abhängigkeit hatte, ohne gemeinsame Episoden, von dem er wenig wusste, zu dem er aber sprechen konnte. Genau das war es: zu jemandem sprechen und nicht mit jemandem sprechen. Ihre Verständigung musste allein aus Zurückhaltung bestehen. Pierre war kein Mensch, der nachfragte. Kein Mensch, der zum Nachfragen ermutigte. Ein Typ wie aus einem Italo-Western: schlank, unrasiert. Mit Hut. Und Handy. Da stand sein Name mit Telefonnummer. Ihre letzte Begegnung lag schon Jahre zurück, aber Jean war zuversichtlich. Dass die Telefonleitung besetzt war, beruhigte Jean. Pierre war da, und er hatte noch etwas Zeit, sich ein paar Worte zu überlegen. Jedes überflüssige Wort war nicht überflüssig. Es war falsch. Ein Ganovengespräch wäre gut: keine Details, nur Grundsätzliches. Und wenn Jean erklären sollte, was da draußen wirklich passiert war, würde er etwas dazuerfinden, irgendeine Geschichte. Gerade durch das Dazuerfinden würde die ganze Sache persönlicher werden, ehrlicher.

Auf jeden Fall würde er das Wort *bester Freund* vermeiden, das klang irgendwie nach *liebster Trottel.*

«Yeah.»

«Hier Jean. Sei so freundlich, Pierre, nimm deinen Revolver und komm sofort.»

«Wo bist du?»

«Plockstraße 13.»

«Alles klar. Bin gleich da. Mach dir keine Sorgen.»

«Ich mache mir keine Sorgen.»

«Jean?»

«Ja.»

«Hast du einen Fernseher?»

«Ja.»

«Stell den Ton laut.»

«Ja.»

«Ach, noch was. Ist es ein Farbfernseher?»

«Ja.»

«Stell ihn auf schwarz-weiß, o. k.? Stell den Ton laut und die Farben ab.»

«Warum?»

«Mach's einfach. Keine Farben und den Ton laut. Alles klar.»

Jean legte auf, stellte den Fernseher an, Ton laut und drückte auf der Farbskala so lange nach unten, bis die Bilder schwarz-weiß waren. Das Gespräch war besser gelaufen, als er erwartet hatte. Er empfand beinahe so etwas wie Freude, denn er wusste, dass ein nächtlicher Besuch etwas Besonderes war, nicht etwas, das man einfach so auf eine Liste der zu erledigenden Dinge setzt.

Die Sache mit dem Fernseher war zwar etwas merkwürdig, aber wenn es um Freundschaft ging, sagt man hin und wieder etwas Dummes. Für einen Augenblick war es Jean so, als hätte er das Richtige getan, plötzlich schien alles möglich, sogar das gute Ende.

Jean ließ den Kopf nach hinten sinken und dachte, mit Pierre an seiner Seite würde alles gelingen. Jean und Pierre, Jean-Pierre. Aus dem «und» war ein Bindestrich geworden, etwas Verbindendes. Er steckte sich eine Zigarette an. Er war müde, aber es war leicht, sich wach zu halten, wenn man auf einen Freund wartete, die Minuten zählten sich leichter. Eine Stunde später klingelte es. Jean öffnete die Tür.

«Pierre?»

«Wir hatten telefoniert», sagte Pierre lächelnd und trat ein. Dieser Vertretersatz Nr. 1 irritierte Jean. Aber noch mehr irritierte ihn Pierres Anblick. Er trug eine grüne Hose, ein rotes T-Shirt mit «Mamas-Liebling»-Aufdruck, eine blaue Jacke, und er hatte mindestens 30 Kilo Übergewicht, wobei er den größten Teil seines Gewichts vor sich trug. Pierre hatte mal wie der frühe Clint Eastwood ausgesehen, doch jetzt stand der späte Stallone vor ihm. Sein Händedruck war mehr als schlaff, und auf seinem behaarten Handrücken waren blaue Amateurtätowierungen. Das Lächeln in seinem Gesicht hatte etwas Gezwungenes, so eine Mischung aus Migräne- und Haustürlächeln. Dieses Gesicht, das nicht mehr hager war, sagte Jean, *du kannst mir nicht mehr trauen.* Dieses Gesicht, in dem keine Spannung mehr war, sagte Jean, *bereite dich auf den Verrat vor.* Es war eine jener Mikrosekunden, die lang und gemächlich sind und voller Kerninformation. Die Kerninformation lautete: Du bist nicht der, den ich erwartet habe. Du bist der, an den ich mich erinnere. – Und Jean dachte, *stopp jetzt*, wollte nicht wissen, wie es weiterging. Er brauchte eine Werbepause, egal ob in Farbe oder schwarz-weiß.

«Willst du ein Bier?»

«Alles klar», lachte Pierre, und Jean wusste nicht, ob er nun ein Bier wollte oder nicht. Er wusste nur, so lacht man eben, wenn es nichts zu lachen gibt. Und noch etwas wusste Jean. Dieses «Alles klar» waren auch die letzten Worte in ihrem Telefonat gewesen und dieses «Alles klar» hätte Jean warnen müssen. Er hätte ein «Gut, ich komme» hören müssen und nicht diese Alles-klar-Kacke, dieses Vertretermäßige.

Wie konnte er nur diese Kleinigkeit überhören, wo Kleinigkeiten doch alles entschieden. «Alles klar» hieß: I fuck you … und mit einem Mal war er da, genau in seinem Blickfeld, mythisch, gut ausgeleuchtet, schwarz schimmernd: ein todbringender Revolver. Nun war klar: Er hatte den Falschen angerufen. Und noch etwas anderes war klar: Jean-Pierre: der Bindestrich war ein Trennungsstrich gewesen. Es gab keine wahren Freunde. Es gab nur Verräter. Und vielleicht hatte das Fehlen eines Freundes mit dem Verschwinden des Hutes aus der Mode zu tun.

«Du trägst eine Waffe, du solltest auch etwas auf dem Kopf haben.»

«Alles klar.»

«Willst du nicht wenigstens weiße Handschuhe anziehen?»

Jean fand, dass die Situation ein wenig Heiterkeit gebrauchen konnte. Aber nicht jedes Problem ließ sich aus der Welt schaffen, indem man einen Witz daraus machte. Zumal der Witz von Pierre, seinen Revolver zu zücken, viel besser war.

«Freundliche Grüße von Mister Pipp», sagte Pierre und schoss. Kurz bevor die Kugel in Jeans Schädel drang, merkte er, dass er noch am Leben war. Er war noch am Leben, weil er sich geirrt hatte, denn daran merken wir, das wir am Leben sind: wir irren uns. Gerne hätte Jean geweint, aber das Blut kam ihm in die Quere. Und gerne hatte er im Fallen «Danke» gesagt, weil er froh war, nicht von einem Fremden erschossen worden zu sein, irgendwo da draußen, wo der Stadtplan allmählich weiß wurde, aber er konnte nichts mehr sagen. Sein Mund war bereits kopflos geworden.

Pierre stieg über den toten Jean, der bereits kein Mensch mehr war, sondern ein schweres und träges Frachtstück, für dessen Transport er jemanden brauchte. Er schaltete den Ton am Fernseher ab und holte sein Handy hervor.

«Hallo, Mister Pipp, hier Pierre. Wurmfutter ist abzuholen, schicken Sie jemanden mit einem großen Kofferraum her, ein paar Müllsäcken und etwas Klebeband.»

«Alles klar.»

Pierre wischte die Fernbedienung mit einem Tuch ab und starrte auf die stummen Schwarz-weiß-Bilder. Er hatte Hunger. Wenn die Leiche erst einmal verstaut war, würde er sich eine Pizza holen, eine von diesen leckeren mit Thunfisch, schwarzen Oliven und diesen kleinen Zwiebelringen. Als er daran dachte, empfand er Dank für Mister Pipp, obgleich der alte Knochen ihm manchmal auf die Nerven ging mit seinen Aufträgen ... Es klingelte an der Tür. Pierre öffnete.

«Hey, ging aber flott, schneller als jeder Pizzaservice.»

«Hm ... ja ...»

«Seit wann arbeiten denn Frauen für Mister Pipp?»

«Seit heute. Wo ist Jean?»

«Im Wohnzimmer.» Pierre lachte. «Und im Flur.»

Deborah zog ihre Dienstwaffe und hielt sie dicht vor Pierres Gesicht.

«Langsam zurück.»

«Alles klar.» Pierre war verdutzt. «Hey, Lady, was soll der Scheiß ...»

«Zurück!»

Pierre ging langsam zurück, bis er neben der Leiche stand.

«Hey, Lady, die Tür war offen ...»

«Hättest eben nicht reingehen sollen.»

«Ich hab nicht geschossen?»

«Ist denn geschossen worden?»

Pierre schaute nach unten. Jean lag auf dem Rücken. Da das Blut nicht mehr eingesperrt war im Kreislauf des Körpers, hatte sich eine Blutlache gebildet.

«Woher wussten Sie?», fragte Pierre.

«Wusst ich nicht. Woher hätte ich es wissen sollen?»

«Schließlich sind Sie da. Hat Mister Pipp mich verraten?»

«Deine Mama war's.»

«Die ist tot, Bullenhühnchen.»

«Bullenhühnchen ist gut. Du wirst bestimmt der komischste Bursche im Gefängnis.»

«Wer war's? Wer hat mich verraten?»

«Jean hat dich verraten.»

Agatha-Christie-Krimipreis 2004

Die Autorinnen und Autoren

Nessa Altura ist natürlich ein Pseudonym. Geboren 1951, lebt und arbeitet sie in Süddeutschland, ist verheiratet und hat zwei Kinder. Sie studierte Germanistik, Amerikanistik und Geographie und arbeitete unter anderem als Reiseberichterstatterin und Lehrerin. 2002 gewann sie den Glauser-Kurzkrimipreis und 2004 den Prosapreis der Kulturfabrik Fürstenwalde. Neben zahlreichen Veröffentlichungen in verschiedenen Anthologien stammen aus ihrer Feder auch zwei Bände mit Erzählungen.

Susanne Bartsch, geboren 1968, stammt aus Hannover. Sie studierte Geschichte und Politik, brach jedoch 1992 ihr Studium ab, um sich ganz dem Schreiben zu widmen. Sie erhielt zahlreiche Stipendien, veröffentlichte bereits verschiedene Erzählungen und Romane und arbeitet als Drehbuchautorin («Alphateam», SAT1). Ihr neuester Roman, «Campingsaison», erscheint im Herbst 2004.

Umberto Bellini studierte in Göttingen Psychologie, Philosophie und Germanistik. Nach einigen Jahren Schuldienst arbeitete er als Reporter und Fotograf für große Magazine. Er veröffentlichte zahlreiche Fachbücher und unter dem Pseudonym Umberto Bellini eine Reihe von Venedig-Krimis, zuletzt «Arrivederci Venezia». Der Autor lebt in einem kleinen Dorf am Harzrand. www.umberto-bellini.de

Alexandra Bröhm, geboren 1966, lebt in Zürich und arbeitet als Journalistin. Sie hat sechs Romane und ein Sachbuch aus dem Englischen übersetzt und für verschiedene Zeitungen geschrieben. Seit drei Jahren ist sie Redakteurin bei der SonntagsZeitung.

Ann-Kathrin Ehlers, geboren 1984, lebt zwischen zwei kleinen Dörfern im Wald nahe Hamburg und besucht den 13. Jahrgang des Gymnasiums Schwarzenbek Europaschule. Sie absolvierte 2003 zwei Praktika in England. Die Autorin plant, in England «Creative Writing» und «Media Studies» zu studieren.

Jürgens Ehlers, geboren 1948 in Hamburg, ist Autor, Übersetzer und als Geograph Eiszeitexperte. Neben wissenschaftlichen Veröffentlichungen schreibt er Kurzkrimis auf Deutsch und Englisch. Im Scherz Verlag erschien seine Neuübersetzung von Agatha Christies «Die Kleptomanin» (2002).

Anke Gebert wurde 1960 in Halle an der Saale geboren und nutzte 1988 eine Besuchserlaubnis im Westen, um nach Hamburg überzusiedeln. Sie ist Autorin von Romanen, Krimis, Sach- und Drehbüchern und erhielt zahlreiche Auszeichnungen für ihre Arbeiten. Bekannt wurde sie mit ihrem Lesebuch «Im Schatten der Mauer» (Fischer Taschenbuch) und den Scherz-Krimis «Das Treiben» und «Hunde, die bellen». Zuletzt erschien von ihr im Krüger Verlag der Roman «Besuchsreise». www.ankegebert.de

Gunter Gerlach wurde in Leipzig geboren und lebt in Hamburg am Rande einer Bahnlinie. Obwohl das Haus bei jedem vorbeifahrenden Zug erzittert, ist es ihm gelungen, einiges zu schreiben (Hörspiele, Krimis und Romane). Der Autor ist Träger des Deutschen Krimipreises und des Glauser-Preises für den besten Kurzkrimi. Zuletzt erschien von ihm im Rotbuch Verlag «Der Haifischmann». www.gunter-gerlach.de

Anne Grießer, geboren 1967 im Odenwald, hat die Leidenschaft für gute Geschichten von ihrer Großmutter geerbt. Früh schon war ihr Berufswunsch «Schriftstellerin». Sie studierte in Freiburg Volkskunde, Ethnologie und Germanistik und arbeitete nach ihrem Studium als Autorin und Redakteurin für den Fernweh-Verlag in Köln. Seit vier Jahren lebt Anne Grießer als freiberufliche Autorin in Freiburg. Zur Zeit arbeitet sie an einem Roman.

Christina Gruber, geboren 1966 im Oberbergischen Land, studierte in Köln Politik und Geschichte. An der Kölner Journalistenschule Ausbildung zur Politik- und Wirtschaftsjournalistin. Von 1994 bis 2000 arbeitete sie als freie Wirtschaftsjournalistin unter anderem für den WDR und die Deutsche Welle. Seit 2000 ist sie Nachrichten- und Wirtschaftsredakteurin bei RTL New Media.

Uta-Maria Heim, geboren 1963 in Schramberg/Schwarzwald, lebt in der Nähe von Schorndorf. Sie hat Literaturwissenschaft, Linguistik und Soziologie studiert und arbeitet seit vielen Jahren als Autorin und Journalistin. Ihre Kriminalromane wurden mit wichtigen Preisen ausgezeichnet: 1992 und 1994 erhielt sie den «Deutschen Krimipreis», 2000 den «Glauser». Zuletzt erschienen die Krimis «Ruth sucht Ruth» und «Schwesterkuss».

Gabi Hift ist freie Theaterregisseurin, Schauspielerin und Autorin verschiedener Kurzgeschichten. 1998 erhielt sie ein Stipendium der Bertelsmannstiftung, 2000 den Gratwanderpreis für die Erzählung «Der Willsch». Sie ist Mitglied der Autorenvereinigung «Die Neuntöter» und drehte 2003 ihren ersten Kurzfilm «kowboy».

Marcus Jensen, geboren 1967 in Hamburg, studierte Germanistik, Philosophie, Pädagogik und Politik. Er veröffentlichte zahlreiche Kurzgeschichten in Zeitschriften und in Anthologien. 1994 erhielt er den Hamburger Literaturförderpreis, 2000 das Stipendium des deutschen Literaturfonds. 2003 verlieh man ihm den 14. Würth-Preis der Tübinger Poetik-Dozentur sowie den Kulturförderpreis des Kreises Pinneberg. 1999 veröffentlichte Marcus Jensen sein Debüt «Red Rain», im März 2004 erschien «Oberland».

Jan Kaczmierczak (Pseudonym für S. Sibridge) wurde 1963 in Idar-Oberstein geboren. Seit 1984 ist sie Mitglied im Verband deutscher SchriftstellerInnen, seit 2004 auch Mitglied der «Sisters in Crime». Sie übersetzte sechs Kurzgeschichten von Agatha Christie und verfasste für verschiedene Zeitschriften zahlreiche Kurzkrimis.

Hahnrei Wolf Käfer, geboren 1948, studierte in seiner Heimatstadt Wien. Nach Universitätstätigkeit in Japan war er in Österreich als Lektor, Autor, Musiker, Regisseur und Multimediaproduzent tätig. Heute lebt er als freier Autor von Romanen, Erzählungen, Drehbüchern und Hörspielen wieder in Wien.

Michael Koglin wurde 1955 in Büdelsdorf/Schleswig-Holstein geboren und lebt seit 1973 in Hamburg. Er arbeitete vor, während und nach dem Studium als Lagerarbeiter, Reißwolf-Bediener, Videofilm-Vorführer beim Arbeitsamt, Kraftfahrer, Bildungsarbeiter, Schauermann, Container-Logistiker, Politologe, Friedensforscher, Kaffeeröster, Preisauszeichner und Privatsekretär. Seit 1982 ist er freier Journalist und Schriftsteller. Neben Kurzgeschichten verfasste er einige Kriminalromane und zahlreiche Drehbücher, u.a. für das ZDF.

Tatjana Kruse, geboren 1960, ist Autorin der erfolgreichen «Wuchtbrummen»-Serie um ein furchtloses Alt-Girlie, das Verbrechen aufklärt und von einer Männerkatastrophe in die andere rutscht. Sie ist Mitglied im «Syndikat» sowie bei den «Sisters in Crime». Die Trägerin des Marlowe-Preises lebt in Stuttgart.

Walter Landin, geboren 1952, lebt in Mannheim. Hauptberuflich Realschullehrer, schreibt er seit Jahren Gedichte, Erzählungen, Kurzprosa und Krimis. Der Träger zahlreicher regionaler Literaturpreise ist zudem Autor des 2001 uraufgeführten Theaterstücks «Von Hurenmenschen, Polacken, Volksgenossen». 2003 war er zweiter Preisträger des Agatha-Christie-Krimipreises.

Robert Lynn, geboren 1949, lebt als Krimischriftsteller in Hamburg. 1999 wurde er für den «Glauser» nominiert, 2002 erhielt er für «Der Samurai im Elbberg» den Marlowe-Preis der Chandler-Gesellschaft. Er veröffentlichte zahlreiche Kriminalromane sowie Kurzgeschichten in verschiedenen Anthologien. Gegenwärtig schreibt er an einem Roman.

Sunil Mann, geboren 1972 im Berner Oberland als Sohn indischer Einwanderer, ist zurzeit als Flugbegleiter bei Swiss Airlines tätig und schreibt in seiner Freizeit Kurzprosa. Der Träger des zweiten Preises im Berner Kurzgeschichtenwettbewerb 2002 lebt in Zürich.

Josefine Rosalski, geboren 1958 in Berlin, studierte an der Schule für «Eurhythmische Art und Kunst» in Berlin. Sie veröffentlichte Lyrik (erstmals im «Jahrbuch deutscher Dichtung 1984»), experimentelle Prosa und Kurzgeschichten. Josefine Rosalski ist Mitglied der Neuen Gesellschaft für Literatur, Berlin, und des VDS Berlin-Brandenburg.

Christian Schäl, geboren 1962, ist nach einem Studium seit 1990 als Buchhändler und freier Autor in Gießen tätig. Zuletzt erschien «Die kalte Sekunde».

Nina Schindler, geboren 1946, arbeitete als Lehrerin und lebt heute mit ihrem Mann und fünf Kindern in Bremen. Seit 1991 schreibt sie Kinder- und Jugendbücher, verfasst Beiträge zu Anthologien und arbeitet als Übersetzerin.

Michaela Seul, geboren 1962 in München, ist Lektorin und Autorin. Zuletzt erschien von ihr der Erzählband «relaXX». Sie ist auch Verfasserin von Romanen, Krimis und Ratgebern. Ihre Kurzgeschichten wurden in Zeitungen, Zeitschriften und Anthologien veröffentlicht. 1999 wurde sie für den Glauser-Preis nominiert. Die Autorin lebt am Ammersee.

Christoph Spielberg lebt als Arzt und Autor in Berlin und in den USA. Im Mittelpunkt seiner Kriminalromane steht der Klinikarzt Dr. Hoffmann. Für den ersten Roman dieser Serie, «Die russische Spende», erhielt er 2001 den Glauser-Preis für das beste Debüt. 2002 folgte «Denn wer zuletzt stirbt», 2003 «Hundertundeine Nacht». Sein vierter Roman um Dr. Felix Hoffmann, «Der vierte Tag», erscheint im Januar 2005.

Johanna Straub wurde 1970 in Hamburg geboren. Sie studierte in Tübingen Allgemeine Rhetorik, Komparatisitik und Empirische Kulturwissenschaft. 1999 machte sie ihren Magisterabschluss mit «Die Riefenstahlfalle» und leitete anschließend mehrere Jahre lang einen Weltvertrieb für Dokumentarfilme in Leipzig. Sie lebt in Berlin, wo sie als freie Autorin und Filmemacherin mit dem Schwerpunkt Dokumentarfilm arbeitet.

Helga Thiele-Messow wurde 1955 geboren. Sie ist pharmazeutisch-technische Assistentin und Diplom-Biologin. Die Autorin lebt mit ihrem Mann und zwei Kindern in Braunschweig.

Markus Thönniß wurde 1974 geboren. Zurzeit studiert er Philosophie, Musikwissenschaft und Literaturwissenschaft an der HU Berlin und leitet die Agentur literaturagenten.de. 2003 war er Stipendiat im Alfred-Döblin-Haus der Berlin-Brandenburgischen Akademie der Künste. «Tatort.» ist seine erste literarische Veröffentlichung.

Maike Wetzel, geboren 1974, studierte an der Filmhochschule in München, führte Regie und schrieb Drehbücher zu mehreren Kurzfilmen und Reportagen. Sie veröffentlichte 2000 den Erzählungsband «Hochzeiten», der mehrfach ausgezeichnet wurde, 2003 erschien «Lange Tage» (beide Bücher im S. Fischer Verlag). Maike Wetzel lebt in Berlin.

Anna Veronica Wutschel, geboren 1969, studierte Neuere Deutsche Literatur, Romanistische Literatur und Pädagogik. Sie arbeitete als Übersetzerin und freie Dozentin. Zur Zeit arbeitet sie an ihrer Promotion zum Thema «Frauen am Meeresrand» sowie an ihrem ersten Roman.

Agatha Christie

Das fahle Pferd

Band 51895

Mord auf Bestellung hat
es immer schon gegeben, aber
die Perfektion der drei
Frauen mit übersinnlichen Kräften
im Morden ist unübertroffen: Hier werden –
je nach Wunsch – Erbonkel oder lästige
Ehefrauen auf telepathischem
Weg ins Jenseits befördert. Dem Anschein
nach sterben alle Opfer eines
natürlichen Todes. Nur in einem Fall
geht etwas schief – und
das bringt die unerbittliche Maschinerie
von Scotland Yard in Gang…

scherz

51895 06.03

Agatha Christie

Die vergessliche Mörderin

Band 51901

«Ich habe wahrscheinlich
einen Mord begangen» – diese Aussage
Normas macht Hercule Poirot
stutzig. Ihr zweiter Satz, «Sie sind zu alt»,
macht ihn dagegen sehr wütend.
In seiner Eitelkeit getroffen macht er sich
mit Hilfe seiner alten Freundin,
der Krimiautorin Ariadne Oliver, an
die Aufklärung von zwei Morden.
Bei der ersten Leiche handelt es sich
offenbar um Selbstmord,
was ihn verunsichert. Doch bei
der zweiten ist er wieder
Herr der Lage, denn sie bestätigt
seine abenteuerliche
Theorie…

scherz

51901 06.03

Agatha Christie

Und dann gabs keines mehr

Band 51937

Ein gespenstisches Wochenende auf einer kleinen Insel vor der Küste Devons. Eingeladen hat der große Unbekannte – Gäste sind zehn Personen mit dunkler Vergangenheit. Sie halten Gericht über sich selbst, bis einer nach dem anderen nicht nur das Gesicht, sondern auch das Leben verliert.

«Zehn kleine Negerlein»
mit neuem
Titel und überarbeitetem Text

scherz

51937 06.03

Agatha Christie

Dreizehn bei Tisch

Band 51942

Eigentlich will sich
die berühmte Schauspielerin
nur von ihrem Mann
trennen, wobei ihr – mit viel
diplomatischem Finger-
spitzengefühl – Hercule Poirot
als Vermittler helfen soll.
Der Meisterdetektiv erledigt
den Freundschaftsdienst zwischen
den zerstrittenen Eheleuten
mit Bravour, so dass einer Scheidung
nichts mehr im Wege steht.
Doch am nächsten Morgen ist
der exzentrische Ehemann
Lord Edgware tot – erstochen.

scherz

51942 06.03

Agatha Christie

Im Spinnennetz

Band 51950

Ausgerechnet an dem Tag,
an dem Clarissa Hailsham-Brown
hohen Politikerbesuch zu
Hause erwartet, taucht Oliver Castello
auf. Zwar ist Clarissa den Halunken
rasch los, doch wenig später findet
sie ihn überraschend im Salon – tot!
Da jeden Moment die Gäste
eintreffen, kann Clarissa unmöglich
die Polizei rufen. Also lässt
sie den Toten erst einmal verschwinden.
Das Theaterstück wurde von
Charles Osborne als Roman bearbeitet.

scherz

51950 06.03